Et la lune orpheline

Éditions Frison-Roche Belles-lettres
5, rue de Charonne, 75011 Paris

Direction éditoriale : Édouard Frison-Roche
Directrice littéraire : Katia Kaloun
Illustrations de couverture : Coline Cayzac
Mise en pages : Charlotte Thomas

Collection Ex Nihilo
ISBN : 978-2-492536-03-8

Baptiste Teychon

Et la lune orpheline

Frison-Roche
Belles-lettres

Sommaire

Ce roman est pour celles et ceux qui aiment,
qui croient, qui espèrent.

Aux révolutionnaires silencieux qui avancent
sans savoir où ils vont, préférant fuir
plutôt que de rentrer dans la danse.

À celles et ceux qui voient dans la magie des fables
urbaines une dernière once de romantisme.

Aux petits princes et aux enfants de ce siècle,
ce précepte est pour vous : *Et la lune orpheline
laissa ses centaines de voyageurs au soleil.*

Il y a des souvenirs qu'on nous enlève, qui nous sont dérobés. Il y a des paroles et des histoires qui ne se croiseront jamais. Des nuits dans un regard, attendant d'apercevoir la lumière de la lune. Il y a des voyages sans arrêt qui n'appartiennent à rien, si ce n'est à nous. Il a cet amour perdu, mais pas oublié. Et cet amour qu'on nous demande d'oublier. Il y a toi. Il y a moi. Et une infinité d'histoires non retenues. Il y a cette magie effacée dans la noirceur des villes illuminées par les lampadaires. Il y a encore toi. Et il y a cette fable urbaine qui se dessine sous un clair de lune.

Prologue

Vous rappelez-vous de votre enfance ? Des moments d'insouciance entremêlés à une douce et fragile naïveté ? De vos rêves de gosse ? Des projets que vous faisiez enfant, au coin du feu ou au bord de votre lit avant d'aller dormir ? Vous savez, toutes ces choses que vous disiez, gamin, au détour d'une prière maladroite à l'abri des regards. Chuchotant secrètement à la flamme enfermée dans la lampe de chevet tous vos rêves les plus secrets, toutes vos aspirations, bonnes ou mauvaises. Lui murmurant ces doux mots : « rêve » et « liberté ». Espérant, certes bêtement, mais le plus fort possible, que toutes ces choses se réaliseraient le lendemain, comme par le plus fantastique des miracles. De ces moments où la seule chose qui importe, c'est de s'enfuir, comme des heures qui ne font jamais demi-tour, loin de là, près des vallées, des océans où les nuits sont des mélodies. De ce moment où tout semblait simple, évident et linéaire. Où le monde était encore pour nous plein de magie, de légendes et de fables extraordinaires. Où l'on pouvait dire tout naturellement et de la façon la plus innocente : c'est joli.

Êtes-vous bien assis ? Ou, du moins, votre position actuelle vous convient-elle ? Non vraiment, je vous le demande car c'est important. En tout cas, pour vous, c'est important. Moi ça va, je pianote ces quelques mots sur mon lit deux places qui est trop grand pour moi, donc autant essayer d'utiliser son plein potentiel de temps en temps. Je me permets également de passer, dans cet interlude, à une narration frontale avec vous, mon lecteur, mais sachez qu'il n'en sera pas ainsi dans les pages suivantes. Je ne peux vous raconter le présent car, par définition, je le vis en même temps que vous lisez et je ne peux le saisir. En revanche, mon passé, mes souvenirs, les plus belles défaites que je garde près de moi, tout cela m'appartient. Il n'y a que moi qui puisse en distiller des bribes, il n'y a que moi qui en connaisse la véracité. Après tout, c'est mon histoire que vous êtes en train de lire, et puis dans mes moments homériques, je peux me le permettre. Laissez-vous faire, laissez-vous transvaser d'une étape à l'autre de ma vie. Laissez-moi dire adieu à mon passé, comme Jim Carrey dans ce fantastique film qu'est *Eternal Sunshine of the Spotless Mind.*

Oh, je vous laisse une dernière petite bouteille à la mer avant d'oublier. Le dernier vendredi du mois de février, le monde retrouvera un peu de sa magie.

Car de nos jours, il est souvent question de choix, de points de non-retour, de compétition à tout va. On a un besoin infini de chercher et de trouver des personnes à ériger en héros, comme si cela pouvait nous rassurer le temps d'un instant, nous guider seul parmi tous les revers dont la vie nous assaille. Peut-être que tout ça, en fin de compte, n'est que le résultat de notre enfance. Comme si, durant cette période, nous avions eu ce réflexe inné de nous raccrocher à une personne plus grande que nous, plus forte que nous. Une personne qui pouvait nous guider et nous porter quand les ténèbres s'amassaient devant nous. Comme dans cette cour de récré, semblable à la scène politique mondiale, où le même processus est visible. Celui qui met en place les règles du jeu, l'ordre des choses. Celui qui fait qu'il existe des enfants populaires, des enfants passifs formatés par le moule global de l'impalpable et, à côté, les enfants maltraités, rejetés par les deux premières catégories. Les enfants populaires influencent leurs camarades passifs et montrent du doigt les enfants les plus faibles en pointant leurs déviances. De temps en temps, les passifs essayent de tendre la main aux plus faibles avant de la retourner, souvent à contrecœur, pour avoir l'approbation des plus forts. Écartant, délaissant, blessant un peu plus les enfants rejetés qui, subissant jour après jour les coups durs de la vie, se coupent un peu plus du monde, ne demandant qu'une trêve le temps d'un instant. Puis, après de trop nombreuses humiliations, ceux-ci se révoltent, se lèvent pour contester l'ordre établi. Mais une fois de plus, ils se confrontent à un mur qui les repousse, alors ils partent seuls sur leur chemin, se construisant dans cette solitude un futur où ils ne seront plus seuls. C'est vrai, aussi loin que je me souvienne, j'ai toujours fui cette danse. Tout gamin déjà, je préférais la compagnie des êtres imaginaires à celle des enfants de mon âge. J'ai toujours été subjugué par la magie de ce monde onirique, cette magie invisible qui voit l'automne tuer l'été, qui nous voit écrire notre présent en conjuguant le passé sur quelques feuilles de papier appelées à devenir des chefs-d'œuvre.

Mais alors, cela serait donc la seule chose qu'il nous reste de notre enfance ? Gageant à elle seule l'histoire d'un passé vivant mais méconnu, enfoui sous les décombres d'une vie aux multiples souvenirs ? Ainsi, comme le citadin oublie la forêt, en grandissant, l'être humain oublierait-il inévitablement son enfance ? Répétant le schéma qui vise à détruire la nature pour en extraire une infinité de matières, oubliant par la même occasion que la nature vaut beaucoup plus si on ne la brûle pas.

Oubliant qu'elle est une bibliothèque qu'on est en train d'anéantir. En est-il de même pour nos souvenirs, dans ce cas ? Je ne sais pas… Il m'est souvent arrivé de sentir un doux parfum autour de moi, me rappelant le souvenir d'une personne alors même qu'il n'y avait aucune présence palpable et visible à mon horizon à cet instant. Comme une sorte de *Horla*, mais un *Horla* neutre, un *Horla* doux. Un *Horla* qui me guettait. Un *Horla* que je souhaitais presque.

Les souvenirs et l'enfance sont deux choses pures, belles de naïveté, mais aussi extrêmement éphémères et cruelles. Cruels sont les souvenirs car ils ne sont pas vécus pleinement au moment présent, et ne laissent alors leur vraie valeur émerger que bon nombre d'années après. On regrette ainsi le vrai bonheur qu'est cette douce naïveté. Pour comprendre le présent d'une personne, il faut écouter ses souvenirs, pour saisir la contemporanéité d'un individu, il faut en comprendre le passé.

Mon enfance fut entièrement bercée par cette douce naïveté, je regrette tous ces moments passés trop vite sans concevoir ni entrevoir la valeur propre qui les animait. Mais comment faire attention à tout cela quand on est gosse ? Lorsqu'on rigole à pleines dents alors qu'il nous en manque paradoxalement la moitié. Comment être conscient qu'un jour tout cela ne sera que nostalgie, quand on s'amuse gaiement dehors, avec comme seules ressources notre imagination et celle de nos compagnons de jeu ? Comment savoir qu'un jour tout cela ne sera qu'un lointain souvenir qu'on tentera en vain de retranscrire sans réussite ? Comment savoir à cet âge-là qu'on a la plus grande des chances, qu'on a tout sans rien posséder et que c'est en cela qu'on est riche et heureux ? Qu'on a une chance incroyable de pouvoir s'émerveiller pour un rien, de pouvoir pleurer à chaudes larmes sans le moindre prétexte apparent ? Comment savoir la chance d'être entouré des gens qu'on aime sans avoir encore jamais rencontré la faucheuse ? D'avoir la chance de ne pas connaître encore ce qu'est véritablement la vie, finalement. Cette précieuse richesse de pouvoir rester dans sa bulle, la chance d'avoir l'audace de dire « il me tarde d'être grand », « il me tarde d'avoir 20 ans » ou encore « moi, quand je serai grand, je ferai ça ». Cette promesse de croire que la vie n'est que magie et que la nôtre sera une merveilleuse fable. Toutes ces choses insignifiantes, simples, pleines de naïveté qui sont tout compte fait les choses primordiales de la vie, bien loin des tracas du quotidien que nous nous imposons à nous-mêmes chaque jour qui passe. Ces choses aussi précieuses que la lune pour les étoiles.

En cela, l'enfance est enviable à toute chose, à toute richesse, à tout pouvoir. Rien ne pourra supplanter et battre la force de l'enfance ni des souvenirs qui en découlent. Les personnes sont comme les souvenirs : une fois parties, il nous est impossible de les revoir, elles nous laissent comme unique trace ces images faussées, ainsi que la nostalgie d'un doux moment, au sujet duquel on voudrait dire : c'est joli.

Je me souviens encore de mon enfance. Avec mon meilleur ami Enzo, on passait des soirées à s'inventer des fables homériques. Bien sûr, à l'époque, on n'appelait pas ça comme ça. Pour nous, c'étaient des histoires de chevaliers, de monstres à terrasser et de princesses à sauver. Mon père nous avait fabriqué des épées en bois, car ni la famille d'Enzo ni la mienne n'avaient assez d'argent pour nous acheter des costumes. Alors mon père, qui s'est efforcé toute sa vie à rendre mon enfance la plus douce possible, nous avait confectionné un véritable attirail d'armes. Des épées, des haches, des lances, des boucliers et des arcs, tout un panel pour nos histoires qui demandaient sans cesse de nouveaux objets. Mon père avait ce sourire tellement significatif lorsqu'il nous voyait jouer pour la première fois avec ses créations. Je pense que pour lui, c'était aussi un moyen de s'évader de son quotidien, lui qui a travaillé toute sa vie dans les usines de la ville qui embauchaient la plupart des gens du village et qui, lorsqu'elles fermaient, laissaient un grand vide dans le cœur de chaque parent.

Enzo et moi étions véritablement inséparables à ce moment-là, et rien ne pouvait nous désunir, sauf une chose : la distance qui détruit les liens jour après jour sans qu'on s'en aperçoive. Les parents de mon meilleur ami furent mutés à Paris. Son père, après dix ans de service, dut partir pour la capitale. À ce jour, je n'ai revu Enzo qu'une seule fois, et encore, il ne l'était plus vraiment : il était entre quatre planches de bois et son corps allait disparaître sous terre. Il est mort à l'âge de 16 ans à la suite d'une dizaine de coups de couteau. Pourquoi est-il mort ? Tout simplement à cause d'un règlement de comptes entre deux egos. Encore une fois, cette lutte terrible entre un enfant et un autre voulant écraser le premier. Tragique jour qui sépare l'inséparable.

Voilà comment j'ai commencé, petit à petit, à perdre toute envie de créer ou recréer un lien d'amitié aussi intense et fort. Cette peur, devenue lâcheté, n'a eu de cesse de me convaincre que chaque relation est vouée à reproduire le même schéma. Voilà sans doute pourquoi devant chaque relation avec une autre personne, je décide de partir. Voilà également pourquoi je me suis réfugié à

Bruxelles. Pourquoi je suis parti loin de mon foyer natal, de ma vie d'avant. Me reconstruire loin de mes échecs.

À l'âge de 13 ans, j'ai pris l'habitude de faire des escapades nocturnes dans les rues de ma ville, tard le soir. J'ai aussi petit à petit réussi à admettre ma différence, mais c'est seulement bien plus tard, à l'âge de 23 ans, que j'ai compris qu'elle s'appelait *maladie*. Moi, je préfère dire que je suis différent, il y a moins de tristesse dans ce mot. Et puis, je trouve mon monde plus joli ainsi.

Bref, j'adorais marcher seul la nuit avec mes écouteurs, ma musique, et un petit carnet où je prenais des notes, où je dessinais les choses que je voyais, les choses qui me venaient à l'esprit. Je passais des nuits entières à errer dans ma ville, parcourant et découvrant chaque nuit de nouveaux endroits, de nouvelles ruelles lugubres et infâmes qu'aucun enfant sensé de mon âge n'aurait voulu voir. J'ai observé ceux que la société nomme des *déchets*, des marginaux incapables de se trouver un travail ou de s'intégrer. Incapables d'être utiles, selon les dires des gens de bonne conscience. Pour moi, ils étaient juste en quête de magie.

Mais au fur et à mesure, j'ai compris la gravité de cette situation, de ces personnes qui ont comme seul habitat le bitume. Tout le monde peut se retrouver à la rue du jour au lendemain à cause d'un mauvais tour du destin… Mais paradoxalement, très peu de personnes peuvent atteindre un jour une position d'influence.

J'ai donc progressivement commencé à appréhender ma ville, à la connaître, à savoir comment elle fonctionne et surtout, j'ai appris à la craindre et à la respecter. Je tutoyais ma vie alors même que je la voyais en tuer d'autres. J'ai observé de jour en jour mon cahier se multiplier, jusqu'à remplir une étagère complète dans ma chambre, puis une deuxième et une troisième ainsi qu'une quatrième. Le nombre d'étagères allait de pair avec le nombre d'années qui passaient. Ma vie n'avait aucun prix, mais ces livres avaient le prix de ma vie. Je pris la fâcheuse habitude de sortir chaque soir, du moins le plus souvent, aux alentours de minuit pour marcher et errer seul dans la pénombre des rues de ma ville. Vous savez, la ville à minuit a quelque chose de particulier, elle revêt une substance et une aura qui sont indescriptibles. Elle est à la fois magnifique et maléfique et en cela, elle est pleinement vivante. Ces livres retracent mon enfance, les choses qui me traversaient l'esprit à cette époque, l'évolution de ma ville ainsi que le changement de la société et du monde. De véritables chroniques. Lors de ces évasions nocturnes, je regardais le temps passer et la lumière éclairer les bruits de ma ville, me donnant l'impression d'être le roi qui regarde sa couronne reposer sur un coussin en chèvrefeuille des bois. Cela m'inspirait fortement et je me complaisais même à m'imaginer marcher dans Détroit à la *8 Mile* ou dans Brooklyn comme à l'époque d'*Il était une fois en Amérique*, avec comme toile de fond son célèbre pont, celui qui traverse l'East River reliant les arrondissements de Manhattan et de Brooklyn.

Tiens, c'est drôle, mais une vieille anecdote ou plutôt une vieille habitude que j'avais me revient subitement à l'esprit. Tous les mercredis soir, pendant des années, j'avais pris l'habitude de ne plus marcher dans la rue, mais de m'installer à un endroit de la ville bien précis. Pour ça, je m'équipais en connaissance de cause. Je prenais dans mon sac un vieux drap, un coussin, mon sac de couchage ainsi que des denrées pour me désaltérer et manger. Puis, je partais aux alentours de 21 heures en direction du cinéma. Je me hissais sur les vieux toits glissants des bâtiments qui l'entouraient. D'ailleurs, cela me valut quelques frayeurs nécessaires. Mais finalement, je m'installais toujours au même endroit, là où la meilleure des coïncidences avait bien voulu avoir lieu et laisser apparaître une fissure dans le toit du cinéma. Une fissure suffisamment grande pour pouvoir discerner des images et entendre des fragments de bruits. C'était magique, c'était indescriptible, c'était bien, j'étais bien, là, putain que j'étais bien. Allongé sur un toit parmi les étoiles et sous la surveillance de la lune, mes yeux étaient rivés sur la brèche par laquelle on distinguait les images défiler les unes après les autres. C'était mon jardin secret, c'était mon tout pendant un instant. Rien ne semblait pouvoir faire obstacle à cette éternité.

« Fantôme vermeil,
J'aperçois Verlaine,
Danser sur le chant de vos querelles. »

C'est fou, dire qu'avant on rêvait d'être grand pour réaliser nos rêves alors que maintenant, on rêve d'être petit pour les garder. Triste inversion des choses, quand on y pense. Ces errances nocturnes m'aidèrent grandement à traverser mon adolescence. Elles m'épaulèrent lorsque les nombreuses brimades de mes camarades de classe se faisaient trop lourdes à supporter seul. Elles me firent tenir lorsque ce professeur passa l'année scolaire à me maltraiter mentalement et physiquement juste parce qu'il ne concevait pas que je puisse être dans ma bulle à l'intérieur de sa classe. Au point de me battre, de m'oublier dans la cour de récréation et de dire à ma mère qu'il ne savait pas où j'étais. Ces balades me permettaient d'exorciser ces maux lorsque je ne trouvais pas de mots pour en parler à mes parents. Elles me soutinrent lors de la mort tragique de mon père, lorsque je le trouvai, un matin, allongé dans la salle de bains, victime d'un AVC et d'une crise cardiaque fulgurante. Elles me donnèrent la force d'aider ma mère, de trouver le courage de lui montrer que la vie était quand même belle et qu'elle méritait d'être vécue. Elles m'offrirent des instants de vie pendant lesquels je ne me souciais pas de ce que j'allais devenir.

On a des rituels dans nos vies qui font entièrement partie de nous. J'aime encore me balader tard la nuit, à la tombée du jour, dans le plus profond crépuscule. Comme si, pour trouver ce que je cherche, je devais attendre ce ciel noir. Oui, je fais encore aujourd'hui ces balades nocturnes pour fuir une chose indicible qui me poursuit, une sorte de *Horla*. Comme en ce soir d'hiver.

Cependant, il reste une dernière chose qui nous définit, qui nous construit, qui nous élève. Les différentes rencontres que nous faisons, nos différentes relations, les différentes histoires desquelles nous passons tout près sans jamais oser prendre la plume pour en écrire la première lettre. Cet amour que nous avons perdu ou que nous n'avons osé prendre. Ces différents visages sans noms qui s'inscrivent en nous. Différentes histoires qui nous malmènent mais nous permettent de devenir un être singulier parmi les différents atomes de poussière qui forgent notre monde. Et je sais maintenant une chose : sans ces différents amas de poussière, nous ne serions que des fantômes. Enfin, dans mon monde en tout cas.

James Joyce avait tenté, dans son ouvrage, de décrire le caractère intrinsèque de nos vies avec la fable urbaine. Mais bon, de vous à moi, on ne va pas se mentir, outre le fait que peu de personnes sont réellement arrivées au bout de cet ouvrage, le terme « fable » ne veut plus rien dire de nos jours. C'est dommage, la magie est pourtant ce qui permet aux humains d'être comme deux étoiles.

Chapitre 1 – *Memento mori*

– Tu sais, je crois que je suis en train de tomber amoureuse de toi.

Ces paroles font l'effet d'une bombe sur Martin. Il vient juste de finir de faire l'amour avec Izaa. Allongé sur le lit à côté d'elle, en cet instant il mesure l'écart qu'il y a entre eux désormais. Un abysse profond qu'il n'a pas vu venir. Ses yeux se figent sur le plafond, le contemplant sûrement pour la dernière fois, il prend un moment pour trouver ses mots.

– Tu sais, Izaa, cela n'a pas changé depuis notre première rencontre… Ce qu'on avait convenu m'allait parfaitement et je ne peux pas te mentir. Je t'apprécie, et faire l'amour avec toi, c'est comme danser alors que tout s'écroule autour de nous. Mais je ne suis pas amoureux de toi, et je ne le pourrai jamais. Je suis désolé.

Izaa ne le regarde pas et reste parfaitement calme lorsqu'elle se lève pour allumer la lumière. Mais dans son regard, quelque chose a changé, quelque chose s'est éteint. Cette petite flamme qui était présente il y a quelques minutes à peine n'est plus là. Elle enfile sa veste en laine tout en allumant une clope.

– Tu sais, je ne suis pas dupe, je suis juste étonnée de la situation. J'aurais parié au début que c'était toi qui tomberais amoureux de moi, dit-elle tout en regardant la pluie s'abattre sur les vitres de son balcon.

– Oui, la veuve noire semble s'être égarée, réplique Martin maladroitement, croyant pouvoir cacher sa tristesse.

Mais Izaa ne lui adresse pas un sourire. Celui-ci n'est déjà plus destiné à Martin. Ne plus revoir un sourire auquel on s'est habitué est une chose terrible et la façon la plus efficace de tirer un trait sur le bonheur d'hier.

– Je souhaite que tu partes maintenant, Martin. Je ne t'en veux pas et merci, même, pour ta sincérité et les beaux moments passés ensemble. Mais je veux être seule et je ne veux plus rien de toi. Ce soir, on passe définitivement à autre chose.

– Tu veux que je parte maintenant ? Il est deux heures du matin, il n'y a plus aucun transport et il pleut, je…

– Cela m'est égal et même, cela ne me concerne plus. Je me suis assez inquiétée pour toi. Plus personne ne s'inquiétera pour toi, maintenant, il me semble que c'est ce que tu souhaites.

– Non, c'est faux…

– Tu es chez moi, Martin, et je souhaite que tu partes. Si tu ne le fais pas d'ici cinq minutes, tu violes mon intimité et t'imposes dans mon espace privé. Pars maintenant, prends toutes tes affaires, n'oublie rien car demain, il n'y aura plus rien de toi ici.

La brutalité des paroles d'Izaa et la douceur de sa voix perturbent Martin. Il y devine de la tristesse et de la résignation, mais il ne sent à aucun moment de la haine ni de la colère dissimulée. Izaa est calme, impassible, elle contrôle en cet instant la moindre de ses émotions comme si elle était en train de jouer une partition qu'elle connaît déjà par cœur. Quant à Martin, il a du mal à cacher sa tristesse et son ego en prend un coup. Il est inconcevable pour lui d'être éjecté de cette façon de l'appartement d'Izaa et pourtant, il voit parfaitement qu'il ne peut en être autrement. Il vient de dire non à l'amour qu'elle voulait lui offrir et pourtant, c'est lui qui semble souffrir le plus à cet instant.

– Très bien, je trouve ça dommage d'en finir ainsi. Tu vas le regretter, je le sais et tu le sais.

Izaa ne répond pas et le regarde s'habiller, ranger ses affaires à l'intérieur de son sac. Elle l'accompagne à la porte d'entrée de son reposant studio et lui tend un livre.

– Non, il est à toi, je te laisse.

– Nullement. Je t'ai dit, je ne veux plus rien de toi ici. Si je veux le lire, j'irai me l'acheter.

Izaa ferme la porte aussitôt qu'il a franchi le pas de sa porte.

Martin se retrouve seul à deux heures du matin au beau milieu de Bruxelles, dans cette jungle urbaine, sous la pluie, tenant dans sa main *La Cicatrice* de Bruce Lowery.

« On a des papiers mouillés sur le cœur qui, tels des pansements, le protègent des cicatrices de nos souvenirs », se dit-il.

Heureusement que Bruxelles la nuit est semblable à un parc d'attractions à ciel ouvert. Comme la plupart des grandes villes européennes, on ne sait jamais ce qu'on va trouver au détour d'une ruelle. La ville moderne occidentale est le paradis des aventuriers urbains esseulés à la recherche de quelque souvenir. La pluie est fine et se dépose sur son visage. C'est presque une sensation agréable pour lui de déambuler dans les rues pratiquement vides où les néons des « pakis » recueillent les quelques *Horla* encore debout. Martin, en déambulant dans les ruelles humides, se remémore la rencontre avec Izaa, qui n'avait rien de romantique. Celle-ci semblait sortir d'une histoire de Bukowski, en moins tragique et sordide tout de même. Ils s'étaient rencontrés dans un bar touristique de la capitale belge sur de la musique terriblement énervante. Le genre de musique qui passe à la radio. Ce genre de musique sans âme, ni goût ni couleur, qui pourrait être chantée par n'importe qui. Ce soir-là, Martin était avec ses collègues, d'autres jeunes qui, comme lui, travaillaient dans un endroit sans aucune émotion. Ils étaient sortis prendre un verre place Saint-Géry, au petit bar *La Machine*. Un verre qui en avait amené un autre puis un autre. Traquenard terrible mais courant pour les cœurs esseulés qui souhaitent, le temps d'une courte soirée, fuir cet isolement qui les attend à la sortie du travail. Martin a aujourd'hui 29 ans, bientôt 30, comme il aurait pu dire, gamin. Mais cela fait très longtemps qu'il ne veut plus le dire. Il va sur ses 30 ans et le vide qui s'est entassé année après année le prend à la gorge. Il a l'impression de n'avoir rien construit de solide ni de sérieux. Que ses rêves, que ses victoires semblent bien loin ! Même son enthousiasme à la sortie des études semble n'être qu'un mirage. Aujourd'hui, il ne semble pas plus avancé que le jour où il est arrivé à Bruxelles, il y a cinq ans déjà. Depuis, plusieurs fois par semaine, il sort se vider la tête dans des bars miteux à la recherche d'une âme tout aussi égarée que la sienne. Avant, il se disait d'une manière romantique : « Allons remplir nos verres et écrivons sur une vieille photo de nous nos plus belles promesses. » Maintenant, il pense qu'il remplit ses verres nécessairement pour se vider le cœur. Terrible fable urbaine enivrée par la fièvre d'un vendredi soir.

Au fur et à mesure de cette soirée-là, Martin s'était mis à danser, enchaînant maladroitement les quelques pas qui lui étaient venus à l'esprit. Il faut dire qu'il n'a jamais été un très grand danseur malgré le fait qu'il aime la sensation de liberté que cela peut provoquer. Cet état qui vous dit que rien n'est grave, que les gens peuvent vous regarder, vous juger, cela n'a aucune importance car en ce moment même, vous êtes vous. Il ne sait pas par quel miracle Izaa était venue danser avec lui, copiant de façon beaucoup plus charmante et envoûtante ses pas de danse. Son sourire l'avait directement perturbé, entrant en lui violemment et naturellement. Il était tout aussi naturellement entré à son tour dans le jeu de séduction qu'Izaa venait de commencer.

Il n'est pas très sûr de lui et n'aime pas draguer, mais paradoxalement, il trouve qu'entrer dans le jeu de la séduction est l'une des choses les plus agréables de ce monde. Le mieux dans ce jeu, c'est l'échange de regards avec celle que l'on ne connaît pas. Oui, ce moment délicieux qui nous fait découvrir au loin une beauté jusqu'alors cachée. Une beauté qui nous trouble dans nos rêves éphémères. Quand on plonge notre regard dans celui d'une femme, on sait qu'on n'en ressortira pas indemne, mais on sait que ça sera une aventure extraordinaire. Que ses yeux, son regard et son visage ne nous abandonneront jamais. Il aime également ce moment où la lente et interminable joute de regards prend fin pour laisser place à l'approche ou à la fuite. Le moment où l'une des deux personnes puise au plus profond d'elle-même pour en sortir son plus grand courage. Pour que l'audace s'exprime, affrontant sans doute l'une des plus grandes batailles que l'être humain se doit d'affronter dans la vie. La bataille de la séduction d'un être qui vous a hypnotisé. Cette même bataille dont vous partez vaincu et ressortez quelquefois vainqueur.

Il cherchait inlassablement des deux yeux la silhouette d'Izaa qui jouait parfaitement les notes de cette partition, oscillant entre approche et éloignement. Oui, ce soir-là, elle avait éveillé quelque chose qui était enfoui en lui depuis bien longtemps. Il avait regardé son corps danser devant lui. Sa peau ébène brillait sous le rythme des lumières stridentes du bar. Malgré l'alcool, ses lèvres étaient fraîches et belles, suggérant le goût de l'éternité. Ses pupilles noires n'avaient pas quitté un seul instant Martin tandis que leurs visages s'attiraient dangereusement. Les minutes avaient défilé et semblé rapprocher leurs deux univers. Mais cette étape de séduction n'avait pas duré bien longtemps. Très vite, les deux corps avaient cessé de se frôler pour entrer frontalement en contact l'un avec l'autre. Izaa avait bloqué Martin contre un mur, posant frénétiquement ses mains sur son visage. Les mains de Martin avaient saisi à leur tour le visage d'Izaa pour l'embrasser sauvagement, avant de descendre pour étreindre fermement ses hanches et ses fesses. La suite de la soirée avait établi le fondement de leur relation.

Pendant plus de trois mois, ils s'étaient fréquentés sur la base d'un mensonge auquel ils croyaient l'un et l'autre dur comme fer. Ils pensaient que cela pouvait durer sans que l'un ou l'autre ne s'attache. Ils avaient été clairs dès le début : si l'un ou l'autre s'attachait, il devrait l'avouer et une décision serait prise. Mais aucun des deux ne voulait cela, du moins au début. Izaa avait changé les règles du jeu alors que Martin cherchait simplement à trouver un parfum qui l'envoûtait dans ses rêves, et seulement dans ses rêves.

On se découvre et puis très vite la lassitude se charge du reste, c'est un peu l'effet que procure cette époque où les visages et les corps changent tout en se ressemblant. Chaque début compte une fin, et chaque fin marque le début d'une nouvelle rencontre. L'histoire avec Izaa vient de mettre le point final à cette courte nouvelle. Mais Martin a l'habitude de raturer le livre avant de le finir, il en a même fait sa spécialité. Pour lui, c'est un moyen de se protéger, comme s'il ne pensait pas mériter l'amour ni le désir. Ou peut-être que c'est simplement sa façon de dire : « Aidez-moi. »

Sous la pluie de Bruxelles, Martin sent son portable vibrer. Il le sort de sa poche de veste pour regarder qui lui a envoyé un message, espérant secrètement que cela soit Izaa. De toute façon, à cette heure-ci, qui cela pourrait bien être ? Malheureusement, il ne s'agit pas d'elle mais d'une fille avec qui il avait flirté pendant quelques jours. Il découvre son long message mais étant donné l'heure, il y a des chances pour qu'elle soit complètement bourrée et qu'elle le regrette demain :

« Coucou Martin, j'espère que tu vas bien et que tu as passé une belle semaine. J'aime bien t'envoyer un message de temps en temps pour savoir comment tu vas. Bon, je sais que cela te fait peur, qu'il te faut du temps pour que tu t'ouvres, et vraiment, prends le temps qu'il te faut, je ne veux pas te presser. Tu m'as dit de te laisser de l'air, que tu avais l'impression d'étouffer, je comprends. Cependant, je trouverais ça bête que cela conduise à s'oublier vraiment, au final. Tu sais, j'ai plus ou moins les mêmes soucis que toi, des problématiques qui te ressemblent mais à la différence de toi, je souffre d'être seule donc oui, je peux paraître oppressante pour toi. Mais je n'ai sincèrement pas envie de passer à côté de toi, même si je ne sais pas trop ce que cela veut dire.

Ce que je sais, c'est que je suis très rarement attirée par une personne à ce point.

Désolée, je suis plutôt directe et je ne veux pas te brusquer, mais je pense qu'il n'y a pas pire que d'abandonner, même s'il n'y a que 1 % de chance de réussir. J'aimerais vraiment boire un dernier verre avec toi, Martin, et déambuler dans les rues de Bruxelles comme on le faisait au début. En attendant, je te souhaite de la douceur.

PS : abandonner, c'est déjà mourir à petit feu. »

« Désolé, je suis déjà mort. » Martin referme son téléphone et se met à danser seul, se remémorant les pas qu'il faisait avec elle dans leurs appartements sur un air de salsa cubaine. Et dire qu'ils ne danseront jamais plus…Une fois rentré chez lui, il s'allume une clope et se pose sur le rebord de sa fenêtre qui donne sur la place Flagey. Au travers des gouttes de pluie transparentes qui coulent le long de sa fenêtre, il revoit la couleur de ses vœux. Le spectacle est divin, il semble lui dire que ses larmes n'ont qu'un temps et que comme dans le ciel, le bleu reviendra bientôt. Tenter d'apprécier l'hiver pour accueillir le printemps comme il se doit, voilà ce qu'il est en train de se dire en cette journée d'octobre. Sur un fond de Prévert, Martin regarde la pluie tomber comme on regarde les feuilles mortes.

« Les feuilles mortes se ramassent à la pelle
Les souvenirs et les regrets aussi
Mais mon amour silencieux et fidèle
Sourit toujours et remercie la vie
Je t'aimais tant tu étais si jolie
Comment veux-tu que je t'oublie
En ce temps-là la vie était plus belle
Et le soleil plus brûlant qu'aujourd'hui. »

***

Le bruit que provoque sa respiration ne cesse de résonner au milieu de ce désert tourmenté. Comme si le silence devenait trop brutal, trop lourd à entendre. Comme une gêne dont on connaît la provenance et dont on ne peut se débarrasser. Le réveil qui sonne à 8 h 30 a l'effet d'une massue s'abattant sur son crâne.

Son rituel du matin est le même chaque jour et pourtant celui-ci prend toujours un temps différent. Il commence à mettre sa cafetière Bialetti sur le feu tout en lançant un fond musical. Versant son café dans une grande tasse, il s'allume une clope en s'asseyant sur un vieux fauteuil qui a accueilli bien trop d'âmes. Assis en face de sa fenêtre, il observe la ville se réveiller. Martin n'a pas besoin de beaucoup de sommeil. Depuis tout petit, la nuit pour lui oscille entre perte de temps et angoisse. Il repense à ces histoires sans début ni fin qui écrivent la sienne et contemple ses amours. Il ne sait plus à quels visages appartiennent les noms. Il ne se sent pas pour autant subjugué par ces « trophées » d'histoires. Au contraire, il se sent vide, profondément vide et asséché. Comme si chaque relation consommée lui arrachait un peu plus de sa force, de sa croyance et de l'amour qu'il peut porter. Mais pour autant, c'est dans ces souvenirs morts qu'il trouve un semblant de vie amoureuse. C'est d'ailleurs assez drôle de percevoir la seule chose vivante de ce monde dans un bonheur mélancolique, éphémère, alors que tout autour de soi les choses paraissent mortes.

Un jour, qui a semblé durer des décennies, ces feuilles mortes ont porté le doux nom de Florine. Et pendant plusieurs soirs où le crépuscule s'est installé en maître, ce nom était celui d'Izaa, Lola ou d'autres. Douce poésie tragique qu'est le temps qui change les amours, mais qui ne peut changer les cœurs. Mais Martin n'est plus naïf, cela fait bien longtemps qu'il ne croit plus aux histoires à l'eau de rose et il sait que chercher l'amour revient à l'abattre. Mais il ne peut se résoudre à abandonner cet idéal. Il a donc l'impression de danser seul et d'être dans une sorte de Truman Show où il regarderait sa vie se dérouler sans pour autant en être le réalisateur. Martin est un rêveur, un utopiste voire un idéaliste et surtout, un solitaire endurci par l'isolement. Une boule de nerfs, bousculée par des pensées contraires. Fumant sa clope, il attrape son carnet Paperblanks où sont consignées des dizaines de poèmes, histoires non terminées et pensées homériques. Il l'ouvre à une page sur laquelle on peut lire :

« Tu me détesterais car j'ai oublié mes rêves et mes idéaux, je me suis laissé entraîner dans ce cynisme ambiant, oubliant une fois de plus qui je suis, oubliant qui nous sommes. Tu sais, j'ai essayé, j'ai couru aussi vite que je le pouvais dans les plaines islandaises comme on en rêvait, j'ai même eu les mains pleines de toutes les peintures de ce monde. Mais je n'ai rien pu faire, j'ai moi aussi sombré dans cette humeur noire chronique, à l'image de mes écrivains préférés. Comme tu le redoutais tellement jadis. Le besoin d'air pur me brûlait la gorge autrefois, un peu comme l'enfant qui, dévoré par le besoin de repères, en cherche un inlassablement, en vain. Je me suis rendu compte que l'humain a tellement de plaies que la paix lui fait peur et qu'elle le perturbe. Et moi maintenant, j'affabule en déambulant, contemplant la plume d'un enfant du siècle. Ah ! J'ai enfin compris la fin de *Martin Eden*, il me semble. »

Martin prend son stylo-plume et inscrit une dernière phrase à la suite : « On a des papiers mouillés sur nos cœurs, n'attendant qu'une étincelle pour prendre feu. »

Une fois son stylo et son carnet rangés, Martin contemple avec la plus grande neutralité ce paysage qui dessine la ville sans trop savoir quoi en penser, tourmenté par la fascination de cette jungle urbaine et la honte de cette frénésie qui fait des villes ce qu'elles sont. Souvent, il se met à penser qu'il est né bien trop tard, qu'il possède une âme ancienne dans un corps de jeune. Lorsqu'il regarde ses contemporains pleinement ancrés et satisfaits au sein de cette société, il se dit qu'il doit sûrement passer à côté de quelque chose, mais qu'il ne peut faire autrement. Cela en est ainsi depuis l'enfance, il a appris à accepter et à développer sa résilience face à cette sensation. De toute façon, il n'a pas trop le choix. Il a ce don ou cette malédiction de se rappeler, chaque jour qui passe, l'enfant qu'il était. Cependant, Martin n'est pas un cas psychologique, il est simplement l'enfant de ce monde. Une personne perdue dans la solitude moderne, dans l'effroyable isolement des grandes villes. Dans cette cruelle fable qui conte les limbes contemporains. Comme beaucoup, il ne comprend pas toujours ce qui définit les gens, ce qui pousse une personne à être ce qu'elle est, à arriver là où elle est. Qu'est-ce qui nous détermine en tant qu'individus propres ? Qu'est-ce qui fait qu'un jour, on souhaite se différencier de l'autre et non suivre le même chemin ? Qu'est-ce qui fait qu'un enfant, des années plus tard, se retrouve à telle ou telle place : patron, ouvrier, avocat, sportif, criminel ou marginal ? Il ne comprend pas comment les fables urbaines prennent naissance.

Les ailes de l'enfance, celles de l'ignorance, nous transportent jusqu'au moment où elles cessent d'exister, nous propulsant alors vers une vie qu'on n'avait pas prévue, loin des plaisirs enfantins, loin des châteaux de sable. Martin se rappelle souvent ces châteaux qu'il bâtissait avec son père, les heures passées à s'amuser alors que le matin même, il pleurait à chaudes larmes pour pouvoir rester à la maison. Il repense à ces moments de douceur qu'il avait refusés enfant, et qu'il ne peut rattraper maintenant. « Quel con ! », se dit-il. Il paraît que le temps cicatrise les blessures, mais Martin est plutôt comme ce petit Jeff sorti tout droit de l'imagination de Bruce Lowery. Il pense que chaque personne a une cicatrice, que celle-ci peut se voir physiquement ou peut être intérieure. Chaque personne tente toute sa vie de cacher tant bien que mal cette marque, espérant en vain qu'elle disparaisse. Mais soyons honnêtes, s'il advenait qu'elle disparaisse, nous ne serions plus réellement nous-mêmes, si ? Sans nos catharsis, la vie ne vaudrait pas la peine d'être écrite par des milliards de scénaristes.

Oui, souvent, le matin, il ose se plonger longuement dans ce doux sentiment qui porte le nom grave de *nostalgie*. Cette douce mélancolie qui le guide à travers l'utopie de ses chemins. C'est pour cela qu'il aime se coucher tard et se lever au petit matin. Mélancoliques, enfantins, joyeux ou tristes, nous le sommes tous. Cependant, il y a peu d'apothicaires de l'âme. Tous pressés par ce temps perdu à se trouver sans jamais pouvoir y parvenir et comprendre que c'est une bonne chose. La mélancolie, c'est un joli sentiment, un bel état dont il faut apprendre à se défaire tout en chérissant les moments où on s'y plonge corps et âme.

Mais l'impression de cette soirée venant de se terminer avec Izaa n'est qu'un éternel recommencement qui ne peut le quitter. Comme un schéma qui se répète malgré les changements de la vie. Depuis Florine, il n'a eu que des relations éphémères, jouant la plupart du temps le même rôle, celui de l'amant dans un trio amoureux, celui qui va permettre à la fille de comprendre qu'elle n'est pas bien avec son copain, celui qui l'aide à se remettre d'une rupture trop douloureuse. Dans toutes ces situations, il a fait mine de ne pas s'attacher et on ne lui a jamais demandé comment il allait réellement. Izaa était sa relation la plus normale depuis Florine, mais il sait qu'elle est déjà loin, que des vents contraires ont eu raison d'eux. « Ce n'est pas si mal, finalement » se dit-il dans un soupir, changeant de musique sur son portable.

That's why I love the moon
Every night it's there for you
It's constant
Unlike these human beings
Who lie about what it seems to be
You think the Earth is where you stand
You're in the palm of someone's hand
And that's why I love the moon
'Cause it's always there for me.

Cela fait quelques mois ou quelques années que Martin a échoué dans la capitale belge. Il ne sait pas exactement, il n'a jamais été du genre à compter les jours. Malgré la météo des plus aléatoires, il y fait bon vivre et Martin semble se plaire autant que faire se peut. Ce climat lui convient parfaitement, lui qui n'aime pas les villes trop ensoleillées. Bruxelles regorge de multiples richesses où le bonheur peut se loger en toute simplicité. C'est la ville idéale pour les amoureux des plaisirs simples, malgré la dureté de la vie. Et c'est pour ça qu'elle lui correspond si bien. Pourtant, ça n'était pas son premier choix, il serait plutôt allé à Lisbonne ou à Prague, mais le hasard a décidé que ses valises devraient se poser ici et non ailleurs. Il a appris à se satisfaire de ce coup du sort et même à l'apprécier. Il répète souvent à ses nouvelles connaissances : « Je me retrouve dans ce pays à la météo triste mais où l'on peut profiter profondément les plaisirs simples de la vie. J'ai quitté la France et mon chez-moi, sans le regretter un seul instant, quelques années après la fin de mes études, ne voyant aucune porte s'ouvrir malgré mes diplômes universitaires. Alors je suis venu tenter ma chance ici. Et puis, il ne fait plus bon vivre en France, les multiples crises de confiance envers les politiques, les différents attentats et l'économie chevrotante, rendent le climat français délétère. Je ne pouvais plus respirer, il fallait que je parte. Je me sentais étranger dans mon propre pays. »

Cependant, Martin est lucide sur sa vie. Loin des instagrameurs et autres vendeurs de rêves, il sait qu'elle n'est toujours pas exceptionnelle. Mais il s'est résigné avec une grande douceur à oublier un destin romanesque. Il sait qu'il n'est pas comme son homologue Martin Eden. Il veut simplement tenter de mettre des sentiments dans son cœur pour combler ce vide en lui.

En ce dimanche matin, étrangement, il se sent bien. Il se sent parfaitement à l'endroit où il doit être. Le dimanche est devenu au fur et à mesure des années sa journée préférée. Elle lui permet de prendre le temps de flâner, de se payer le luxe de ne pas réfléchir à ses actes ni à sa vie. Si le temps est clément, il se promène dans l'un des nombreux parcs de Bruxelles. Il va souvent au parc Duden dans le quartier de Forest. C'est un espace très agréable où l'on peut facilement trouver une place où s'installer et se reposer toute l'après-midi. Entendre le rire des enfants en train de jouer au foot, à cache-cache ou au cerf-volant tandis que les parents discutent entre eux ou jouent à la pétanque. On peut observer les bandes d'amis se réunir en milieu d'après-midi autour d'un pack de Jupiler, se ressourçant ainsi avant d'attaquer une nouvelle semaine. Cela dépend de ses humeurs, mais souvent, il consacre son dimanche à calmer sa solitude ainsi que sa mélancolie. Il leur parle, se promène avec elles. Il s'occupe de ces sentiments cachés au plus profond de lui. C'est l'un des rares moments où il les autorise à sortir et à se promener. Il a appris à contrôler cet état mental et physique grâce à un poème de Charles Bukowski :

There's a bluebird in my heart that wants to get out but I'm too tough for him
I say, stay in there
I'm not going to let anybody see you

There's a bluebird in my heart that wants to get out but I pour whiskey on him and inhale cigarette smoke and the whores and the bartenders and the grocery clerks never know that he's in there
There's a bluebird in my heart that wants to get out but I'm too tough for him
I say
Stay down, do you want to mess me up?
You want to screw up the works?
You want to blow my book sales in Europe?
There's a bluebird in my heart that wants to get out but I'm too clever, I only let him out at night sometimes when everybody's asleep
I say, I know that you're there
So don't be sad
Then I put him back
But he's singing a little in there, I haven't quite let him die and we sleep together like that with our
secret pact
And it's nice enough to make a man
weep
But I don't weep
Do you?

Mais quelquefois, il profite du dimanche pour sortir avec ses amis, ses collègues de boulot, ou avec une fille rencontrée la veille dans un bar ou sur un triste site de rencontres. Loin d'être une personne extravertie, il a néanmoins des amis qu'il voit souvent, provenant de plusieurs bandes différentes, refusant ainsi la tyrannie du groupe.

Ce sentiment d'appartenance à un groupe, à un dogme, il le fuit à toutes jambes. Encore plus que l'amour. Pour lui, l'amitié se cultive mais ne doit pas s'imposer. Il y a de belles rencontres qui durent le temps d'une soirée, d'un échange, d'un voyage, il ne faut jamais fermer la porte à quelqu'un au prétexte du groupe. C'est d'une lucidité sans cynisme. Mais en ce dimanche, Martin a besoin de se retrouver seul après la soirée qu'il vient de passer. Il a besoin de se ressourcer et de se repasser le film de la veille pour comprendre. Il regarde par la fenêtre pour juger du temps. Une pluie fine s'abat sur Bruxelles. Ce n'est rien, il ira au café aujourd'hui.

Fragment de vie numéro 1
La nostalgie

Ce matin, j'ai le corps en morceaux et le cœur ne va pas mieux. Cela fera bientôt neuf ans que tu m'as quitté brusquement. Derrière ma fenêtre, je vois de belles images au milieu d'un triste sillage. Ça me donne envie de composer un beau texte évoquant une histoire d'amour qui commencerait par la fin. Pourtant je n'en ferai rien, comme souvent.

Vous revoilà ? Vous n'avez pas eu peur de ce trop-plein de noirceur, c'est bien. La noirceur est une composante essentielle de notre monde, elle a donné naissance aux plus belles créations. En fait, je ne voulais pas dire noirceur, excusez-moi, je voulais dire ce trop-plein de mélancolie, la nuance est là pour exploiter la différence d'intention. J'ai aimé vous parler frontalement au début du texte, je me suis dit qu'il serait préférable pour vous d'en savoir un peu plus sur mes pensées ainsi que sur ma vision de l'amour car on ne va pas se mentir, la plupart des histoires qu'on écrit, c'est pour taire une histoire d'amour qui a avorté. J'ai décidé en parallèle de mon histoire présente, de vous emmener dans mes fragments de vie. Vous savez, j'ai du mal à parler depuis que le silence tue mes peines, et je trouve qu'il s'exprime mieux que moi.

***

Je me souviendrai toute ma vie de toi, Florine. Tellement tu as été inexplicable, inespérée, improbable et incongrue. Ton odeur, ton visage, ton regard, ta voix, tes hanches, jamais je n'oublierai tout cela. Et même si je le voulais, je n'y parviendrais pas. Et ton regard, putain, ton regard me manque cruellement. Tu es comme la nostalgie pour moi, tu vas et tu viens au fil du temps. Je peux t'oublier pendant quelque temps, quelques années, soyons fous, dans les bras d'une ou plusieurs filles, mais tu reviens toujours inexorablement sans que je ne puisse rien y faire. Comme des heures qu'on nous enlève, qu'on nous dérobe et puis qu'on vient remettre à l'endroit exact quelques années plus tard. La nostalgie peut rendre triste et le temps efface tout, changeant les visages des personnes qui nous entourent. Mais toi, oui toi, tu échappes à toutes ces règles, à toutes ces normes. Tu as toujours pris un malin plaisir à te faufiler à travers les failles du temps, de toute façon. Oui, toi, ton prénom restera à jamais intrinsèquement lié à la nostalgie et au temps qui passe. Et pourtant, je ne pensais jamais pouvoir ressentir cela. Je ne pensais jamais pouvoir être marqué par une personne, je me l'étais même interdit. Durant toutes les années qui précédèrent notre rencontre, je me suis efforcé de bâtir une carapace digne des plus puissantes cités, digne de Carthage. Enfin, cette carapace était innée en moi, elle était mon habit. J'étais bien dans ses bras. Et toi, d'un coup, tu as renversé toutes mes barrières, tous mes principes de protection ainsi que mon armée de démons. Tu as même balayé de mon esprit l'idée que tout vient à casser et qu'il ne sert alors à rien de s'attacher. C'était tellement bon de savoir qu'à travers le regard d'une autre personne, on pouvait se sentir plus libre qu'un ange. Et c'est bon de savoir que grâce à toi, je m'efforce de croire que tout n'est pas vanité et que la folie a du bon. Dans ma tête, c'était n'importe quoi quand tu étais là, mais c'était une douce folie. Une ode à l'amour. C'était ça, ma folie, ma propre folie. Grâce à toi j'avais l'équilibre à l'intérieur de mon monde. Une fable ordinaire entre deux étoiles.

Il y a des rencontres auxquelles on s'attend sans pour autant savoir pourquoi et quand elles surviendront. Mais on est persuadé qu'un truc fantastique nous tombera dessus dans la semaine, le mois ou l'année. Je ne parle pas ici d'un espoir, de quelque chose de friable. Non, je parle vraiment d'un sentiment où l'on sait pertinemment que quelque chose va bientôt advenir. Moi, cela faisait des années que je me faisais plus d'illusions par rapport à cette phase. Depuis que mon meilleur ami Enzo était parti, et même avant si je suis honnête avec moi-même. Je n'ai jamais eu le don pour créer des liens. Petit, j'avais peur et maintenant, je préfère prendre des trains qui vont dans les mauvaises directions. Par rapport aux relations que je nouais ou pas avec les autres autour de moi, tout me semblait superflu et fragile. Je ne voyais que des preuves d'amour superficielles, des échanges artificiels comme leurs prétendus sentiments à l'égard des autres. C'était tout simplement de l'égoïsme. Faire une chose de bien, prouver qu'on est quelqu'un de bien pour pouvoir se dire que nous sommes quelque chose, comme dirait Anthony de Mello. Pour moi, tout cela n'était qu'un ramassis de conneries et je préférais être seul la plupart du temps. Au fond, depuis tout petit, j'ai cette rancœur en moi, ce manque au plus profond de moi-même qui me fait être en marge.

Ta rencontre coïncida avec un nouveau cycle pour moi, celui de l'université. Et pourtant mes journées, durant ma première année de fac, se contentaient de suivre inlassablement le même rythme maussade que les années précédentes. Je me levais à sept heures et vingt-six minutes précisément pour aller prendre un verre de jus d'orange et passer sous la douche pour réveiller tous mes sens. Ensuite, à sept heures quarante, je partais de chez moi pour prendre ma voiture et aller à la fac. Tous les matins, j'avais le droit au bouchon habituel qui me faisait arriver à l'université à huit heures et quart. Soit un quart d'heure avant le début des amphithéâtres. Pour faire passer le temps, je mettais tous les matins mon casque à la sortie de la voiture et une fois assis dans l'amphi, je sortais mon livre pour lire quelques pages de plus. Puis venaient les quatre heures de cours du matin qui passaient plus ou moins bien, selon les jours. Bukowski avait vu juste : comment peut-on trouver du plaisir dans n'importe quel schéma de vie dicté par les obligations de l'heure ?

Les après-midi, je me dirigeais dans les classes où mes cours avaient lieu, me mettant tout le temps seul au fond pour observer et écouter ce qui se disait dans la classe. Bien sûr, je n'étais pas le seul à me mettre à l'écart, contraint par ma timidité et ma non *coolitude*. Alors, on entendait les récits des autres personnes ayant des vies en apparence trépidantes, pleines de vues sociales. Je jalousais autant que je détestais ces personnes à la vie parfaitement normale pouvant jouir de nombreuses interactions sociales. La solitude moderne est un poison redoutable et inévitable qui se nourrit pour chacun d'entre nous de notre peur de ne pas être accepté par les autres. De ne pas trouver une personne sur qui on peut se reposer, avec laquelle on peut rêver, partir à l'aventure. Imaginer un amour impossible à travers un regard. C'est le fruit de notre époque, tandis que moi je ne suis qu'un fruit tombé de cette époque. Le virtuel véhicule, une nouvelle propagande de la normalité de la vie, de nouveaux outils pour de nouveaux colons. Oui, tous les jours, je regardais ce ballet vénitien où chacun porte un masque différent, mais semblable aux autres à la fois. Beaucoup de cœurs se mettent à battre, mais très peu à vibrer, n'est-ce pas ?

Une fois les cours finis, je partais à la bibliothèque universitaire où je pouvais observer une fois de plus le vide béant qui circule entre nous. Je voyais beaucoup d'humains dans cette fac, mais très peu d'humanité, pour le coup. Car l'humanité, tout compte fait, n'est pas la somme des choses qui nous rendent semblables, mais la somme des choses qui nous rendent différents. Car sinon nous ne serions que des robots, incapables de faire différemment les uns des autres et surtout incapables de surpasser les choses qui ne sont pas comme nous. Cependant, j'aimais bien me retrouver à la bibliothèque où s'entremêlaient tous les savoirs possibles. Je passais des heures à lire ou à faire mes devoirs, tout en regardant timidement et jalousement les autres garçons parler aux jeunes filles. Une sorte de dernier romantique à la Delacroix bien trop timide pour être celui que je souhaitais être. Puis à 19 heures, quand la fermeture de la bibliothèque approchait, je rentrais chez moi pour dîner avec ma mère qui m'attendait, comme un jeune délinquant qui attend un geste d'amour et de compréhension. Depuis le décès de mon père, je ne manquais pour rien au monde mon rendez-vous habituel du soir avec ma mère, autour d'un bon repas, puis ensuite autour d'un film, d'une émission. Je profitais de n'importe quel prétexte pour rester un peu plus avec elle le soir. Puis, quand elle allait au lit aux alentours de onze heures, c'est à ce moment-là que je sortais me balader dans les rues quelques heures pour retrouver un peu du charme perdu de mon enfance. Bien que ma ville se fût transformée au fur et à mesure des années et qu'à la suite de la mort de mon père, nous dûmes déménager dans une maison plus petite, le même charme de ces balades opérait toujours en moi. Une fois à l'université, mes balades me conduisaient souvent dans des résidences étudiantes où toute la jeunesse semblait vivre pleinement. Moi, je passais là avec cette même haine incompréhensive. Je me posais toujours cette question en passant devant, je me demandais si c'était moi qui étais vraiment en vie ou si c'étaient eux finalement qui avaient raison. Si toutes ces choses en quoi je croyais n'étaient tout simplement pas dues à ma dépression chronique. Si mon chemin, que je voyais comme une peinture d'Odilon Redon, n'était tout simplement que noirceur et haine. Certains soirs, j'avais vraiment l'impression d'être un fantôme, une masse déambulant sans raison dans les rues. Un *Horla* ne sachant pas qui il devait maudire. C'est justement durant l'une de ces balades que j'aperçus pour la première fois, sans le savoir, Florine. Il me semble que nous étions le premier soir du second semestre universitaire, vers le 20 janvier. Il ne faisait ni froid ni chaud, le temps était clément et doux et la plupart des étudiants revenaient de leurs vacances. Et c'est là où j'ai distingué pour la première fois sa silhouette, au détour d'une voiture, elle venait de vider sa poche de veste dans une poubelle. Je ne pus la distinguer que très vaguement, mais c'était suffisant pour apercevoir sa longue et belle chevelure, son regard fluide et aussi profond que les océans, ainsi que son sourire qui révéla quelque chose au plus profond de moi. Quelque chose que je n'avais jamais soupçonné jusqu'alors. Je ne connaissais pas cette fille, je me disais même que je ne la reverrais probablement jamais.

Mais j'en étais tombé sous le charme, complètement. Et alors, sur cette fille dont je ne connaissais pas la moindre chose, je me mis à écrire et écrire encore et encore, sur ce qu'elle m'inspirait. J'étais emporté par le bruit des galets démolissant la fenêtre de sa vie pour l'emmener avec moi, loin, sur des places gelées là où le soleil bleuit. C'était joli. Les phrases s'enchaînaient parfaitement et au bout d'une heure d'écriture, fier de moi, j'embrassai mon calepin et le glissai sous mon oreiller avant de m'enfuir vers la douce imagination des rêves que je ne connaissais pas encore, mais que j'étais impatient de connaître. Dormir pour moi n'a que cette utilité, permettre de rêver sans que personne ne nous en empêche. Quelques semaines passèrent à la suite de cet épisode et rien de bien intéressant ne vint tromper mes longues journées de solitude volontaire. Mais quelque chose en moi semblait avoir changé temporairement. Mes journées n'avaient plus le même goût, elles semblaient moins fades, moins insipides, moins monotones qu'avant. Et pour cause, durant chaque moment libre, je ne pensais plus à partir ailleurs, mais juste à recroiser le regard de cette fille. Je me surprenais à sourire devant ma glace, à chercher inlassablement son regard et à être réveillé chaque matin par la dureté de mon sexe. C'est con, mais je n'arrivais pas à m'en défaire. J'avais trouvé là, semblait-il, la branche qui me maintenait à terre, qui me rattachait aux autres, tout en m'entraînant avec elle dans une tornade sans fin de laquelle je ne pouvais sortir sans égratignure.

Les semaines passèrent et se ressemblèrent, mais un événement national allait tout faire changer. Nous devions être vers le mois de février quand l'État, dépositaire du pouvoir, proposa un texte de loi qui régirait l'ensemble de la société, si l'on savait bien lire entre les lignes. Il s'agissait d'un texte qui promouvait l'individualité, la compétition, le travail pour le travail, l'accélération complète de toute la société dans un système artificiel et numérique où l'art ne serait plus présent en tant que tel, où le social serait voué à disparaître ainsi que le partage et l'amour des autres. Une société jouant sur la peur, sur la surveillance sous couvert de la préservation de la liberté. En fait, il s'agissait de rentrer complètement et une bonne fois pour toutes dans cette société mise en place inconsciemment depuis des années. Cette même société que je rejetais au plus profond de moi. Alors, tout naturellement, je pris part à la première manifestation contre cet ensemble de mesures qui avait lieu dans ma ville tout en me renseignant tous les jours sur ce qui gravitait autour. Il faut dire que mes différentes lectures m'avaient éduqué et préparé à ça. En effet, le rejet de cette société ainsi que la défiance à son égard étaient présents dans les différents livres et films que j'aimais. Puis il faut dire qu'au fond de moi, c'était intrinsèquement lié, je ne savais tout simplement pas que cela s'exprimait par la contestation et par un réveil soutenu par des centaines de milliers de personnes. C'est à ce moment que j'ai compris que je voulais être journaliste. Mais une fois n'est pas coutume, je fus déçu au plus profond de moi-même par les autres. Non pas par ceux qui se levaient et qui essayaient, tant bien que mal, de faire valoir leurs droits, leurs paroles et leurs idées même si c'était souvent d'une façon maladroite, mais par ceux qui ne faisaient rien, qui restaient oisifs, ne cessaient de cracher leur venin sur ceux qui essayaient tant bien que mal quelque chose. Sur ces mêmes personnes qu'ils applaudissaient un jour pour ensuite, une fois la réalité revenue, les poignarder dans le dos. Je les voyais tous s'agiter pour déstabiliser et discréditer les mouvements sociaux qui avaient lieu dans ma ville et dans ma fac. Je ne pense pas qu'ils faisaient ça par conviction, mais plutôt qu'ils étaient poussés par l'effet pervers de la société qui, les rendant oisifs, les poussait à agir de la sorte pour prouver qu'ils étaient dans le vrai en ne faisant rien. C'est donc ainsi que je commençai à rejoindre les assemblées générales de ma fac. Je n'avais jamais vu ça, à vrai dire. Les amphis étaient pleins de personnes de tous horizons et de tous idéaux, mais unis contre le même mal, celui de la société du moment. Je ne me sentais plus seul, tout à coup, bien qu'étant extrêmement intimidé et ayant toujours ce vide en moi, je sentais une étrange chaleur parcourir mon être. Durant les premières assemblées générales de ma fac, j'observais de loin le déroulement des séances et des différentes joutes verbales. Je n'osais pas prendre la parole à cause de ma chère amie, mon mal-être nécessaire, ma timidité maladive. Cependant, je ne perdais pas une miette de ce qui se disait et je participais à chaque action votée. Puis un jour, une personne m'ayant aperçu plusieurs fois me fit signe de venir vers elle d'un geste discret de la main.

– Salut, je m'appelle Joe, tu vas bien ?

– Salut, oui, je vais bien ! lui répondis-je timidement après un petit moment d'hésitation.

– Tu viens souvent ici, non ? me demanda-t-il avec un sourire qui semblait être bienveillant.

– Oui, je viens tout le temps maintenant depuis quelques semaines… à dire vrai, je n'ai raté que la première séance. Pourquoi ?

Joe me regarda avant de lâcher un petit rire qui me mit en gêne.

– C'est juste que je t'ai vu souvent ici effectivement, mais je ne t'ai jamais entendu prendre la parole. C'est pour ça que je suis venu te voir, pour faire ta connaissance et pour voir ce que tu avais à dire.

– C'est très gentil de ta part. C'est juste que je préfère observer les autres parler. Mais si j'ai quelque chose à dire, ne t'en fais pas, j'interviendrai ! lui répondis-je pour le rassurer et ne pas perdre la face.

– D'accord, il n'y a pas de souci ! Dis, tu ne veux pas faire partie de notre comité de mobilisation ? Tu sais, ce n'est pas un parti politique ou autre, c'est une organisation étudiante dans le but de coordonner des actions à la fac ou en dehors. On a besoin de toute la force vive qui est disponible, alors tu es naturellement le bienvenu.

– C'est le comité qui organise les assemblées et les actions, c'est ça ?

– Tout à fait, ça te dit, du coup ?

– Je ne sais pas trop… je me suis toujours méfié des associations d'individus à but politique en fait. Je ne souhaite pas avoir une étiquette politique et… je suis plutôt solitaire, tu vois ?

– Tu sais, il est vrai que la plupart d'entre nous sont encartés dans divers partis, je ne vais pas te mentir. Mais regarde, nous venons tous de partis différents et pourtant nous nous assemblons pour une lutte commune.

– Oui, mais vous venez tous de la même mouvance…

– Ce n'est pas faux, mais ce n'est pas notre faute si ceux qui viennent d'autres mouvances ne participent pas. On ne va quand même pas s'excuser pour les autres, c'est une rhétorique qui n'a pas de sens. Ceux qui sont d'une autre mouvance n'ont qu'à venir parler et participer à la vie du collectif universitaire, on ne les en empêche pas. Tu vois ?

– Oui je vois, c'était une rhétorique intellectuelle perverse. Désolé…

– Non, camarade, ne t'en fais pas ! Je te comprends, ça peut faire peur, le milieu du militantisme. Les gens ont souvent peur de perdre leur libre arbitre, leur libre pensée et de devoir se conformer à un idéal dicté par un parti. Il est vrai, peut-être, que dans certains lieux ou avec certaines personnes, cela en est ainsi. Mais que veux-tu, la bêtise humaine n'a pas d'odeur, et on ne peut lutter contre elle que par l'intelligence collective, non ?

– Je suis d'accord avec toi.

– Alors, tu es des nôtres ?

C'est donc ainsi que j'ai rejoint le comité de mobilisation de ma fac, par la force des choses et du hasard. Je venais en quelque sorte de me sociabiliser, bien que ce groupe fût vu par la plupart des étudiants comme un groupe de marginaux, de fous, et également de feignants. Mes journées changèrent alors d'aspect. Elles n'étaient plus imbriquées dans le moule que je m'étais confectionné, loin de la violence des autres. J'essayais chaque jour de faire de mon mieux pour allier cours et comité, ce qui parfois me forçait à rater des cours peu importants, mais sacralisés dans l'imaginaire de mes camarades de classe.

Un jour, alors que j'étais en train de confectionner une banderole qui allait être exposée dans ma fac, une douce et mélodieuse voix derrière mon épaule se fit entendre.

– Des parents humiliés, ça fait des…

– Je n’ai pas encore fini ma phrase, ça ne sert à rien que tu la lises maintenant, répondis-je automatiquement sans me retourner vers mon interlocutrice.

– Eh ben, tu sais parler aux gens, toi, dis donc.

– Désolé pour cette réponse brusque, mais je n’aime pas être dérangé quand je me concentre.

– Je ne peux donc pas rester à côté de toi pour connaître la fin de ta phrase, alors ?

Je me retournai pour lui répondre quand tout mon être se crispa en un instant. Ce regard, ces lèvres, cette cascade de cheveux, ce visage si fin et doux. C’était elle, il n’y avait aucune confusion possible. Aucun doute ne subsistait en moi. Pendant que je perdais pied, elle, elle me regardait avec un regard à la fois surpris et amusé, tandis que moi, je voyais l’un des plus beaux regards qu’il m’avait été possible d’observer.

– Alors je peux ?

– Oui, oui, bien sûr que tu peux ! lui répondis-je en bégayant.

– Tu m’as fait peur. J’ai bien cru que tu allais me dire non et que cette place était réservée. Je me serais sentie toute bête, ahah.

Tu semblais si sûre de toi, imperturbable comme une montagne en parfait accord avec toi et les autres. Tu semblais tellement inaccessible, à cet instant.

– Une place ne peut pas être réservée. Elle appartient à tout le monde, lui répondis-je sans trop savoir pourquoi, sans doute dans le but de combler la gêne qui s’installait en moi.

– Surprenante réponse, mais je suis d’accord avec toi.

D'un geste de la tête, j'acquiesçai sans prononcer la moindre parole. Elle, de son côté, ne semblait pas gênée par cette scène. Elle ne m'avait sans doute pas repéré ce soir-là comme moi je l'avais fait. Elle s'approcha de moi tout en passant sa main droite dans ses cheveux pour les remettre derrière son oreille droite.

– Au fait, je m'appelle Florine, enchantée de te connaître.

– C'est un très beau prénom, cela ne m'étonne pas d'ailleurs.

À ce moment-là, elle éclata de rire. Tout était splendide chez elle. Tout me plaisait en elle, c'était dingue. Je la connaissais à peine, mais je ne pouvais déjà plus m'échapper de son emprise. Le temps lui-même semblait ralentir sa course pour l'observer.

– Pourquoi mon prénom ne t'étonne pas ?

À cette réponse, je fis mine de ne pas entendre ce qu'elle m'avait dit et je me concentrai sur la fin de ma banderole. Elle, toujours avec un large sourire, observa ce que j'étais en train d'écrire. Sachant que son regard observait mes faits et gestes, je me concentrai pour ne rien trahir, pour faire le travail le plus propre possible. Une fois cela fini, je m'écartai pour lui laisser le champ libre.

– Des enfants indignés… « Des parents humiliés, ça fait des enfants indignés. » Cette phrase est tout simplement magnifique, elle est de toi ?

À ce moment-là, l'envie de dire que cette phrase venait de moi était extrêmement forte mais je ne pouvais pas faire cela.

– Non, malheureusement. J'aurais adoré, mais elle est issue d'une chanson que j'affectionne tout particulièrement.

– Tu me feras écouter cette chanson ?

Quand Florine me demanda cela, une nouvelle fois, une réaction étrange émana en moi. Elle était à la fois gênante mais si agréable et je ne pouvais répondre que par un signe de la tête. Elle resta cependant avec moi quelques minutes de plus avant de partir rejoindre son cours. Moi, à son départ, je restai là, ne pensant à rien d'autre qu'à cette fabuleuse rencontre qui venait de se produire contre toute attente. Ce magnifique cadeau que me faisait le destin ou bien la vie. Les jours passèrent et je ne voyais que très rarement Florine au comité, mais bien sûr, cela suffisait à illuminer mes semaines. Et lorsqu'elle était là, elle venait souvent parler avec moi pour je ne sais quelle raison. Je me le demande toujours d'ailleurs, d'autant plus qu'elle ne laissait pas indifférents les autres garçons du comité qui gravitaient autour d'elle. Cela m'exaspérait au plus profond de moi-même, et je voyais alors la même noirceur en eux que celle que je voyais en mes camarades de classe. Une fille qui vous plaît peut vous rendre jaloux, et quand la jalousie est là, il vous faut prier de toutes vos forces et de toute votre âme pour que celle-ci vous épargne, du moins qu'elle rende votre sort un peu moins dur. Car la jalousie vous rend fou, elle vous éteint inconsciemment à petit feu. C'est une horrible folie qu'on adore cependant avoir et qui est indispensable.

Un soir, alors que Florine était présente au comité de mobilisation, je décidai de rentrer avant la fin de la réunion, lassé et énervé de ne pas lui avoir parlé. Elle ne m'avait pas adressé la parole, ni même un regard, encore moins un sourire dont pourtant j'étais devenu dépendant. Je fis alors un signe de la main pour prévenir les autres de mon départ, ils me répondirent par le même geste accompagné d'un sourire bienveillant.

Mais aucun regard n'advint de la part de Florine. Je me demandai alors ce que j'avais bien pu faire pour être la cible d'un tel changement de comportement sans aucune raison, tiraillé entre l'envie de lui parler pour avoir une réponse et celle d'attendre que ce soit elle qui vienne. Je ruminai tout le long du chemin qui me séparait de ma voiture, repensant à mes phrases, mes regards, toute chose qui aurait pu brusquer Florine. J'arpentai donc le chemin de la fac depuis la salle du comité à ma voiture dans la torpeur la plus complète possible. Quand soudainement, j'entendis au loin qu'on m'appelait.

– Attends-moi ! Tu es parti comme un voleur toi ; dis donc !

– Je dois rentrer, il se fait tard, Florine. Et puis, la réunion était pratiquement finie de toute façon.

– Oui, je le sais, mais tu ne m'as même pas dit au revoir…

– Je suis désolé, j'étais pressé. Mais tu ne m'as pas dit bonjour ni même parlé, si tu vas par là.

– Et alors, c'est une raison suffisante ? On n'est plus au collège, quand même…

– Je pensais que tu en avais après moi.

– Pourquoi en aurais-je après toi ? Ce n'était pas volontaire, enfin si peut-être, mais bon, c'est comme ça. Ce n'est pas une raison pour partir aussi vite.

– Je suis désolé, alors. Tu veux que je te ramène, peut-être ?

– Ah, j'allais prendre le bus… Mais, oui pourquoi pas, avec plaisir même. Tu sais où est-ce que j'habite ?

Je voulus lui raconter pour le soir où je l'avais aperçue, je voulais tout lui dire. Lui raconter comment dans la pénombre sa présence avait illuminé ma vision. Lui avouer les sentiments que je ressentais pour elle depuis le début. Lui dire qu'elle était mon chemin de croix, qu'elle était mon Hélène à moi, plus belle qu'Aphrodite elle-même. Mais je n'eus pas le courage de lui avouer.

– Non, mais tu peux m'indiquer le chemin, et si ce n'est pas loin, je me ferai un plaisir de te ramener.

– Très bien alors, j'habite dans les résidences étudiantes pas loin du cinéma, tu vois ?

Je savais très bien où elle habitait, bien sûr, et ce n'était pas à côté de chez moi, enfin pas vraiment. Mais c'était un prétexte pour passer plus de temps avec elle, un prétexte pour l'avoir le temps d'un voyage avec moi. Qu'elle soit ma nébuleuse, mon garde-fou, le temps d'un trajet.

– Oui, je vois très bien, je n'habite pas très loin en plus. Quelle coïncidence !

Florine me fit alors un sourire, et nous marchâmes tous les deux en direction de ma vieille voiture. J'avais un peu honte de la faire monter dedans, car non seulement elle était vieille et dépassée, mais en plus de cela, des dizaines de CD étaient éparpillées un peu partout à l'intérieur. Il y en avait sur les sièges et en dessous. La banquette arrière était garnie de livres. Mais cela ne semblait pas la déranger le moins du monde, elle eut même un sourire en s'asseyant et me fit part de sa bonne surprise de voir autant de livres et de CD. La route se fit sans encombre, comme une parenthèse enchantée, douce et naïve à la fois. Nous échangeâmes quelques mots quelconques en guise de discussions spontanées accompagnées en fond par l'album *Yesterday's Tomorrow* de Phony Ppl. Florine me remercia de ce geste qu'elle qualifiait de belle attention, avant de me faire une délicate bise en guise d'au revoir. Moi, je restai là un petit moment, regardant Florine rentrer chez elle, sous un coucher de soleil donnant des teintes orangées au ciel qui s'abaissait minute après minute. Délaissant l'éclaircie et laissant place à la douce pénombre de la lune, le tout sur un couplet entraînant et reposant à la fois :

Thats why I love the moon
Every night its there for you
It's constant
Unlike these human beings
Who lie about what it seems to BE
You think the Earth is where you stand
You're in the palm of someone's hand.

À ce moment-là, j'étais réellement sur un nuage. Je le savais, car je n'avais jamais été ainsi. Je n'avais jamais eu un tel plaisir. Un tel ressenti ou une telle envie de hurler de joie. C'était fantastique, c'était bien, comme aurait dit Jean d'Ormesson. Je restai bien une dizaine de minutes arrêté dans sa rue. À attendre je ne sais quoi devant sa résidence étudiante qui grouillait d'autant de prétendants que de livres prêchant la bienséance. Je m'imaginais sans doute qu'elle allait sortir dans une robe de printemps parsemée de fleurs et qu'elle allait me demander de rouler toute la nuit, ou de partir vers un but inconnu. Dans ma grande imagination, j'espérais doucement qu'elle opterait pour la deuxième hypothèse, car l'essence était bien trop chère pour que je puisse m'amuser à la gaspiller dans un plaisir, certes insolite et magnifique, mais qui me briserait les jambes un peu plus tard. Mais sans grande déception, rien de cela n'arriva. Florine ne descendit pas, et ne revint pas à ma rencontre, me contraignant alors à repartir chez moi. Une fois rentré, une forte odeur de cramé m'arriva jusqu'aux narines. Je me précipitai alors en direction de la cuisine aussi vite que je le pouvais. Je m'en voulais, il était vingt heures passées. Heure sacrée où ma mère et moi dînions d'habitude. Arrivé à l'entrée de la cuisine, je vis ma mère postée devant le four ouvert se tenant les mains au visage et me regardant avec un air perdu, un air digne d'un fantôme.

– Mais maman, que… que fais-tu ?

– Je… je t'attendais, voyons. Et voyant que tu n'arrivais pas, j'ai voulu faire réchauffer notre repas et il a cramé. Je suis désolé, je n'aurais pas dû faire ça. Je ne suis plus bonne à rien, à rien…

Des larmes, que je m'empressai de cacher, coulèrent le long de mes joues. Je m'en voulais terriblement d'avoir laissé ma mère, de ne pas l'avoir prévenue. Elle dont le seul plaisir, la seule consolation dans cette existence devenue morose à ses yeux, était de me voir et de m'avoir avec elle lors du repas quotidien et sacré du soir.

– Maman, c'est entièrement ma faute, ne dis pas ça. Je te l'interdis… tu ne peux pas dire ça de toi. Tu es tout pour moi, je sais que je ne suis pas facile à décrypter. Que je suis trop renfermé dans ma bulle. Mais tu es la seule chose importante à mes yeux, maman. Je ne te l'ai jamais dit, je sais que les enfants ont cette pudeur envers leurs parents, c'est un malheur d'agir ainsi. Mais maintenant, je te le dis et tu le sais, tu es la chose la plus importante sur Terre pour moi. Alors, ne dis plus jamais cela.

Je vis alors une lueur renaître dans le visage hagard de ma mère. Elle me regardait tendrement et passa sa main sur ma joue.

– Mon enfant… tu m'as fait venir les larmes aux yeux. Mais pour une fois, ce ne sont pas des larmes de tristesse ou de désespoir. Ce sont les plus belles et les plus nobles larmes qu'un être humain puisse verser. Ce sont des larmes d'émotion et de fierté.

Ma mère me serra dans ses bras avec une force et une vigueur que je n'avais pas vues depuis longtemps. Les mères ont cette fâcheuse habitude de détruire les barrières qu'on s'efforce de construire.

– Maman, je suis désolé, j'étais avec un ami, enfin une amie, et je n'ai pas vu le temps passer.

– Tu étais avec une fille ?

J'acquiesçai d'un geste de la tête avant de reprendre la parole.

– Je te raconte tout après, quand on dînera. Pour le moment, laisse-moi faire à manger pour toi, maman, pour une fois. Je te dois bien cela et puis tu sais que j'aime cuisiner.

Ma mère acquiesça à son tour, tout en me regardant tendrement. Puis elle se dirigea vers le salon et alluma la télé en attendant le repas. M'attelant à la tâche, je décidai de préparer des beignets à la feuille d'origan, ainsi qu'un pad thaï. Ma mère adorait tout ce qui changeait de l'ordinaire, toutes les petites choses exotiques et simples qui pouvaient laisser place à l'évasion, le temps d'un repas. À la vue de ce plat, ma mère pleura une nouvelle fois tout en m'enlaçant dans ses bras. Elle ne dit pas un mot du dîner, appréciant chaque bouchée dans la plus grande tranquillité. Mais une fois le plat fini, elle me regarda avec un petit sourire aux lèvres et me demanda :

– Alors, tu me racontes, maintenant ?

– Pour Florine ?

– Si c'est le joli nom de la jeune fille qui t'a fait perdre la notion de l'heure, alors oui.

– Je ne sais pas par où commencer, à vrai dire. Il y a tellement de choses à dire.

– Mets de côté les banalités, mon cher fils. Raconte-moi comment tu l'as rencontrée. Raconte-moi à quel point tu la trouves belle, exceptionnelle et admirable. Raconte-moi ce qui fait d'elle une personne différente des autres. Raconte-moi pourquoi soudainement, tu as eu l'envie d'en parler avec moi. Pourquoi tu as eu envie de me raconter cette rencontre, chose que tu ne fais jamais d'ordinaire. Raconte-moi à quel point cette fille compte à tes yeux.

Je restai muet un instant, regardant ma mère sans savoir quoi dire. Elle venait de me clouer au sol. Son cœur venait de parler, chose qu'il n'avait pas su faire depuis bien des années.

– Je… je crois, enfin, je ne suis pas sûr de savoir de quoi je parle. Mais je crois que cette fille… oui, je crois que je suis tombé sous son charme, et que rien ne peut m'en éloigner maintenant. C'est une fille comme on n'en rencontre qu'une fois dans sa vie. Une fille semblable à nos plus beaux rêves. Une femme sortie tout droit des plus beaux romans d'amour. Le genre de fille qui peut, que dis-je, qui te fait chavirer à tout jamais quoi qu'il advienne avec elle. Tu sais, le genre de fille qui te fait dire que les risques ont peu d'importance tant que nos cœurs mènent la danse. Oui, je pense que cette phrase résume parfaitement ce que je pense et ressens à propos de Florine.

– Je comprends ce que tu veux dire, et cela me suffit amplement, mon fils. Je ne peux pas te donner meilleur conseil que de suivre ton cœur. Cependant, je dois te prévenir sur l'amour que tu portes à un autre. Tu sais très bien que personne ne découvre l'horreur sans avoir vu l'obscurité. L'amour est une chose puissante. Je crois bien que de toute mon existence, je n'ai jamais connu une émotion semblable à celle-ci. Elle est belle, puissante, pure, souveraine et révélatrice. Mais elle est également très égoïste, elle ne pardonne pas, elle n'oublie pas, elle ne laisse rien derrière elle en partant. Comme une tempête, elle apparaît un jour sans crier gare, dévastant tout sur son passage. Dévastant les forêts, les champs, les jardins, les maisons, ne laissant derrière elle une fois partie, que décombres, ruines, ainsi que la douleur de la perte. Tu essayeras de l'oublier en t'arrachant les cheveux, mais cela sera peine perdue. Mais en même temps, il n'y a que les personnes qui ne vivent pas pleinement leur vie qui ne rencontrent jamais une tempête. Vivre, c'est aimer, et aimer, c'est vivre. Alors, vis pleinement, aime pleinement, mon fils. Crois pleinement à cet amour, et si jamais malheureusement cet amour s'en allait ou ne se réalisait pas, tu pourras dire que tu as tenté de vivre au moins.

Après de longues minutes de discussion, ma mère partit se coucher, m'embrassant avant de partir, sur le front. Il faut dire qu'il devait être déjà aux alentours de 22 heures. Je me servis un verre d'eau, réfléchissant un instant à ce qu'elle venait de me dire. Puis je me levai d'un trait et d'un pas décidé, et me dirigeai vers ma chambre, prenant au passage ma veste ainsi que mon bonnet de Brooklyn. J'entrouvris ma fenêtre et m'échappai pour quelques heures de chez moi. C'était une belle nuit, la lune battait son plein et le ciel semblait être clair au milieu de cette pénombre. Des milliers d'étoiles scintillaient au-dessus de ma tête, me permettant ainsi de contempler un spectacle d'une beauté propre à la nature.

Je marchai un petit moment jusqu'à arriver devant la résidence de Florine. J'aperçus un peu plus loin une petite colline abritée par un arbre. Je décidai de m'installer là et de ne pas aller plus loin dans ma promenade. Je n'avais pas envie de voir autre chose ce soir que cette vision. Je voulais tout simplement être au plus proche d'elle tout en étant éloigné. Je sais, drôle de contradiction, mais qui pour moi avait tout son sens. Je m'allongeai alors sur l'herbe fraîche de la colline. Les horloges semblaient s'être arrêtées. Les étoiles semblaient s'être retirées désormais. La lune et le soleil semblaient avoir été démontés. L'océan aurait pu également être vidé et les forêts arrachées, que rien n'aurait changé ce moment-là. Rien de bon ou de mauvais ne pouvait arriver désormais, du moins à cet instant précis. Lentement, mes paupières se taisaient également tandis que ma bouche se fermait. Je me réveillai quelques heures plus tard. La nuit s'était intensifiée et ma montre me disait qu'il était trois heures du matin. Je décidai de rentrer pour finir ma nuit et pour ne pas être surpris au réveil par une quelconque personne. En me couchant dans mon lit, une question me vint à l'esprit. Pourquoi pour rêver faut-il attendre de s'endormir ?

Le lendemain matin, je me réveillai péniblement, épuisé par la nuit passée. Je fis un détour en voiture pour voir si Florine était sur le chemin, mais je ne l'aperçus pas. La journée était des plus monotones, les cours affligeants de contradictions et de visions uniques sans ouverture d'esprit me dépitaient. Mes camarades fidèles à eux-mêmes se complaisaient à battre des records d'insignifiance. Je passai au comité espérant y voir Florine, mais elle n'y était pas, ou plutôt je venais de la manquer, me précisa Joe, qui l'avait vue quelques heures avant.

Je me décidai alors à rentrer chez moi, souhaitant oublier cette journée au plus vite, quand je reçus un texto, chose des plus inhabituelles, je dois l'avouer. Je n'avais pas beaucoup d'amis, les seules personnes qui m'envoyaient des messages de temps en temps étaient ma mère et Joe. Un numéro inconnu s'afficha alors me disant : « Je t'attends à ta voiture. » Mon cœur s'emballa et mon cerveau ne l'arrêta pas, au contraire, il lui rajouta des pulsations, ne sachant quoi penser. Ça ne pouvait être que Florine, mais comment elle avait pu avoir mon numéro ? Et pourquoi voulait-elle me voir ? Serait-ce possible que… ? Je me précipitai en direction de ma voiture, excité par ce message imprévu. Émerveillé par la surprise de ce moment. Florine m'y attendait bien. C'était impossible à mes yeux, c'était tout ce dont je pouvais rêver. Florine, à mon arrivée, me fit un sourire gêné avant de me prendre dans ses bras.

– Co… comment tu as eu mon numéro ?

Elle rit avant de répondre :

– C'est Joe qui me l'a passé, je lui ai demandé, espèce de naze.

– Ah oui ? Pourquoi ?

– Pourquoi pas ?

Je me sentis gêné à la suite de cette réponse.

– Non, je voulais surtout te parler, en fait.

– Tu veux me dire quoi ?

– Je ne sais pas par où commencer, en fait… c'est délicat !

– Je comprends ce que tu veux dire. Ce n'est jamais simple de dire des choses qui nous tiennent à cœur.

Florine me regarda avec un drôle de regard que je n'avais jamais observé avant ce jour-là.

– Oui, tu as raison… Est-ce que je me trompe en disant que c'est également dur pour toi de me dire certaines choses ?

– Probablement…

– Je dois te le dire de toute façon, ce n'est pas possible autrement.

– Je t'écoute, Florine.

– Je t'ai vu hier soir partir dix minutes après m'avoir déposée…

– J'…

– Laisse-moi finir, s'il te plaît, c'est déjà assez dur comme ça. Je t'ai vu partir dix minutes après m'avoir déposée. Je t'ai vu rester là à observer tout et rien à la fois. Mais je t'ai vu également revenir quelques heures plus tard pour te poser, t'allonger juste en face de chez moi et t'assoupir… Ce ne sont pas des reproches, je ne te prends pas pour un fou ou quoi que ce soit, me dit alors Florine tout en souriant. C'est juste que je ne comprends pas tout…

– Je… depuis tout gamin, j'aime faire des promenades dans ma ville le soir où tout semble être endormi mais vivant en même temps. Mais hier, je ne voulais pas être à un autre endroit. Il y a quelque chose en toi qui me fait regarder vers le haut alors qu'avant je n'osais pas…

– Il faut que je te le dise alors… j'ai un copain. Je suis désolée, cela fait déjà un petit moment. Je ne savais pas comment te le dire, comment te l'avouer ou te le faire comprendre. J'en suis désolée.

Oui, les risques ont peu d'importance tant que nos cœurs mènent la danse. C'est ainsi que la première partie de ma relation avec Florine commença et prit fin.

« Et dire qu'on ne dansera jamais », me dis-je en cette triste fin de journée.

Chapitre 2 – Sous la pluie

Même en temps de pluie, Bruxelles ne cesse jamais de vivre. Cela est surtout dû aux nombreux touristes qui circulent dans la capitale durant toute l'année. La ville de la BD n'a de cesse d'écrire des histoires sur des papiers mouillés et, logiquement, elle stimule l'envie de découverte de nombreuses personnes.

Martin remonte la place Flagey pour rattraper l'avenue Louise. Il observe le ballet de la ville, ce même ballet anxiogène qui rend vivants ces grands pays urbains. Un vague souvenir de Santiago de Cuba lui revient. Le bruit des klaxons à chaque intersection, l'odeur des vieux moteurs et les vieux camions à bétail servant de bus. Les petites ruelles accueillant les parties d'échecs. De loin, il voit son bus, le 54, attendre au feu rouge. Il se met à courir pour rejoindre l'arrêt avant que celui-ci ne le dépasse. Dans le bus, peu de place, il essaye tant bien que mal de se faufiler entre les corps enchaînés qui se pressent les uns aux autres comme des animaux. Finalement, il n'y a pas de grande différence entre les camions à bétail de Cuba et les bus ultramodernes de Belgique. La seule différence c'est que l'un croit avoir des transports supérieurs à l'autre.

Bruxelles est une capitale en constante reconstruction comme en atteste son majestueux palais de justice qui est en rénovation depuis des décennies. La ville est bruyante, sale à certains égards, sauvage voire anarchique au niveau de la circulation et de la conduite. Les voitures grillent la priorité aux bus qui, eux-mêmes, grillent la priorité aux trams qui s'empressent de chasser les vélos et les trottinettes électriques de leurs rails. Un joyeux bordel semblable à un film d'Elia Suleiman. Une danse anarchique qui contribue au charme de la capitale belge. Martin glisse dans le creux de ses oreilles ses écouteurs pour accompagner son voyage et tenter d'oublier la nuisance sonore et olfactive. Le bruit sourd de la basse se mêle à un parler rude et poétique. Les rimes, les images et les allitérations s'enchaînent, lui permettant de s'évader aussi efficacement que s'il lisait une nouvelle d'Italo Calvino. Il s'arrête près de la gare centrale, non loin du centre-ville. La pluie vient de s'arrêter. Il adore l'odeur qui s'en dégage. Il aime également déambuler dans ce secteur de la ville où les dédales le conduisent au cœur de Bruxelles. Il passe par le Mont des Arts, il affectionne particulièrement cette place qui offre une jolie vue sur la ville et où les escaliers donnent une impression de jardin d'Orient. C'est un peu le Montmartre de la capitale belge. Il continue sa marche en passant par la rue de la Madeleine pour rejoindre la Grand-Place qui est à nouveau bondée. Le premier jour où il était arrivé, il s'était précipité comme la plupart des gens en direction de cette place. Il avait trouvé cela imposant, majestueux mais la foule qui semblait couler en continu rendait tout cela anxiogène à ses yeux. Depuis, malgré le fait qu'il apprécie beaucoup cette place, il fait en sorte d'y passer le moins souvent ou alors le soir tard lorsque la plupart des gens dorment ou sont bien au chaud au sein de leur foyer. Lui n'a pas vraiment de foyer, c'est pour cela que les errances nocturnes ont une si grande importance pour lui. Dans cette douce solitude nocturne, il peut apercevoir un sentiment qu'il connaît depuis longtemps, un semblant de foyer.

L'un de ses jeux favoris est de gâcher les photos des touristes et surtout des instagrameurs, enfin ceux qu'il considère comme tels. Pour ça, il a des critères basiques dignes des hommes de Néandertal. Toute personne très soignée, portant des vêtements à la mode, dialoguant avec un dialecte « cool », respirant le bonheur à outrance et ne pouvant s'empêcher de se prendre en photo toutes les cinq secondes, est considérée ainsi, et doit par conséquent en subir le prix. Martin prend un malin plaisir à saboter les photos en se mettant en arrière-plan, en passant devant la caméra, en bousculant ou en effectuant toute action pouvant conduire à gâcher l'instant instagramable. Cela est d'autant plus drôle pour lui lorsqu'il s'agit d'un live. Selon Martin, ce comportement de boulimie photographique salit l'art de la photo dont il est éperdument amoureux. Cet instant de flottaison où le temps se suspend au doigt du photographe. Où l'œil est la seule fenêtre permettant de comprendre le temps et l'instant qui se profile devant. Ce moment magique où la fable s'écrit par la capture d'un moment de vie volé.

En ce dimanche d'hiver, alors que la Grand-Place commence à se vêtir de ses lumineux habits, le nombre de « proies » affole les compteurs. Le dimanche n'appartient pas qu'à lui, il est également le jour des instagrameurs. Martin se précipite derrière une Espagnole qui tente de réaliser une photo en plein vol. Il se met alors à danser comme un dératé derrière elle en mimant le démarrage d'une moto. Le résultat est grandiose, du moins il l'est pour Martin qui jubile le plus discrètement possible tandis que la jeune femme espagnole découvre avec frustration l'incongrue personne en arrière-plan. Martin aime assurément jouer un tour à ces personnes qu'il méprise, mais il est avant tout un grand enfant adorant les farces. Pourtant, ces personnes ne font rien de mal, elles essayent elles aussi à leur manière de capturer un moment de vie, un moment de bonheur, mais ça, Martin ne le comprend pas, comme il n'a jamais su comprendre comment se fondre dans la société pour y vivre sereinement. Il vit très certainement dans son monde, vers la lune non loin du Petit Prince avec la distance comme appui, et il assume parfaitement. Du moins, c'est ce qu'il pense. Pour lui, devenir mature est un savant mélange et d'équilibre nécessaire entre l'enfance et l'âge adulte. Depuis tout petit, il rêve de courir en l'air, d'embrasser la lune et le soleil quitte à sourire dans le vide. C'est vital pour lui. Entre la déesse de la solitude et celle de la joie, cette part d'enfance lui permet de respirer, d'être lui. C'est également sa façon de se protéger, de tenir les gens loin de son cœur et de ce qu'il contient.

Malgré tout, Martin s'arrête pour contempler la Grand-Place, ses façades d'un autre âge et ses monuments s'adressant à Dieu. Il a l'impression de n'être rien qu'un atome insignifiant, et cela lui fait du bien. Il sort de sa poche son téléphone portable, clique sur l'application Instagram et prend une photo. Il regarde la photo, reste figé un moment avant de la supprimer et de reprendre la route en direction de la rue du Midi, une grande artère avec différents magasins de bouches ainsi que des bars. De toute façon, il peut bien mettre une photo sur son compte Instagram, personne ne la regardera ou du moins, il n'a personne à qui vouloir montrer ce qu'il fait. C'est dommage qu'il n'ait pas son argentique sur lui. Martin se dirige vers le troquet *Les gens que j'aime*. Une sorte de café littéraire très calme où règne une certaine douceur entre les murs. Il a découvert cet endroit quelques jours après son arrivée au mois de septembre.

Une fille rencontrée sur une application lui avait fixé un rendez-vous ici. Elle habitait dans la partie flamande de Bruxelles. C'était d'ailleurs ce double attrait qu'il l'avait poussé à parler avec cette fille. Il voulait pratiquer son anglais et était intéressé par la découverte, ne serait-ce que partielle, de la culture flamande. Mais malgré la prédiction des algorithmes, rien de magique n'eut lieu, même pas une sensation d'être en vie. Ils étaient trop différents, aucune passion en commun, aucune discussion sensée et puis il avait remarqué une chose irrémédiable pour lui chez cette fille. Sa façon de manger, de mastiquer tout en le regardant, le rendait nerveux et fiévreux. Les bouts de viandes qui tombaient dans son assiette et sa façon de lécher ses mains grasses tout en le regardant, procuraient à Martin une envie soudaine de se replier sur lui-même. Malgré le flop de la rencontre qui n'avait pas vu se concrétiser la magie artificielle d'Internet, le lieu lui avait donné un coup dans le cœur. La soirée n'avait pas complètement été inutile.

Depuis ce jour, il aime passer les dimanches pluvieux ici. C'est son repaire, sa bulle d'air et pour cause, il n'emmène aucune de ses rencontres ici par peur de les recroiser plus tard et de se voir arracher ce lieu. Il aime cette idée de caverne au sein de la ville. Il aime passer des heures ici à lire, observer déambuler les gens. Parfois, il s'essaye à dessiner ou à capturer, à l'aide de son Olympus OM10, ce moment où une fille tourne la tête pour regarder la foule qui s'amasse derrière elle. Mais plus que tout, il aime flâner et écrire ici. Il y trouve la rare aventure nécessaire, le rare frisson qu'une vie doit procurer, seul face à cette feuille blanche, assis à la terrasse de ce café. C'est sa drogue, ça n'a pas toujours été le cas, mais lorsqu'il se met en face de cette page blanche, il se reconnaît bien plus que devant son miroir.

À force, le personnel le connaît de vue et il y a ses habitudes. Il y prend toujours un café viennois. C'est également son péché mignon. Bien qu'habitué du lieu, il prend soin de ne pas nouer de lien avec le personnel. Il se contente d'un simple bonjour et au revoir. Pour cause, Martin déteste parler de lui. Il devient gêné lorsqu'on s'intéresse un peu trop à lui. Alors il fait en sorte de nouer le moins possible de relations superflues. Et même à ses amis ou ses relations intimes, il ne parle quasiment jamais de sa personne. Si par le plus grand des hasards, il se retrouve à parler de lui, il veille bien à contrôler la moindre des informations qu'il distille. De toute façon, pratiquement personne ne lui demande de parler de lui.

En ce dimanche après-midi, il n'y a pas beaucoup de monde dans le café. Quelques tables sont prises par deux ou trois personnes qui restent le temps d'une gorgée, à peine. Martin contemple les visages alentours avec une certaine lassitude, cela fait longtemps qu'il n'a pas trouvé quelque chose au fond des regards qu'il croise. Il se met alors à repenser à la nuit passée. Il ne comprend pas comment cela avait pu arriver sans qu'il s'en rende compte. Lui qui contrôle ses relations, il a été surpris hier soir dans la plus humiliante des situations selon lui, celle d'être pris à défaut d'amour. Avec un peu plus de clairvoyance et moins de confiance, il aurait observé les signes mettant ainsi un terme à la relation plus tôt. Mais surtout, il aurait évité de se retrouver dans cette situation. Il se demande néanmoins comment va Izaa. Il saisit son portable et envoie un texto pour le savoir. Il pose ensuite son portable, écran contre la table, et sort de son sac son carnet et un stylo.

« J'ai écrit un poème dans le café,
sans trop y réfléchir,
un soir d'hiver près du radiateur.
Des jours qu'il est dans ma poche sans pouvoir le finir
Si tu veux, je te le lis après que tu sois partie… »

Cela faisait des semaines que Martin n'arrivait pas à finir cette prose. Il ne sait pas pourquoi il avait commencé ainsi, mais quelque chose en lui bouillonne lorsqu'il lit ces quelques mots. Il prend sa tête dans ses mains, il n'arrête pas de penser à la soirée d'hier et souhaite stopper ce bruit et ces images qui défilent dans sa tête. Il semble que l'événement soit encore trop frais pour pouvoir être évacué et passer à autre chose. Martin est un hypersensible, et même si cela ressemble à une terrible froideur, il aborde une mélancolie sur son visage ainsi que dans le timbre de sa voix. Il n'y a qu'à observer réellement le fond de son regard pour comprendre que l'hiver ne pourra jamais le quitter. Il se lève, allant en direction des toilettes, et à son retour, il découvre, posé sur son carnet, un petit mot rédigé d'une élégante écriture rouge : « J'ai hâte de découvrir la suite. » Martin regarde frénétiquement autour de lui pour essayer de deviner ou d'apercevoir un regard qui trahirait la personne. Il ne cherche pas par intérêt, mais par peur. C'est comme une intrusion dans sa vie personnelle. Il ne voit que les serveuses habituelles, un homme âgé arborant un long manteau vert qui se gratte l'entrejambe, un couple de jeunes et beaux instagrameurs, et une jolie fille brune qui doit avoir plus ou moins son âge et au regard beaucoup trop profond pour qu'il puisse le soutenir. Martin, d'un élan timide, prend son courage à bras-le-corps et va s'asseoir à la table de la jeune femme.

– Salut, excuse-moi de te déranger, est-ce que tu sais qui a pu déposer ce petit mot sur ma table ?

– Tu pourrais te présenter avant de me poser une question quand même, répond sèchement la jeune femme.

Martin regarde la fille avec un léger sourire au coin des lèvres. Il aime les femmes de caractère. Il se recoiffe le plus discrètement possible avant de lui répondre :

– Martin, mon prénom est Martin.

– Très bien, enchantée, Martin.

– Du coup, as-tu vu quelqu'un déposer un papier sur ma table ?

– Oui, bien sûr que je sais, ce n'est pas comme s'il y avait foule dans ce café, répond-elle avec un léger sourire qui laisse entrevoir une belle dentition blanche légèrement colorée par son rouge à lèvres.

Le sourire de la jeune femme envoûte immédiatement Martin. Ce parfum qui se dégage d'elle, il ne l'a encore jamais senti. Ses cils légèrement relevés viennent enlacer son regard vert. Ses lèvres, couvertes de rouge à lèvres, sont fines et légèrement rentrées. Son visage semble doux, aussi doux qu'une caresse en hiver. Ses cheveux bouclés viennent dessiner ses joues. Elle a un col roulé noir et elle regarde Martin tout en buvant son café. Il est hébété devant elle. Son corps est pétrifié, lui qui préfère croire que les coups de foudre n'arrivent que dans les hôpitaux un soir d'orage. Mais la fille qui est en train de boire son café avec une sensualité délicate vient de lui faire un cadeau inestimable. C'est peut-être ça, sa vraie névrose, finalement, il aime tellement la beauté et le charme des femmes, qu'il n'arrive plus à être raccord avec son idéal de l'amour. Martin se met à trembler intérieurement et demande en bafouillant :

– Et… et donc ?

– C'est moi qui ai déposé ce mot. En passant, j'ai lu les quelques lignes sur ton carnet, c'est plutôt un bon début. J'ai donc hâte de connaître la suite.

– Ton prénom, tu ne m'as pas dit ton prénom.

– Lula.

La jeune femme se lève et, en se retournant vers Martin, lui dit :

– J'espère qu'on se reverra, Martin.

Pétrifié, il ne peut la poursuivre comme il l'imaginera des jours et des nuits après. Incapable de se consoler, le soir même, il décide d'oublier ses soucis dans un coup d'un soir. Il saisit son portable et affiche le texto qu'il a reçu de cette jeune femme la veille. N'ayant pas répondu, il décide d'envoyer ce simple message : « Tu fais quoi, ce soir ? » La suite appartient déjà au passé.

Comme Izaa et ces nombreuses relations mouchoirs que les éboueurs de la société tentent, en vain, de recouvrir pour oublier un visage. Comme ton nom à toi, d'ailleurs.

***

Une semaine vient de succéder à ce dimanche. Il n'a pas bougé du week-end et, en ce lundi matin, au travers de la fenêtre, Martin aperçoit de belles images au milieu d'un triste sillage. Le café dans sa main ne lui provoque pas mille mirages. Non, ce matin, son corps n'est pas plus en morceaux que d'ordinaire. Quant à son cœur, cela fait déjà un bon moment qu'il ne l'a pas entendu parler.

Il écoute du Gainsbourg sous un orage violent tout en lisant un livre d'Antonin Artaud. C'est une matinée de fête : Martin, en ce lundi matin, fête ses 30 ans.

La vision qu'il perçoit depuis sa fenêtre lui permet de prendre bien soin des espoirs qu'il couve. Il sait pertinemment qu'en ce jour, ça ne sert à rien de les sortir, de toute façon, il sait très bien que ses espoirs sont de petits oiseaux bleus. Cette nuit encore, il n'a pas réussi à trouver un sommeil réparateur. Pourtant, les premières années de sa vie à Bruxelles, il dormait si bien. Cela fait des nuits qu'il n'a pas trouvé le chemin des rêves, ne trouvant qu'une plume entre ses doigts. Voilà sa seule consolation homérique. Si seulement il arrivait à finir ce petit bout de roman. Il le traîne comme un fardeau depuis maintenant huit ans. Ce roman restait à l'état de projet, subissant les questionnements de ses quelques proches quant à son avancée. Plus la pression de ses amis se faisait sentir, plus l'envie et la force d'écrire semblaient s'éloigner. Et pourtant, il savait qu'il devait finir ce roman qui contenait son âme, sans quoi il ne pourrait pas aller de l'avant. Mais des années à essayer de finir *Un cri noir, éloge de la folie ordinaire* ont eu raison de sa croyance de devenir un jour écrivain. Voilà huit ans qu'il essaye de trouver le meilleur moyen de raconter cette histoire à mi-chemin entre *Les Rêveries du promeneur solitaire* de Jean-Jacques Rousseau et un roman de Philip K. Dick. Il s'est brusquement arrêté de l'écrire faute d'inspiration, à la mort de sa mère, il y a quatre ans. Depuis, il a moins envie encore de poursuivre sa route, de faire des efforts et surtout l'envie de sourire à la vie.

Il sait qu'il n'arrivera jamais à terminer ce récit puisqu'à chaque relecture il laisse les années s'étendre, et que chaque année, il trouve de nouvelles choses à mettre dans ce récit qui perd de sa substance. Il sait que les centaines d'histoires qu'il a griffonnées dans ses différents calepins ne naîtront pas avant que cette œuvre ne voie le jour. Il sait que ces récits-là ne sont que des utopies de poche, un peu comme ces personnes qu'il croise sans jamais frôler le même destin.

En ce lundi matin d'une journée d'hiver qui ressemble tant aux autres années, Martin boit son café en regardant par la fenêtre. Il est 7 heures du matin et la ville dort encore. Il écoute celle-ci somnoler avant son effondrement, d'ailleurs il trouve ça magnifique. Une ville qui dort est comme un amour qu'on découvre : idéale. Cependant, il n'a pas le temps de s'adonner à la flânerie, il commence dans moins d'une heure et il a plus de trois quarts d'heure de transport. Depuis cinq ans, il travaille dans un petit journal bruxellois où il couvre les actualités de la ville. Enfin, il y travaille ponctuellement, il n'est que pigiste. Mais Martin a la charge de couvrir les événements autour de la santé et du social. Il a dégoté ce job à la suite d'une petite annonce que le journal avait postée sur les réseaux sociaux. Il avait passé une courte période d'un mois en stage qui s'était révélée prometteuse. La rédactrice en chef était tellement satisfaite de lui qu'elle lui avait proposé de continuer à écrire pour eux. Mais il n'est pas réellement salarié, il est considéré comme indépendant, rattaché périodiquement à la structure de presse par des micro-contrats journaliers. Lui qui souhaitait entrer dans le dur monde du journalisme, il avait immédiatement accepté, fort de sa confiance et de son enthousiasme. C'était l'un de ses rêves d'être payé pour écrire, et le journalisme l'avait toujours fait rêver. Bien que ce monde soit dur, il se disait qu'il fallait bien en passer par là pour entrer dans le cercle fermé des journalistes. Et puis en France, il n'aurait jamais eu cette opportunité, il avait déjà essayé mais la plupart des journaux et des médias lui avaient fermé la porte arguant du fait qu'il n'avait pas un parcours classique dans une école.

Le journal compte à peine une dizaine d'employés dont une petite équipe composée de quatre journalistes. Il y a ensuite un commercial, une chargée de communication, une personne en charge du site Internet, deux personnes chargées de la mise en pages, une secrétaire ainsi qu'une personne chapeautant les différents services. La rédactrice en chef s'est battue pour le garder dans la boîte, elle en a marre de voir des jeunes prometteurs partir à l'abattoir. Elle n'a cependant réussi à obtenir qu'un contrat de pigiste, mais cela suffit à Martin. Il se rassure en se disant que c'est déjà une première pierre sur son chemin et que pour ses premières années sur le marché de l'emploi, c'est déjà bien. Il n'a pas forcément tort : la plupart de ses camarades de promo qui voulaient être comme lui, journalistes, n'ont obtenu aucun contrat la première année. Et à l'heure actuelle, ils ont oublié cet espoir. Il est donc reconnaissant envers sa rédactrice en chef, bien qu'il ait appris au fur et à mesure à se méfier d'elle. En effet, elle n'hésite pas à lui piquer les sujets claquants en signant de son nom les pépites qu'il lui rapporte. Il est quand même payé, mais son nom n'apparaît pas sur ces sujets qui rencontrent un franc succès, et donc, il ne peut prouver aux autres journaux que ces sujets présentant un réel intérêt proviennent de lui. Quant aux autres journalistes de la boîte, il ne peut avoir autre chose que des échanges cordiaux avec eux. Surtout avec l'un d'entre eux qui passe son temps à rabaisser sa condition de pigiste, à se foutre de lui en lui montrant le grade de sa carte de presse. Cela fait maintenant plus de trois ans que Martin attend de voir sa condition de pigiste évoluer, en vain. Alors, pour compléter ses revenus, il a été obligé de trouver un job alimentaire. Il a commencé par vendre des poulets sur les marchés, cependant, il a vite été dégoûté par le poulet. D'autant plus que la problématique de son patron rentrait en jeu. Il n'a jamais été un grand fervent des petits chefs, il trouve que le pouvoir attribué à des petites personnes en manque de reconnaissance est la pire des choses. Il a compris assez vite qu'il devait partir.

C'était le jour où son patron était entré dans une nouvelle colère noire en voyant que Martin avait emmené dans son camion une fourchette de trop. Le patron avait alors balancé le plateau de fourchettes et de couteaux contre le mur d'un geste vif et puissant du bras. En voyant cela, il avait donc posé son tablier sur une chaise en regardant son patron et, sans un mot, il s'était échappé de ce camion puant le poulet mort et la violence d'une vie faite de petites défaites. De plus, l'odeur de la chair crue le dégoûtait de plus en plus. Il avait adopté un style de vie et de nourriture qui lui vallait les railleries de ses amis, comme s'ils avaient le pouvoir de juger sa vérité personnelle. Il était depuis quelques années végétarien et le fait de travailler dans une rôtisserie, même si cela lui avait permis de survivre, ne pouvait plus durer.

Il a ensuite enchaîné les petits boulots dans les musées, les hôtels avant d'en trouver un qui lui plaisait, du moins un qui lui permettait de vivre ce compromis le mieux possible. Il bosse dans une vieille librairie de quartier. Il aime l'imaginaire qui en découle. La proximité des lettres, être entouré par des choses immuables, conforté dans son coffre-fort de livres. Cet imaginaire du libraire de quartier hors du temps, il y trouve un plaisir inconditionnel. La patronne est gravement malade et il est donc passé très vite de simple employé à responsable par intérim de la librairie. Malgré le fait qu'il ne s'était pas imaginé quelques années plus tôt travailler dans une librairie, il trouve un certain réconfort dans ce travail et puis, cela fait bien longtemps qu'il a oublié de croire en la véracité de ses rêves. Oublier de croire qu'il vaut mieux et qu'il peut avoir mieux. Il fait tout simplement de son mieux, et ce mieux n'est pas le pire, alors autant y rester.

Martin marche comme chaque matin avec cette synesthésie de sentiments sans savoir s'il subit toutes ces forces contraires ou s'il a décidé de subir tout cela de la façon la plus douce possible. S'il a décidé de renoncer ou s'il a trouvé la paix intérieure d'accepter simplement cette confusion des sentiments. Mais bon, il ne peut faire autrement de toute façon. Il travaille quatre jours par semaine dans cette librairie, du lundi au jeudi. Le vendredi et le samedi, il doit faire acte de présence toute la journée au journal en plus de travailler chez lui chaque soir de la semaine. Lorsqu'il travaille depuis chez lui, il doit envoyer dans une revue de presse les brèves de la journée suivant une liste de mails prédéfinie. Ensuite, il envoie un mail à sa cheffe en donnant les tendances des news pour le matin suivant tout en réfléchissant à de nouvelles enquêtes. Malgré la charge de travail, il est bien, enfin sauf lorsque les gens se permettent de nier son travail en lui expliquant que sa condition de pigiste n'est que du vent. Oubliant les efforts, les sacrifices, le manque de sommeil et la charge de travail supplémentaire consentis pour en arriver là. Mais ça, ses amis n'en ont nullement idée. Il a envie d'éclater le monde entre ses mains et d'égorger chaque personne déblatérant des inepties sur un sujet dont elle ne possède aucune connaissance fondée.

Non, la condition de pigiste n'a rien à envier au célibat, sur certains aspects, cela revient au même.

La librairie, elle, est située non loin du centre-ville, rue de la Madeleine. Chaque matin, comme une personne en manque qui se raccroche à un rituel, il a le besoin de s'arrêter sur la place Poelaert pour admirer la ville qui commence à s'affoler.

Martin travaille en ce moment sur un reportage concernant la prostitution en Belgique, il veut absolument couvrir, le temps d'un instant, la vie d'une ou d'un prostitué. Cependant, le sujet est tabou et puis il est difficile d'y aller seul et de demander à une prostituée de faire confiance à un inconnu. Le milieu des travailleurs du sexe est dur, aride, se mêlant à la drogue et peuplé de personnes sans visage. Il est donc entré en contact avec une association venant en aide, ou plutôt apportant une aide matérielle à ce public. Des capotes, des seringues neuves, des tests de dépistage, des vêtements et des trousses de secours. Aucun regard puritain ni aucun jugement de valeur n'est dans l'ADN de l'association. Le but de celle-ci est simplement de répondre à une problématique concrète. Martin est entré avec succès en contact avec la structure et il doit maintenant passer une soirée avec deux éducateurs, samedi soir. Il y pense beaucoup, à son approche, à cette adrénaline qui monte petit à petit à mesure que les jours passent. Le trajet en train, l'observation des différents acteurs, le pistage des voitures qui font des rondes pour approcher les travailleuses du sexe. Quelque chose dans son ventre le fait vibrer et son cerveau semble enfin satisfait de répondre à ce travail journalistique. Mais en attendant, un client vient de lui demander l'une des dernières parutions sur la sophrologie.

Fragment de vie numéro 2
Nostalgie, perverse et suprême

Je restais planté là, impassible devant Florine, voyant qu'elle s'agitait tout en essayant de me parler. Mais je n'en avais que faire, je n'en avais rien à foutre. Elle venait, par sa déclaration, de larguer une bombe entre nous deux. Une bombe qui n'eut aucun mal à me balayer complètement. Elle venait de m'annoncer la pire chose qu'elle pouvait me dire. Florine était en couple. La fille pour qui mon estime était sans précédent, pour qui je présageais secrètement un amour des plus intenses et des plus prometteurs, venait de m'annoncer que cette idylle tant espérée ne verrait jamais le jour. Et que si elle était née un jour, elle venait inévitablement de succomber en cet instant par le biais d'un poing dans ma gueule à un réveil des plus brutaux.

Dure réalité de connaître un peu plus la vie d'une personne pour qui nous avons plus qu'une simple affection. Dur de s'apercevoir que plus on apprend à connaître une personne qui nous attire, et plus nous pouvons découvrir des choses qui nous repoussent à jamais, nous faisant alors changer notre perception par rapport à cette personne. On oublie souvent que s'exposer au danger peut tuer. On oublie aussi bien trop souvent qu'une bataille peut aussi se perdre.

Pourquoi cela est-il compliqué ? Pourquoi ne pouvons-nous pas aimer n'importe qui ? Pourquoi ne pouvons-nous pas tomber sous le charme d'une personne ayant déjà quelqu'un ? Pourquoi ne pouvons-nous pas tomber amoureux dès le premier regard sans connaître la vie de l'autre ? Pourquoi devons-nous suivre les bonnes mœurs établies depuis des siècles et non notre cœur et nos envies ? Pourquoi est-il si dur de quitter une personne pour aller avec celle que notre cœur désire réellement ? Pourquoi devons-nous jouer avec les règles de ce jeu ? Pourquoi Florine était-elle en couple, pourquoi n'était-elle pas avec moi ? Et pourquoi toutes ces questions quand on est simplement amoureux ? Pourquoi toutes ces questions ?

Florine continuait à parler, mais bizarrement aucun de ses mots ne me heurta et ne perturba mon intense introspection, jusqu'au moment où l'une de ses questions me réveilla :

– Dis… tu m'en veux ? Réponds-moi franchement, s'il te plaît, c'est important.

Je ne sus quoi répondre mis à part un ramassis de balbutiements indescriptibles et inaudibles, qui firent sourire un court instant Florine, avant qu'elle ne reprenne une mine triste et gênée, ne sachant quoi rajouter.

– Non, enfin si, un peu, à vrai dire. J'aurais aimé que tu me le dises avant, mais je suis content pour toi et cela ne m'étonne pas plus que ça, en fait, lui répondis-je pour ne pas perdre la face et pour ne pas laisser ce blanc intense s'installer dans la conversation.

– Oui, tu as certainement raison, mais à vrai dire, je n'y ai pas pensé. Ce n'est pas la première chose que l'on dit à quelqu'un, tu comprends ce que je veux dire ?

– Oui, je comprends, ne t'en fais pas. J'ai quelque chose à faire après les cours, si tu veux que je te ramène, c'est maintenant ou jamais, lui répondis-je sans la moindre délicatesse pour mettre fin à la conversation.

Florine monta alors dans la voiture sans rien me dire. D'ailleurs, le long de la route se résuma à une musique des plus insoutenables venant de la radio et un merci aussi tranchant qu'une épée de Florine une fois arrivés devant chez elle. Je ne répondis pas à son merci, sans doute blessé par cette dure réalité, me renfermant alors sur moi-même. Verrouillant de nouveau la cage de ce petit oiseau bleu.

Me voilà, revenu au même stade qu'avant ma rencontre avec Florine, me disais-je. Me revoilà, ma tendre amie. Bonjour tristesse. L'ouverture que Florine m'avait permis d'avoir n'était plus qu'un lointain souvenir. En la regardant sortir et marcher en direction de son appartement, je prononçai ces quelques paroles :

« Adieu Florine, je crains bien que ce soit la dernière fois que nos routes se croisent. Je te laisse partir avec cette amertume que ressent chaque personne qui, aimant secrètement quelqu'un d'autre, se voit contrainte de lui dire adieu, de l'abandonner dans les bras d'une autre personne. »

Le retour chez moi se fit dans la plus grande des monotonies. Ma mère me demanda comment s'était passée ma journée. Elle eut comme seule réponse un regard vide de sens ainsi qu'un triste sourire qui ne cacha pas cette fois-ci ce que je ressentais. Elle s'approcha alors de moi et me prit dans ses bras. Je serrai fort contre moi ma mère avant de courir en direction de ma chambre comme un enfant blessé. Je passai toute la nuit à lire, que dis-je, à dévorer un roman que ma mère m'avait acheté dans sa bonté, économisant alors sur ses propres plaisirs. Il s'agissait de *La Cicatrice* de Bruce Lowery.

Je ne fis qu'une bouchée de ce livre, qui me dévora toute la nuit. Il dévora mon âme ainsi que ma douleur. C'était fantastiquement bien écrit et extrêmement parlant. Toute ma douleur, toute ma peine semblait être écrite dans les centaines de pages de ce livre. C'est dingue, comment un aussi petit livre pouvait-il soigner autant de maux ? C'est à ce moment-là que je me suis dit que plus tard, moi aussi, je soignerais le cœur des gens avec des mots.

Le lendemain matin, je n'eus guère d'énergie. La journée se résuma à une longue et lente chute semblable à l'attente d'un événement censé bousculer ma vie, mais qui n'adviendrait jamais. D'ailleurs, les jours et les semaines suivantes passèrent de la même façon, du moins quand je trouvais le courage d'affronter le regard de l'extérieur. C'est une réelle souffrance que d'avoir peur d'affronter le regard des autres. C'est une réelle souffrance d'affronter le déchirement de notre être. C'est dur de vivre dans un monde pour lequel on n'est pas taillé. Oui, c'est une réelle souffrance, la peur de l'autre. Surtout lorsqu'on n'arrive plus à la cacher ni à la surmonter. Tout sentiment, de la joie à la tristesse, est nécessaire à notre équilibre. Il faut se nourrir de chaque émotion mais il ne faut pas que nos émotions nous mangent. Contrôler son équilibre intérieur, ne pas avoir peur du noir, le chérir sans jamais s'abandonner à lui. Voilà sans doute l'une des épreuves qu'on doit tous affronter dans nos vies.

Même mon implication dans le comité s'essoufflait en même temps que s'intensifiaient la fatigue et la peine. Mes apparitions, mon implication dans le comité pendant ces semaines se résumèrent à la distribution de tracts sans la moindre énergie, ainsi qu'à faire acte de présence de temps en temps lors des assemblées générales. La passion m'avait quitté. L'abandon de soi-même au profit de la servitude habituelle des jours communs. Un éloge absurde à la passivité ordinaire et quotidienne. Un éloge funeste, empli de cynisme remplaçant la folie. Est-ce ça l'élément déclencheur qui fait perdre les rêves aux Hommes ? Surmonter l'épreuve d'une peine profonde causée par un être cher détournerait alors la majorité des Hommes de leurs rêves ? Tandis que ceux qui surmonteraient cette épreuve se verraient renforcés au plus profond de leur créativité et de leur être. Pourtant, je ne comprenais pas la substance de l'humeur obscure dans laquelle j'étais plongé à ce moment. C'est vrai, j'avais surmonté des épreuves cent fois plus dures que celle-ci, cent fois plus humiliantes que celle-ci, et pourtant, je souffrais comme si je n'avais jamais rien vécu. Ma déliquescence intérieure me faisait peur de jour en jour. Mais rien ne semblait pouvoir me sortir de cet état. Même Joe, avec la plus grande des volontés, n'arrivait pas à m'extirper de ce guet-apens sentimental. Le seul point positif se trouvait dans mes lectures innombrables que permettait cette léthargie. Kerouac, Fante, Dante, Gaarder, Lowry, Camus, Sartre, Harper Lee, Welch. Ils y passèrent tous les uns après les autres dans une fantastique gymnastique sentimentale et intellectuelle. Et lorsque je ne lisais pas, je me servais de ce temps pour écrire. Je ne savais pas si cela était de la poésie, de la prose ou tout simplement mes pensées que je couchais sur ces carnets. Mais cela me faisait du bien et j'avais l'impression de vivre, d'être quelqu'un à part entière.

Je voulais écrire mais je n'avais pas de thème. Puis j'ai écrit un poème, mais il ne s'aimait pas beaucoup.

« Ou plutôt j'en avais trop
Et à quoi bon écrire sans thème
Cela serait comme danser seul au milieu de la foule
Quoique cela peut être plaisant
Une danse enivrante
Sans aucun complexe
Transpirant de vérité
Une simplicité effrayante
Écrire sans thème c'est peut-être finalement l'essence
même de l'écriture
Peindre des sentiments en clair-obscur
Et rien de plus. »

Je n'arrivais pas à pallier son absence et, bizarrement, c'était tout le bien que je me souhaitais. Me rappeler son élégance, son visage, sa voix, son odeur pour que cela reste vivant indéfiniment. Pour que tu restes vivante en moi. Pouvoir te parler comme on parle aux nuages. Pouvoir contempler au travers des mirages ton regard dessinant mille paysages. Te voler, pour mon unique bien-être, pour mon unique plaisir, ton sourire si lumineux.

Au bout de deux semaines sans nouvelles de Florine, je commençais à aller un peu mieux, contre toute attente. Je me remis doucement au travail, tout en me replongeant pleinement dans le comité de ma fac qui semblait être bien isolé de tout soutien. La révolte grondait dans les rues de France ainsi que dans ma ville, tandis que le gouvernement légitime, élu par le peuple, ne cessait de lui faire affront, de le piétiner sans jamais l'écouter. Pire, il méprisait son peuple, celui-là même qui lui avait permis de grimper pour atteindre les plus hautes sphères décisionnelles. Prenant le cri du peuple comme un cri dénué de sens, le gouvernement le réduisit à une minorité absurde sans légitimité et sans réflexion, ne souhaitant que la perte de sa patrie. Il usa de toutes les ruses, de tous ses pouvoirs de communication, de répression et de propagande pour délégitimer cette lutte. Il envoya ses fidèles guerriers de l'intellect tuer les esprits dans des émissions perverses et scénarisées. Mais le cri du peuple ne plia pas, bien au contraire, il rugissait plus fort. La lutte reprenait de plus belle avec des personnes de tous horizons, et bizarrement, ces mêmes personnes, que les élites qualifiaient de fainéants, d'extrémistes, d'idéologues ou de débiles sans cervelle, étaient au contraire des êtres incroyables, possédant bien plus qu'un intellect pragmatique. Étudiants, ouvriers, professeurs, femmes ou hommes au foyer, artistes, chercheurs, journalistes, chômeurs, oisifs de la vie, tous réunis pour dire non. Mais pour dire également oui à un renouveau, à un second souffle que l'humanité méritait. Pour dire aux élites et au gouvernement : « Venez, on invente quelque chose de nouveau tous ensemble. » C'est dans ce contexte que j'ai trouvé la force de parler, de prendre le micro pour la première fois durant une assemblée générale de ma fac. Il n'y avait qu'une infime partie des étudiants, mais qu'importe, nous étions quand même un peu plus d'une centaine à nous être regroupés pour parler, échanger, se confronter et agir à nouveau pour ne plus subir les jougs dogmatiques de la société.

– Bonjour à toutes et à tous. Je n'ai pas l'habitude de m'exprimer ni de parler aux gens. D'ailleurs, lançai-je devant l'assemblée d'un air amusé mais inquiet, si je prends la parole, c'est que j'en ai marre. Marre de voir que l'Histoire avance et qu'elle se réécrit en se conjuguant toujours de la même façon. À quoi bon étudier bêtement des sciences humaines, étudier les grandes guerres, les grands mouvements sociaux, les plus grands personnages ? À quoi bon étudier si c'est pour oublier une fois que l'Histoire nous demande d'agir ? Vous faites des études juste pour vous faire mousser auprès de votre famille ? De vos amis ? Des futures personnes que vous rencontrerez ? Ou est-ce alors par soif d'esprit critique et d'ouverture ? Soif de comprendre le monde et de le changer ensuite ? Le comité de mobilisation de la fac dont je fais partie se bat depuis des mois pour agir et coordonner ses actions à l'échelle nationale. On ne se bat pas seulement pour nous, mais pour vous et tout le peuple français. Et la seule réponse que l'on reçoit de la part de ceux qui n'agissent pas, est qu'on n'est pas légitimes. Je suis triste d'entendre ce mot dans la bouche de notre génération. Une génération qui, à travers la chanson, l'art, les jeux vidéo, prône une autre société, prône la révolution. Mais où est-elle, maintenant ? Où est cette génération qui parle de changement, qui critique au plus haut point la société mais qui se trouve incapable d'agir l'heure venue ? Pire, une génération qui est devenue une métaphore de la société elle-même. Personnellement, j'en ai marre de vivre comme un merdeux, pas vous ? Alors où sont ces personnes tellement nombreuses qui préfèrent parler encore et toujours plutôt que d'agir et de prendre des risques une fois dans leur vie ? Où est-elle, cette majorité silencieuse ? Alors oui, nous faisons des fautes et nous sommes sûrement des stéréotypes de la contre-société aussi. Mais qui fait le jeu de ces stéréotypes, je vous le demande ?

Je posai un instant ma voix, fixant différents points dans l'assemblée tout en ravalant ma salive avant de reprendre :

– Notre génération est sans doute celle qui rêve le plus de révolution, mais paradoxalement, elle est également celle qui est la plus attachée à la société actuelle.

Maintenant, j'en appelle à la conscience et au devoir de chaque étudiant de cette ville et de ce pays, prenez nos paroles et nos pensées à bras-le-corps et agissons. Ne laissez pas les autres le faire et se faire discriminer, discréditer et huer à votre place. Arrêtez d'être lâches, arrêtez d'avoir peur et arrêtez de rester dans votre coin, bien oisifs, à l'écart de toute critique, à l'écart de tout engagement, à l'écart de toute vie. Car si vous placez vos actions sur la même échelle que vos paroles, alors il n'y aura plus qu'un nombre infime de personnes qui nous critiquera et qui essayera de nous discréditer. Et à ce moment précis, il y aura cette révolution. Et à ce moment-là, nous aurons les armes pour combattre ensemble et gagner. Ne les laissons plus gouverner en notre nom, ne leur donnons plus notre confiance et nos voix qu'ils salissent aussitôt. Ils nous affament, privilégiant leurs intérêts. À ceux qui nous gouvernent, je n'aurai qu'une seule question : votre fortune et vos intérêts justifient-ils que l'on meure pour vos actions ? Alors, mes chers camarades, mes chers contemporains, prenez la locomotive. Ne vivons plus comme des esclaves, nous avons besoin d'engagements courageux et de larmes de passion. Nous ne laisserons plus personne dicter nos rêves et nos espoirs.

Ce temps, aujourd'hui, semble bien loin. Et maintenant où en suis-je ? J'ai fui à Bruxelles pour échapper à ce passé, pour me réinventer et pour débloquer les portes qui étaient fermées. Enfin, c'est ce que je croyais, je vais arrêter de me mentir. J'ai maintenant 30 ans et j'ai fui, comme bon nombre de personnes, cette vie qui se présentait devant moi.

Chapitre 3 – Hymne à l'ivresse

La pénombre aveugle Martin, il ne voit plus que des bouts de visages en cherchant désespérément ses amis. Le rythme de la musique déchaîne les corps qui dévoilent leur nudité perlée de gouttes de transpiration. Il cherche tant bien que mal ses amis, mais il ne peut s'empêcher de croiser les regards des filles présentes qui semblent danser pour lui. Comme 90 % des mecs du bar, il espère que cela est une vérité incontestable. En ce vendredi soir, Martin s'est engouffré dans la fièvre bruxelloise qui a raison de lui. Il fête son anniversaire même si, finalement, ce sont plutôt ses amis que lui qui le fêtent. Il n'a jamais aimé toutes ces soirées d'anniversaire, de Noël, de fin d'année ou, pire encore, celle de la Saint-Valentin. Comme si on avait besoin d'un jour particulier pour aimer, pour montrer son amour et offrir de l'attention à la personne qu'on aime. Souvent, les célibataires sont de grands romantiques alors que les personnes en couple piétinent et ne se rendent pas compte de la chance qu'elles ont. Car finalement, on a beau se raconter des mensonges, paraître magnifique et complet dans sa solitude aux yeux des autres, mais finalement, aimer est la chose la plus universelle et importante. On a beau fuir devant, courir après, on est toujours à la recherche de cet espoir ou cette crainte de trouver une chose plus grande que soi.

En ce vendredi soir, Martin abandonne la recherche de ses amis. Il y a trop de monde au bar et il finira bien par les retrouver. Pour l'instant, il commande une pinte de bière, plus précisément une pinte de « Pierre tombale ». En attendant celle-ci, il contemple cette anarchie des corps qui se dessine devant lui. Il ne sait pas s'il trouve ça beau ou bien tout simplement effrayant, sans doute un mélange des deux. Il faut dire qu'il ne s'attendait pas à passer une soirée des plus folles en venant dans ce bar du centre-ville sans réelle identité. Mais il sentait une énergie sombre semblable au désespoir de Cordélia monter à ses yeux. Il avait besoin à ce moment-là d'évacuer une trop longue semaine à brader une nouvelle fois ses rêves, à taire ses espoirs et à écouter sa raison lui dire qu'il avait 30 ans et qu'il traînait désormais un sac de ruines sous la lumière de la lune. Devant lui se présente à cet instant précis une véritable piste cathartique. Drogue, alcool, sexe à consommer sur place ou à emporter et musique, un cocktail diaboliquement parfait. Un *Chant de Maldoror* où la jeunesse, plus si jeune que ça, souhaite combler un vide dont elle ne connaît la provenance. Un blues urbain, comme s'ils étaient seuls dans l'un des grands buildings de Tokyo. Un flacon miraculeux pour évacuer les névroses contemporaines. Martin termine sa bière en quelques gorgées comme si c'était de l'eau et commande un Cuba libre, un deuxième puis un troisième. Du coin de l'œil, il voit une fille assise un peu plus loin qui se rapproche petit à petit du bar pour venir se poser juste à côté de lui. Elle lui sourit avant de lui adresser la parole :

– Qu'est-ce qui conduit une personne seule à enchaîner les verres au bar un vendredi soir ?

Martin, qui a la bouche sèche malgré le verre qu'il vient de terminer, essaie de se concentrer pour pouvoir sortir quelques mots et pour faire l'effort de ne pas témoigner de l'indifférence envers cette fille. Il la regarde fugacement dans l'obscurité. Martin se dit qu'elle est plutôt mignonne, elle a une coupe blonde à la garçonne, quelques tatouages sont visibles ainsi qu'un piercing nez Bridge.

– La même chose qui t'a conduite à faire ce piercing ridicule, j'imagine.

– Eh ben tu es un sympa, toi, encore un connard prétentieux qui se prend pour meilleur qu'il n'est.

– C'était de l'humour, tu sais, faut pas le prendre ainsi.

– Et moi je voulais juste te voir ramer. Ça va, j'ai de l'humour, mon piercing n'a pas atteint ma zone d'autodérision. Alors, tu vas répondre à ma question ?

– À la base, je ne suis pas venu seul.

– Ah ! Tu te saoules pour oublier ta petite amie que tu traînes comme un boulet, mais tu es trop lâche pour t'en séparer ? Ou peut-être que tu es arrivé ici avec une fille en pensant la draguer et finalement elle est en train de danser avec un autre ? réplique la fille tout en souriant victorieusement à Martin.

– Non, c'est mon anniversaire, juste.

– Ah oui ! Beaucoup moins glamour, en effet.

– Mais tu as beaucoup d'imagination à cette heure-ci, dis donc, c'est épatant. J'étais avec des amis et je ne sais pas où ils sont, du coup je bois seul car c'est épuisant de chercher.

– Alors, si tu me permets, je veux bien me joindre à toi pour ne pas te laisser fêter seul ton anniversaire.

– Si tu veux, oui, ça fera un peu moins bizarre effectivement que de rester seul.

– Tu as quel âge du coup ?

– Trente ans.

– Ah oui ! Tu es un vieux toi, dis donc, trente ans, célibataire et seul dans un bar miteux, tu sembles avoir réussi ta vie.

– Tu rajoutes le fait que j'enchaîne les boulots précaires et minables depuis maintenant cinq ans alors que j'ai un bac + 5 et on est bon.

– Je lève mon verre à la société moderne !

Martin et la fille discutent un moment, enchaînant les verres jusqu'au moment où, en le regardant fixement, elle lui dit :

– Bon, c'est quand que tu me dis de venir chez toi ? Car si je bois plus, je ne pourrai pas t'offrir ton cadeau.

– On y va, viens, suis-moi.

Martin termine cul sec son verre de Cuba libre avant de prendre la main de la fille pour la guider à travers la pièce et les lumières aveuglantes.

Martin se réveille sous le bruit strident du réveil. Il est 9 heures. Il regarde confusément autour de lui à cause de son terrible mal de tête. Il essaye de savoir où il est. Il reconnaît son affiche du film *La Vie est belle* de Roberto Benigni. Il se dit avec soulagement qu'il est chez lui. Chez lui et, en plus, il n'est pas si tard que ça. Malgré son terrible mal de tête, la journée n'est pas perdue. Il a terriblement mal aux bras comme si une pierre d'une tonne s'était écrasée sur lui. Il se sent bizarre, des images lui reviennent en flash-back. Une fille, il embrassait une fille accoudée au bar. Elle n'est pas du tout son style, ce qui a pour effet de lui faire froncer les sourcils. Il déteste ce moment-là, où il découvre ses actions de la nuit passée. L'horrible personnage qu'il croyait ne plus jamais être la nuit suivante. Puis il aperçoit sur le parquet un string rose et il entend du bruit dans son salon. Il se lève tant bien que mal de son lit et avance à pas discrets en direction de son salon. Posée sur son fauteuil, une fille est en train de prendre son café tout en feuilletant les carnets dans lesquels il compile ses histoires.

« J'ai écrit un poème dans le café d'en face,
près du radiateur, un soir d'hiver
Des jours qu'il traîne dans ma poche sans pouvoir le
finir. Si tu veux, je te le lis après que tu es partie.
Il parle peut-être de toi ou peut-être des tiens
Il parle du temps et des journées d'avant
De la mélancolie et de l'amour patent
À coup sûr il parle de ces histoires que l'on rate
Et ces regards que l'on gâche
De ces rires étouffés,
Et des rêves naïfs oubliés
Il contient un peu de mon époque en fait
Et de ces pensées qu'on tente de déchiffrer
Il contient peut-être un peu de ta vie et beaucoup
de rêves
Il contient mes souvenirs et puis ce qu'il en reste
J'ai écrit un poème
Pour tenter de peindre les sentiments en clair-obscur
sur un vulgaire croquis
Probable qu'il se consumera
Finalement, je vais le garder pour moi,
ne m'en veux pas. »

– Pose ça, tu n'as pas à regarder. De plus, tu es qui ? Tu n'es pas du tout mon style, je devais vraiment être dans un sale état hier…

– Eh ben, tu es beaucoup moins sympa qu'hier soir, toi. C'est dingue, les hommes ne tiennent vraiment pas l'alcool. Ils vous courtisent toute la nuit, ne vous lâchent sous aucun prétexte pour vous ramener chez eux et le matin suivant, il n'y a plus personne. Un vrai conte de fées.

– Désolé, j'ai été un peu brusque. J'ai terriblement mal à la tête, c'est pour ça.

– Laisse, ce n'est rien, j'ai l'habitude. Tu sais, les bars sont le paradis des âmes échouées.

– Cette phrase… c'est celle d'Izaa…

– Tu dis quoi ?

– Rien, rien. Tu veux manger quelque chose avant de partir ?

– Avant de partir ? Dommage, hier soir tu m'avais promis quelque chose pour ce matin, mais ce n'est rien. Non, je vais juste finir mon café et si je peux prendre une douche, ça serait cool.

– Oui, il n'y a pas de souci.

Martin met un fond sonore pour étouffer le silence qui fait rage. Un silence glaçant et coupable qui le met mal à l'aise. Il observe un peu plus en détail la fille qui est en train de boire un café dans son fauteuil tout en regardant sereinement à travers la fenêtre. Dehors, le vent souffle les feuilles mortes. Martin fixe les courbes de la jeune femme, il essaye de deviner ses fesses, il sent soudainement son sexe se dresser au travers de son caleçon. Plus Martin regarde cette fille, plus il s'aperçoit que finalement, celle-ci est beaucoup plus sexy et belle que sa vision au réveil. Elle, elle sent que Martin est en train de la dévorer du regard en se demandant si finalement, il ne serait pas judicieux de profiter de cette matinée avec elle, en étant sobre cette fois-ci. Elle fait exprès de se dénuder partiellement, consciente de ses atouts et de sa beauté, cette confiance en son corps excite un peu plus Martin. Elle descend légèrement sa chemise sur son épaule droite, lèche délicatement ses lèvres pour récupérer les quelques gouttes de café qui s'y sont déposées. Ses mains caressent légèrement son cou avant d'effleurer ses seins. Elle se positionne de sorte que Martin aperçoive son tatouage dans le creux de sa cuisse. Elle se lève et tandis qu'elle fixe Martin qui est en train de la dévorer, elle passe sa main sur le visage de celui-ci. Ses mains douces caressent les lèvres de Martin qui en profite pour y déposer des baisers. Elle passe ses mains dans les cheveux du jeune homme, histoire de briser la glace et ouvrir la clé de leurs corps. Elle s'assoit sur lui, les deux cuisses le long de son corps. Son sexe humide, caché par la seule couche de sa culotte, sur le sexe dur de Martin. Elle l'embrasse au coin de la bouche puis dans le cou avant de descendre, à l'aide de sa langue, jusqu'à son bas-ventre. Tout en maintenant la pression du regard, elle enlève le caleçon de Martin pour saisir dans sa main droite son sexe dur. Elle se met à faire des légers mouvements du haut vers le bas avant d'y déposer délicatement sa bouche tout en lâchant de discrets bruits de plaisir. Lui est complètement affalé sur le fauteuil, dégustant ce précieux moment avec cette bombe sexuelle. Des images de la nuit lui reviennent, des images sulfureuses et terriblement excitantes. Ses mains viennent se glisser dans les cheveux de la fille tout en imposant une légère pression sur sa nuque. Cependant, ça ne dure qu'un instant. Elle joue juste avec lui. Maîtresse des désirs et de la sensualité, elle est consciente de la supériorité des femmes et de la naïveté des hommes. Consciente de ce pouvoir qui permet de les contrôler . Elle se relève tout en léchant ses doigts et ses lèvres.

– Appétissant, vraiment. Maintenant que tu as eu un petit rappel d'hier soir, je te laisse de rappeler ta promesse pour ce matin. J'espère que tu vas faire l'effort de t'en souvenir, c'était vraiment sympa cette nuit et puis tu semblais être aux anges lorsque mes lèvres étaient posées sur ton sexe.

– Mais tu ne peux pas t'arrêter ainsi, c'était beaucoup trop bon. Et puis quelle promesse ? Je ne comprends pas.

– Ben si, je peux, la preuve.

– Reviens, tu ne vas pas le regretter.

– Tu m'as déjà dit ça hier et franchement, toi ou un autre, ç'aurait été pareil même si c'était bon.

Martin encaisse tant bien que mal la pique de la jeune femme. Ravalant sa fierté car poussé par l'envie fugace et bestiale du sexe, il balbutie quelques mots insipides censés convaincre la fille de continuer.

– Non, tu n'as pas bien compris. Tu crois que les filles sont juste là pour assouvir tes besoins. OK, je sais très bien que tu ne seras pas mon prochain copain ni même l'homme de ma vie. Toi et moi on a convenu, au moment même où nos lèvres se sont touchées dans le bar, que notre échange ne serait basé que sur du sexe éphémère. Mais ce n'est pas pour autant que je dois me plier aux moindres de tes envies et ne pas, moi aussi, apprécier et voir mes envies se réaliser. Si je veux juste une queue en moi, je peux en trouver d'autres ailleurs et bien plus grosses.

Elle prend alors la direction de la douche et ferme la porte derrière elle, laissant Martin à sa frustration. Mais qu'avait-il bien pu dire hier soir ? Que veut cette fille de lui ? Cela a rapport avec le sexe ou avec autre chose… il est désemparé et ne sait pas quoi faire, redoutant le moment où elle va sortir de la salle de bains, mais à cet instant, il ne peut penser à rien d'autre qu'au sexe. Épuisé de si bon matin par toutes ces questions, il va s'allonger sur son lit. La porte de la salle de bains s'ouvre quelques instants plus tard, elle en sort entièrement nue. Martin se dit qu'elle n'est vraiment pas si mal que ça, finalement, même s'il est bien loin de lui trouver du charme. Il trouve néanmoins cette fille de plus en plus belle, attirante et terriblement sexy. Elle s'approche de lui en frôlant de ses seins son sexe et son corps tout en le caressant. À ce moment-là, Martin à la sensation d'être à côté d'un volcan qui n'attend que d'exploser.

– Alors, toujours pas ?

Martin ne lui répond pas. Il n'en a aucune idée, il ne sait pas quoi faire ni quoi dire. Alors il opte pour la chose la plus facile. Il commence à son tour à la caresser, à sentir ses cheveux un à un et à prendre son visage entre deux mains tout en l'embrassant. Il aimait sentir l'odeur de sa partenaire. L'odeur de ses cheveux, l'odeur de son corps qui est débordé par l'envie de faire l'amour. Cette sensation enivrante de chaleur qui parcourt deux êtres ne cherchant qu'à assouvir un désir fulgurant et incontrôlable. Tout en l'embrassant dans le cou, la main droite de Martin caresse du bout des doigts les cuisses de la fille. Sa main droite se pose ensuite sur son cou, elle se laisse entièrement faire. Martin entend l'excitation sortir de la bouche de la fille. Il voit son corps se tordre délicatement sur les draps de son lit. Il voit son regard soutenir de désir le sien. Martin se met sur elle, sexe contre sexe, tout en posant de nouveau ses lèvres sur son cou.

– Sarah. Moi, c'est Sarah, au cas où tu aurais oublié.

Il ne répond toujours pas à Sarah. Il sait maintenant qu'il a fait le bon choix. Il sait maintenant qu'il est maître de ses désirs. Il sait que les rôles sont maintenant inversés et qu'elle n'a aucune chance de lui échapper car pour donner du plaisir à l'autre, il excelle. Il plaque les deux mains de Sarah contre son matelas tout en continuant à l'embrasser dans le cou. Elle se débat légèrement. Enfin, elle ne se débat pas réellement, elle laisse juste son corps libérer ses pulsions. Martin parcourt des lèvres le corps de Sarah tout en s'arrêtant de longues minutes sur ses seins. Il hume leur douce odeur, il les palpe, il joue avec à son tour. Il mordille délicatement le bout du sein droit qu'il tient fermement tandis que sa main libre glisse délicatement sur son bas-ventre. Il dessine avec cette même main les courbes des cuisses de Sarah, il effleure son cul avant de déposer l'un de ses doigts sur le dessus de son sexe. Il ressent l'humidité de son entrejambe. Ce contact procure à Martin une divine sensation, d'autant plus que la jeune femme commence à gémir et à se tordre de plus en plus. Tout en commençant à glisser ses doigts dans le sexe de Sarah, il lèche et embrasse frénétiquement son sein droit. Il aime cela, ce moment à la fois tendre et apocalyptique où il satisfait et écoute l'autre. Ce moment où il entre en pleine connexion avec l'essence du mot *désir*. Et à en croire les légers cris de Sarah, il n'est pas si mauvais que ça dans cet exercice.

Il s'arrête pour la regarder d'un air satisfait. Le visage Sarah est illuminé, à ce moment-là, il la trouve magnifique. Elle pose ses deux mains sur le visage de Martin et lui dit :

– C'est bien, je vois que tu commences à te rappeler que tu devais bien t'occuper de moi au réveil…

Martin voit le léger sourire de Sarah avant de sortir son doigt de son orifice et de le porter à sa bouche pour en lécher la délicate substance qui s'y était déposée. Il ne laisse transparaître aucun signe trompeur, mais il se dit qu'il a goûté meilleur liquide que celui-ci. Mais qu'importe, la tension est déjà trop chaude pour s'arrêter en si bon chemin et puis il veut vraiment voir jusqu'où l'extase peut aller. Sarah embrasse sauvagement Martin, mordant le bout de ses lèvres. Il descend son visage délicatement sur le ventre de Sarah jusqu'au niveau de son entrejambe et commence à le sentir, humer l'odeur qui se dégage de son sexe avant de l'embrasser, de le lécher tout en y insérant un doigt puis deux. Il joue à son tour avec le sexe de Sarah, multipliant les coups de langue au gré des indications de la jeune femme qui appuie ses mains sur le crâne de Martin. Il est à l'écoute des sens de la jeune femme, il sait écouter lorsque son corps communique. Il sait parfaitement écouter et analyser le plaisir féminin. Ce désir qu'il trouve presque supérieur à l'acte final. Les jambes de Sarah commencent à vibrer et son corps à bouger de manière incontrôlable. Martin, lui, continue de plus belle à lécher Sarah tout en posant ses deux mains sur ses fesses pour accentuer la pression. Sentant que c'est le moment, il soulève Sarah et change de position. Il se retrouve allongé sur le lit, Sarah au-dessus de lui. Il l'attrape de nouveau au niveau des hanches pour les positionner au-dessus de son visage et continuer à goûter au fruit défendu.

– Viens, viens en moi. Je veux finir lorsque tu me pénètres, dit-elle au creux de l'oreille de Martin.

Martin attrape vite une capote qui est posée à côté de son lit et l'enfile. Il n'aime pas les préservatifs, cette sensation que lui procure ce corps étranger sur son sexe. Il a peur de débander, chose qui peut arriver, mais il n'a pas d'autre choix. Une fois celle-ci mise, il pénètre vigoureusement Sarah qui pousse un gémissement n'ayant rien de sensuel mais qui a pour effet de donner plus de force à l'acte. Il n'y a rien de tendre ni de beau et aucune passion dans cet acte, si ce n'est celle de l'affrontement entre deux corps. D'ailleurs, toute illusion de tendresse qu'il y a pu avoir avant cesse tout de suite, rappelant à Sarah et Martin pourquoi ils étaient tous deux réunis. Martin pénètre Sarah à 9 h 57 et tous deux jouissent cinq minutes plus tard, sous l'effet purement bestial de l'acte. Sarah se rhabille rapidement, rassemble ses affaires dans son sac, et embrasse Martin sur le coin de la joue en lui disant, avant de disparaître : « Ça, c'était du sexe, dommage que tu ne sois pas prêt à aller plus loin qu'une simple nuit. Prends soin de toi, Martin. » Martin la regarde partir sans lui adresser un mot ni une émotion. Il retire la capote de son sexe tout en s'étendant sur son lit. Il est 10 h 10 et il se dit que c'est la dernière fois qu'il fait ça. Terminés les plans d'un soir, terminé le sexe sans amour, cela n'est plus pour lui. D'ailleurs, cela n'a jamais été pour lui. Il a perdu tellement de temps à courir ou plutôt à fuir un sentiment qu'il ne peut discerner, qu'il ne peut contrôler. Des soirées à fuir entre les jambes d'une fille, à chercher de l'attention, du réconfort ainsi qu'une forme d'appartenance dans le regard vide d'une femme cherchant la même chose en lui. Il sait que plus il enchaîne ces relations et plus il se perd. Il sait aussi qu'il est passé à côté de belles histoires à cause de ça. Pas l'histoire de sa vie ni même une nouvelle grandiloquente, mais finalement les poèmes sont aussi importants en littérature que les romans.

« Terminé de croire que je peux fuir l'amour et la solitude au travers du corps d'une autre âme paumée. Fini de me servir de ça comme prétexte. Ce matin, c'était la dernière. » Car au fond de lui, il sait qu'il aime profondément ce sexe bestial, mais il sait encore plus qu'il est entièrement dépendant de cet amour introuvable.

Fragment de vie numéro 3
La nostalgie, à la fois douloureuse et réparatrice, mais toujours salvatrice

Un soir, alors que ma mère était de sortie avec une amie, chose qui m'emplit de joie – car elle ne le faisait que très rarement – je fus interrompu en plein film par le bruit de la sonnette de ma porte d'entrée. Je regardais l'un de mes films préférés, *Lost in Translation* de Sofia Coppola, mais je dus me résoudre à me lever et à aller voir qui venait m'importuner à une telle heure. J'ouvris la porte nonchalamment et la refermai aussitôt, stupéfié et apeuré à la vue de la personne qui se trouvait derrière. Celle-ci frappa de nouveau. Elle frappa en continu pendant une bonne minute tout en disant mon nom sans le moindre signe d'énervement. Mon dos collé à la porte glissa doucement jusqu'à me faire asseoir.

– Que fais-tu là ?

– Je suis là pour te parler, j'en ai besoin et tu en as besoin.

– Non, je n'ai plus envie de te voir, Florine, j'ai besoin que tu me laisses, maintenant.

– Je n'y arrive pas, justement. Et la situation est stupide, on n'est pas dans l'un de tes films ou de tes livres. C'est la vraie vie, je suis là donc profites-en avant que je parte définitivement.

– Ne dis pas de bêtise, voyons, je n'étais qu'une source de distraction pour toi. Je n'étais qu'un vulgaire pantin pour que tu puisses te prouver que tu plais toujours aux autres. Je n'étais qu'une sorte de défi pour toi. Maintenant, arrête tout cela et va retrouver ton petit ami. Laisse-moi vivre avec ce mal nécessaire. Il sera passager si tu me laisses me l'approprier.

– Tu me vois vraiment comme ça ? Tu penses vraiment que j'ai agi ainsi en connaissance de cause ? Juste pour te faire du mal… ?

– Oui, je le crois, j'en suis même sûr. Les personnes sont ainsi, c'est dans la nature la plus intrinsèque de l'Homme que de voir l'autre souffrir à cause de nos actions. C'est une effroyable erreur de croire que l'humain est naturellement bon. Wystan Hugh Auden avait tort. L'être humain est par définition mauvais, il lui faut un travail surhumain pour prétendre être une bonne personne.

– Je… je ne sais pas quoi te dire. Ta vision des autres est tellement sombre que je ne peux la décrire, mais ce qui me désole le plus, c'est la vision que tu as de moi. Tu ne peux admettre une seule seconde que tout est arrivé sans que je puisse rien faire. Que la magie du hasard ou de la vie, appelle ça comme tu veux, a décidé d'écrire à notre place ce chapitre de nos vies ? Je n'ai pas choisi de m'attacher jusqu'à devenir incapable d'agir sans toi, alors que j'ai moi-même un copain. Me retrouvant incapable de le regarder, de le toucher, de lui parler, et incapable de me retrouver face au miroir. Je n'ai pas choisi ça, cela m'est tombé dessus sans prévenir. Mais durant ces semaines, je n'ai fait que penser à toi sans pouvoir te voir. Et l'autre jour, je t'ai vu à l'assemblée générale et ton discours… il était fantastique, cruellement froid mais tout aussi magnifique. C'était toi. Et c'est à ce moment-là que j'ai compris que je ne pouvais me passer de toi et surtout passer à côté de toi. Mais maintenant, je me rends compte que tout cela est peut-être déjà trop tard et loin. Je ne sais pas si cela a encore de l'importance, mais j'ai quitté mon petit ami… pour toi et maintenant, je me demande si cela en valait la peine.

Mon visage se ferma, laissant le silence se former entre nous deux. Mes mains se mirent à trembler. Mon visage s'assombrit au fur et à mesure que mes yeux plissaient. Je ne pouvais m'empêcher de ressasser les paroles que venait de prononcer Florine. Une fois de plus, elle me malmenait. Une fois de plus, elle abusait de son charme pour bousculer mon être.

– Arrête de me mentir, de te mentir. Tu dis ça juste pour avoir bonne conscience, laisse-moi.

– Je ne serais pas ici, à cette heure-ci, plantée derrière ta porte à te parler, réfléchis un peu. Il y a mille autres endroits où je pourrais être à cette heure. Je pourrais être en soirée en train de m'amuser, à boire pour oublier, à me laisser tenter par la séduction d'un joli garçon que j'aurais choisi comme proie. Mais non, je suis là. Derrière ta foutue porte, à une heure qui n'est pas raisonnable d'autant plus que tu sais très bien que je n'aime pas être seule comme ça le soir.

Je ne répondis pas à Florine. Je n'en avais pas la force, bien que l'envie débordait en moi. Elle m'avait changé deux fois. La première fois lors de notre rencontre, je n'avais jamais cru en l'amour jusqu'à ce que je tombe sur elle. Et la deuxième fois, ce fut lorsque j'avais appris à connaître Florine et à connaître au même moment ce qu'était l'amour, comprenant que cela rimait souvent avec impossibilité.

– Réponds-moi, s'il te plaît, dis-moi ce que tu veux que je fasse ! me cria alors Florine une nouvelle fois. Pourquoi ne pas tourner le drap à l'aide de nos deux mains ? Les risques ont peu d'importance quand nos cœurs mènent la danse, non ? On aurait pu avoir une chance…

– Va-t'en, je t'en prie. Laisse-moi, j'ai besoin que tu t'en ailles.

Je n'eus aucune réponse à la suite de mes paroles. Florine avait fini par partir, me laissant alors entre désarroi et soulagement. Comme un naufragé trouvant une bouée de sauvetage, respirant de nouveau le temps d'un instant. Le temps d'un court répit sans nul doute, mais celui-ci était salvateur. Et dans un souffle, le regard plongé dans le vide, je me mis à prononcer ces paroles :

« Est-ce que le temps qu'il nous reste suffira ? »

Cependant, ma soirée venait d'être chamboulée, et je n'avais plus envie de regarder mon film qui s'était arrêté sur le magnifique visage de Bill Muray qui me regardait lui aussi, semble-t-il, d'un air condescendant. J'éteignis avec une certaine colère la télé, jetant par la suite la télécommande par terre. Celle-ci se fracassa sous un choc violent et éparpilla les deux piles sous le canapé, ce qui valut de ma part un juron de plus. Je restai de longues minutes allongé sur mon lit, le regard porté sur mon plafond grisâtre, ressassant les doux moments passés avec Florine. Personne ne découvre l'horreur sans avoir vu l'obscurité.

« Alors c'est vrai ce que les gens disent, chaque ange est bien terrible ! » dis-je soudainement à voix haute. Il paraît qu'avant notre naissance, nous sommes tous des anges. Nous savons tout et nous avons toutes les bonnes qualités. C'est seulement une fois arrivés sur cette planète que nous perdons la plupart de nos vertus au même moment que nos ailes. Cependant, il advient, à des rares moments, que des personnes gardent leur statut d'ange sur Terre. Il paraît même que durant les soirs de grande solitude urbaine où la lune se fait pleine, il est possible de voir l'un de ces anges échoués sur Terre remonter au Ciel dans un nuage de poussière. C'était ma mère qui m'avait conté cette fable urbaine sur le pouvoir de la lune. Florine devait sûrement faire partie de cette catégorie. Ça ne pouvait être que ça, je ne voyais que cela. Elle était belle comme le soleil, mais sa beauté était une beauté froide comme la lune et seul un ange pouvait générer une telle attraction. Moi, ma vie sortait tout droit d'un film de Tim Burton, sombre et improbable. Mais avec Florine, ce tableau ressemblait un peu plus au tableau de Georges de La Tour, délivrant une infime lumière qui suffisait à révéler la beauté de la pénombre.

N'arrivant pas à fermer les yeux et sentant que les images de Florine et de cette soirée n'étaient pas près de partir, j'ouvris ma fenêtre pour m'asseoir sur le rebord, observant ainsi l'étendue sauvage que m'offrait l'obscurité. Je sortis de ma poche une cigarette que j'avais piquée un peu plus tôt dans la journée à ma mère. Le vide sous mes pieds et le champ des possibles devant moi, je profitai de ce moment de calme pour allumer ma cigarette. Comme si celle-ci pouvait m'aider à régler mon problème avec Florine. Comme je n'avais pas l'habitude de fumer à l'époque, les premières lattes me firent tousser, phénomène qui cessa par la suite à mon plus grand soulagement. Pour parfaire ce moment, je venais de mettre mes écouteurs et de m'équiper d'un stylo et d'une feuille. Les mots me vinrent facilement tant ils voulaient s'échapper de mon être comme une expiration.

« *Ogni giorno è la scuola*, comme a dit jadis un vieillard,
Me voilà dans une soirée noire, blizzard de
mes boulevards.
Un cri noir semblable à la liturgie de mon histoire.
De ma voix naît le souffle qui viendra se loger dans
ta voile,
De mon âme naîtra l'espoir de voir un jour revivre
la flamme,
De mon odeur naîtra la laideur qui te plaira tant.
Pourquoi ces mots alors que je me sens si distant ?
Parvenant à peine à dire ce que je voudrais,
Mais en même temps obstin par ce visage dont je
me souviendrai.
Mais il y a un monstre dans ma chambre,
Mais ce monstre n'est pas sous mon lit,
Non, il est en face.
Je suis en conflit,
À travers le miroir de ma vie,
Me voyant la gâcher comme Donnie Darko.
Car de mon amour est née la tristesse insalubre
du jour,
Jour qui devient au fil des années abstrait vu que tout
s'efface autour.
Personne ne me connaît même pas moi et cela n'est
pas de bon présage,
Même Pratchett et Caiman disent de moi que je suis
en déphasage.
Cependant, ma solitude intérieure me rendra fort
comme Athéna.

Seulement t'affronter pour toujours me
semble chimérique,
Alors je fume me demandant si je fais bien
d'être agnostique.
Mais maintenant je sais que seulement deux choix
sont devant moi,
T'oublier ou te suivre seront mes seules lois.
Je finis ces quelques lignes glissantes comme une piste
de ski,
Et je me demande si je t'aimerai autant que ma folie,
Entre fumée et poésie, ma soirée noire ressemble à
L'Oiseau bleu de Bukowski. »

Mon stylo figé sur le dernier point de la feuille, je regarde attentivement la course effrénée qu'il vient de faire le long de ces lignes. C'est vrai qu'on rature mieux le cahier avec le cœur balafré, je n'aurais jamais pu écrire autrement que blessé. C'est aussi vrai, nous nous tirons dessus pour tirer un trait. Jetant la fin de ma cigarette, je refermai mon cahier et le déposai sous mon lit avant de m'y affaler. Mes pupilles calmées par la puissance des mots ne semblaient plus vouloir m'empêcher de dormir, délaissant ainsi mes maux et trouvant ainsi le sommeil tant attendu. Cependant, le lendemain, dès mon réveil, mes maux de la veille ressurgirent plus grands et plus forts encore. Je ne savais que penser de la venue de Florine aussi tard la veille. Avais-je bien fait de lui demander de partir ? Ne lui avais-je pas à mon tour brisé le cœur ? Mais comment savoir quand quelqu'un nous disait la vérité ? Florine semblait si différente de tout ce que je m'étais imaginé des autres, elle semblait faire partie de ces personnes qui refusaient le tout numérique, qui refusaient les fausses relations, ainsi que la surconsommation à outrance et rapide des êtres humains.

Oui, j'avais cru discerner ça au plus profond d'elle-même, ce sentiment, cette sensation, ce paradoxe qui la faisait se rapprocher de moi. Elle me comprenait et je la comprenais. Elle qui était si différente de la plupart des filles à mes yeux. Et c'est à cette même personne que j'avais demandé de partir la veille même. Je m'en mordais les doigts à présent, regrettant mon orgueil dont ma sagesse ignorait les raisons. Est-ce que le temps qu'il me restait suffirait pour réparer ma faute ? Sans plus tarder, j'embrassai ma mère qui venait à peine de se lever et je courus ensuite en direction de ma voiture. Durant toute la journée, je cherchai Florine à la fac, mais elle était introuvable. Elle n'était pas passée au comité ce jour-là. Poussé par mon indéfectible envie de la retrouver, j'allai parler aux gens de sa classe pour savoir si elle était venue en cours. La réponse fut la même que pour le comité, personne ne semblait l'avoir vue et des gouttes de sueur commencèrent alors à parcourir mon corps. Pourquoi Florine n'était-elle pas venue aujourd'hui ? Était-ce de ma faute ? Sans plus tarder, je partis sans la moindre hésitation en direction de sa résidence, délaissant ainsi mes cours de l'après-midi. À quoi bon étudier si on perdait le sens de la vie ? À quoi bon vivre si on oubliait nos sentiments ? Arrivé devant chez elle, je me précipitai sur l'interphone.

– Florine, c'est moi, tu m'entends ?

– Que fais-tu là ? Va-t'en, je ne veux plus te voir. Tu as pris une décision hier, assume-la maintenant.

– Ouvre-moi, laisse-moi te parler et te dire ce que j'ai à te dire et seulement à ce moment-là, j'accepterai ta décision.

– Pour qui te prends-tu ? Je me fiche de savoir si tu acceptes ma décision ou non.

– Florine, ouvre-moi, il y a une personne qui attend derrière moi, elle est sans doute pressée.

– Non, non, ne vous inquiétez pas pour ça ! me répondit ironiquement la jeune femme derrière moi qui prenait un malin plaisir à me voir dans cette situation.

– Tiens, tu vois ! Maintenant, tu as deux choix, soit tu me laisses et tu ne reviens plus jamais, ou alors tu me dis tout là maintenant, à l'interphone. Telles sont mes lois pour toi.

– Mais… Florine, tu sais très bien que j'en suis incapable comme ça, surtout devant d'autres personnes…

– Alors pars, que veux-tu que je te dise d'autre ? Pars, fuis, tourne le dos à tes sentiments et aux problèmes comme tu le fais toujours. Fuis devant les responsabilités que t'impose ton cœur, car tu es un lâche et tu le resteras toute ta vie. Fuis devant tes espoirs et tes rêves comme tu as toujours fait et comme tu le feras encore et encore. Je te pensais comme moi, je pensais que tu voyais le monde comme je le vois. Mais en fait, tu es comme les autres que tu fuis tant, pour toi le cœur ne sert qu'à battre. Je me demande même si, dans notre monde actuel, il est encore possible d'aimer une personne sincèrement et plus que toute autre chose. Plus que notre propre confort et nos propres croyances. Tu passes ton temps à critiquer les autres, à te conforter dans ton inconfort dans cette société, mais c'est surtout parce que tu es jaloux de ceux qui arrivent à s'en contenter.

Un silence de mort figea un instant la conversation, me triturant l'esprit. Je succombais sur place devant le poids de mes fautes et de mes peurs.

– D'accord, tu as gagné, je vais tout dire maintenant. Le simple fait que tu me considères comme la plupart des gens me crucifie. Le simple fait que tu penses que je suis juste le fruit de mon époque poussé par la consommation rapide de toutes les choses, même des sentiments, me paralyse.

– Je ne te pensais pas comme ça. Ton implication dans le comité, ta façon d'être avec moi, ainsi que ton discours laissaient penser que tu suivais tes propres consignes, tes propres sentiments et que tu n'étais pas le simple fruit de ton époque. Bien sûr que tu es terrifié par la société et je pense sincèrement que ton aversion pour ce monde montre que tu es jaloux de ceux qui s'y sentent bien. Mais ta relation avec moi, enfin ton comportement avec moi, laissait également penser le contraire. Je pensais tellement te connaître. Mais ta réaction d'hier remplie d'orgueil mal placé m'a blessée et apeurée. Tu as été blessant, tu m'as blessée plus que ce que tu penses. Plus que n'importe qui.

– Florine… Je veux que tout soit clair maintenant, avant que tu ne refermes le couvercle. Je veux une dernière fois passer mes sentiments et mes nerfs à travers quelques vers. Faire que le cours de l'histoire change, c'est le but de ma venue car j'y crois encore. Et au pire, je serai venu, j'aurai vu et fait ce que je pouvais. Avec toi, j'ai fait bien plus de choses que je n'en ai fait avec les autres. Je suis même allé jusqu'à te parler de moi. Moi qui d'ordinaire préfère me taire et écouter plutôt que de me livrer. J'ai essayé d'être juste avec moi-même, depuis tout petit, peu importe si les autres y croient. J'ai essuyé des insultes, des coups, des moqueries et mes larmes parfois. Quel que soit le prix, j'ai toujours payé pour rester qui je pensais être au plus profond de moi. Mais toi, Florine, tu es la seule personne que je ne peux surmonter, tu es la douleur la plus dure que j'ai vécue depuis toutes ces années. Tu as fait couler des larmes bien plus profondes que celles de mon enfance. J'y ai laissé tout ce que je pouvais et cela en valait largement le prix. Et même si aujourd'hui marque la fin de nos liens, je ne regretterai rien, mis à part mes paroles d'hier. J'ai dû ravaler ma fierté et ressortir mes vieux démons. Mais cela en vaut la peine, tu en vaux la peine, Florine. Je ne pourrai jamais aimer autant une autre fille que toi, je le sais. C'est simple, l'amour, je ne peux le connaître qu'avec toi. Je le sais, j'ai vu mon futur et, toutes les nuits, j'écoute ton cœur. Je sais pertinemment que si tu me laisses, je retournerai à ma vulgaire vie d'homme.

Un silence intense et coupable se faisait désormais entendre. Le bruit du vent résonnait dans les feuilles des arbres, s'engouffrant également dans les trous de l'interphone. Pas un mot de Florine ne sortit de l'appareil, me laissant là sans savoir quoi faire et gêné par les larmes de la fille juste derrière moi.

– C'était magnifique, tout simplement. Tu es extrêmement touchant, et si une fille comme elle ne peut discerner cela, je serais ravie de faire ta connaissance et de t'inviter à prendre un verre, me dit la jeune femme derrière moi, à mon plus grand étonnement.

Je la remerciai d'un air gêné, ne sachant plus trop où me mettre et surpris par le paradoxe de ce moment. Mais l'interphone sonna, m'ouvrant ainsi la porte. Florine venait de m'ouvrir, elle voulait me voir. Je me précipitai à toute vitesse en direction de son appartement, oubliant la jeune femme. La porte de Florine s'ouvrit, laissant s'engouffrer une vive lumière dans la pénombre du couloir.

Elle m'attendait là, sur le pas de sa porte, tenant fébrilement un mouchoir dans l'une de ses mains. Son visage, son si beau et doux visage, était noyé sous une rivière de larmes.

– Tu… tu n'as pas le droit de faire ça. Tu n'as pas le droit de me dire tout ça. Tu n'as pas le droit de me dire hier que tu ne veux plus me revoir et de venir aujourd'hui m'avouer tout ça. Tu n'as pas le droit, tu n'as pas le droit !

Florine, avec une rage impressionnante, m'accabla de ses paroles tout en frappant fébrilement mon torse de ses poings.

– Je sais, je suis désolé. Je… je ne reconnais pas mon comportement d'hier soir. Je ne sais pas pourquoi, mais une autre personne avait pris le contrôle de moi. Tu le sais très bien que je ne suis pas comme ça. Tu le sais que je déteste leur intelligence artificielle, leurs relations artificielles, ainsi que leurs amours superficiels. Leur fausse recherche du bonheur me donne des nausées. Ils ne pensent qu'à leur petit confort, qu'à leur argent, leur voiture, oubliant que l'amour est un don. J'ai d'énormes défauts, bien plus que la majorité des gens, mais je ne suis pas comme ça, je ne fais pas partie de leur monde. Je veux partager chaque moment avec toi. Je veux rejoindre ces personnes qui disent non et qui décident de braver les codes de la société ensemble, d'emmerder les bonnes mœurs et la consommation à outrance des sentiments. Je veux t'aimer toi et seulement toi, tu comprends ?

Florine cessa de me frapper, par épuisement ou par apaisement, je n'en sais rien. Ses yeux se remplirent une nouvelle fois de larmes. Mais cette fois-ci, elle me serra fort, posant son visage sur mon torse. Elle me serra si fort contre elle, que je sentis les battements de son cœur. Son souffle me frôlait, son corps réchauffait le mien qui était transi de peur. Son odeur emplissait tout mon être, parfumant ainsi mon âme d'une douce fragrance qu'elle n'avait encore jamais connue. Ses cheveux, ses si beaux cheveux me cachèrent la vue, m'empêchant ainsi de distinguer correctement son visage. Je ne savais quoi faire, j'étais en panique, dans une extrême panique incontrôlable, m'empêchant d'agir et de penser. Je n'avais jamais connu ça, je n'avais jamais été aussi proche d'une fille. Je n'avais jamais ressenti un quelconque sentiment à l'égard d'autrui sauf envers mes parents. C'est alors que les lèvres de Florine se posèrent sur mon torse, remontant doucement, déposant des fleurs de baisers sur mon cou. Elle hissa sa tête au niveau de mon visage. Ses lèvres frôlaient maintenant les miennes. Son regard, qui me fixait, transperçait tout mon être. Mon âme ne pouvait lutter contre une telle beauté. Contre un tel ange, archange de mes souffrances. Le parfum que dégageait Florine était semblable à un champ de violettes. Ses lèvres, à la fois fines et pulpeuses, m'envoûtaient entièrement tandis que son souffle coupait le mien. Florine, me regardant intensément, approcha ses lèvres des miennes jusqu'à ce que celles-ci entrent en contact. C'était beau, magnifique, apocalyptique. Toutes les joies, tous les sentiments, toutes les larmes que j'avais pu avoir avant, toutes ces choses semblaient infiniment petites et sans importance face à ce moment. Face à cette magie qui s'empara de moi, arrêtant le temps et nous accordant cet instant suspendu. Tout ce chemin prenait enfin un sens et une fin dans cet acte, dans ce baiser brûlant.

Une fois le baiser achevé, Florine me fit un sourire radieux qui me conforta dans l'idée qu'elle était un ange sans ailes. Elle me prit la main tout en riant et me fit entrer chez elle. Elle me poussa sur son petit lit avant de sauter sur mon ventre. Je poussai un petit cri qui était loin d'être digne d'un homme, mais qui eut le mérite de nous faire rire tous les deux. Nos visages si proches, je pouvais apercevoir l'étendue de la beauté du sien. Ses yeux couleur ambre révélaient les petits défauts et imperfections qui faisaient d'elle la plus belle des filles. Ce sont les petits détails comme ça qui nous font aimer une personne. Qui nous font être uniques. Ce sont nos plus gros défauts qui font nos plus beaux atouts. Ce qui est rare se retrouve être cher aux yeux des personnes qui savent apprécier cette rareté. Ses yeux en amande soulignaient à la perfection ses traits. Florine, cet ange perdu sur Terre, m'avait choisi, elle était à moi et j'étais à elle pour notre plus grand bonheur. Florine s'assit ensuite au niveau de mon bassin. Elle commença à m'embrasser dans le cou tout en me déshabillant lentement, consciente que c'était pour moi la première fois. Consciente qu'elle devait me rassurer, mais également heureuse d'être ma première partenaire. La nuit fut longue, mais unique. Elle fut à la fois intense et magique. D'une indescriptible beauté, surplombant l'océan de nos désirs et de nos rêves désormais accessibles.

Le lendemain matin, elle me réveilla avec de doux baisers.

– Tu es à moi, hein ? me dit alors Florine d'une voie si douce, comme une enfant craignant de voir s'envoler son rêve du matin.

– Je ne te laisserai pas partir, je te le promets.

– Je t'aime déjà, tu le sais ?

– Je t'aime autant que ma folie, et j'espère que tu m'aimeras autant pour la supporter.

Des paroles doucement naïves qui dissonent aujourd'hui. Cependant, ce n'est ni plus ni moins que l'histoire d'un premier amour. D'un premier amour qui ne peut s'effacer en une vie. Cette relation si particulière qui définit le reste de nos relations et surtout qui ressurgit à chacune d'elles. Mais à ce moment, aucun de nous deux ne savait que cette histoire se terminerait plus vite que prévu. Même si j'en garde des marques et que j'y pense souvent, j'ai digéré ton nom et ton histoire, du moins je suis en train de le faire, je le sais. J'arrive à y repenser avec une douce mélancolie et ça, ce n'est pas grâce à toi, mais grâce à elle. Bien sûr que je pense toujours à ce que tu es en train de faire en ce moment, avec qui tu as oublié mon parfum et à cet exode dans la nuit.

Chapitre 4 – Contes cruels

Une fois la fille partie de chez lui, Martin reste avachi dans son lit. Le temps de fermer les yeux, juste un instant. Ne plus penser, ne plus respirer, ne plus sentir son cœur. Il veut simplement se reposer. Arrêter de penser, ne plus entendre les battements de son cœur qui rejoignent les cellules de son cerveau. Sentir la lenteur des minutes s'écouler le long de ses joues. Lorsqu'il rouvre les yeux, il est 11 h 30. Il s'est assoupi pendant une heure. Martin se lève en râlant, heureusement pour lui, il est en télétravail ce matin et son train pour Liège n'est qu'à 19 heures. Mais il voulait profiter de cette matinée pour préparer sérieusement son reportage du soir. Il sait que ce genre de travail, que ce genre d'enquête journalistique, en plus d'être un moment stimulant et enivrant, peut lui ouvrir une fenêtre de visibilité importante.

C'est un de ces matins où il est impossible de penser à quoi que ce soit mis à part à la soirée qui vient de se dérouler. Revoir ces images floues de la piste de danse qui harcèle nos yeux, le visage de cette fille qui trouve un chemin entre les néons arc-en-ciel. Son regard conscient, mais empreint de la nuit, dissimulant au fond de ses pupilles des étoiles mortes. Et puis ce sentiment incessant de culpabilité, de défaite lorsque la victoire du sexe primaire triomphe.

Martin met à bouillir sa vieille cafetière italienne et se sert un verre d'eau dans lequel il glisse de l'aspirine. Il n'a pas très faim ce matin, il ne ressent qu'un gros mal de tête. Il regrette la soirée de la veille, même s'il a eu l'illusion du bonheur un court instant. Une ivresse heureuse. Martin s'affale dans son fauteuil et ouvre son PC portable. Il fait glisser sa souris sur l'icône de sa boîte mail pour se connecter et consulter ses nouveaux messages. Enfin, c'est ce qu'il devrait faire. Mais il n'en a pas envie, il veut encore profiter de ce moment d'oisiveté, d'insouciance. Il préfère sourire à la gravité de ses sentiments. Il lance une playlist de vieilles chansons françaises, comme il aime. Elle commence par une chanson de Jean Ferrat. Martin s'allume une clope, pas spécialement par envie de fumer, mais pour la regarder se consumer. Comme s'il contemplait longuement une étoile déjà morte. Il aime l'imaginaire romantique que représente une cigarette, d'autant plus si celle-ci a une marque de rouge à lèvres. Il contemple la fumée naître et s'évaporer dans la grandeur du vide qui parcourt la pièce. « Quel formidable procédé », se dit-il en se demandant ce qu'il ferait s'il pouvait remonter le temps.

Une fois sa clope complètement consumée, il décide enfin d'ouvrir ses mails et de se mettre au travail. Avant de prendre son train, il doit finir le reportage sur une ASBL venant en aide aux sans-abri de Bruxelles. Sortant son téléphone, il commence à réécouter les différents enregistrements audio réalisés lors des rencontres avec les membres de l'association. Il a déambulé dans les rues de Bruxelles avec un membre de l'association, enchaînant les rencontres avec ces visages sans noms. Il aime profondément ces déambulations aux côtés des travailleurs, c'est l'essence de son travail. Suivre, écouter, entendre et retranscrire l'histoire de ces personnes venant en aide aux autres. Pour Martin, son boulot de journaliste consiste essentiellement à retranscrire au mieux les différentes émotions et sensations qu'il peut éprouver au contact des différents travailleurs. Il met toute son âme, en même temps, il ne se sent vivant que lorsque son esprit est absorbé par les maux des autres. Il se souvient d'une phrase que lui disait souvent Florine au début de leur relation :

« Tu es cette personne qui va se battre pour que l'autre aille mieux, pour que ses pensées soient pleines de nuages. Tu es ce genre de personne qui, malgré une profonde dépression intérieure, préfère continuer à rire face à la gravité de la vie. Ce genre de personne qui est là pour l'autre et qui demande d'un ton tout simple : "Comment tu vas ?" Cependant, toi, personne ne te demande comment tu vas. »

Il faut une petite heure à Martin pour terminer son article. Il sait pertinemment qu'une fois l'inspiration au bout des doigts, rien ne lui est impossible. Il envoie l'article à sa rédactrice en chef qui lui répond quelques minutes plus tard que celui-ci est bon et qu'il va être publié dans l'heure qui suit. Martin ferme son PC en soufflant, enfile son blouson vert et glisse ses écouteurs dans le creux de ses oreilles avant de prendre la porte. Il lui reste quelques heures avant de prendre le train, il a besoin de s'aérer l'esprit. Il a l'impression qu'une personne tape contre les parois de son cerveau pour en sortir. Le temps commence à être bon en cette période, annonçant des journées poétiques. Martin ne déteste pas l'hiver, au contraire il le préfère même à l'été qu'il trouve étonnamment froid et insipide. Il n'aime pas cette période de l'été où la médiocrité règne en maîtresse. Mais l'automne et surtout le printemps sont ses saisons préférées. Il trouve que la nature y offre ses plus belles histoires. Il aime cette période de mélancolie qui, il le sait parfaitement, appartient aux gens qui doutent. Il se promène le long des étangs d'Ixelles, regardant avec une grande joie les canards faire leur vie. Il admire ces oiseaux. Leur façon de se déplacer, de manger, de communiquer. Mais il apprécie surtout les voir sauter dans l'eau, c'est un moment qu'il trouve très drôle. Lorsque le canard se prépare à sauter, il frétille sur ses deux petites pattes comme s'il jaugeait son saut. Et dans un élan de courage, la bête bondit dans l'eau pour s'en aller voguer fièrement vers une autre rive. Martin peut rester de longues minutes à les regarder, d'ailleurs, c'est ce qu'il est en train de faire. Il est subjugué par deux canards qui sont en train de faire leur toilette, se disant que la nature est très bien faite et qu'il ne comprend pas que l'homme ne puisse pas se laver indépendamment d'un ustensile comme la plupart des animaux. Tout en y songeant, il passe sa main dans ses cheveux épais. Il se dit alors qu'il profiterait bien du temps qu'il lui reste pour aller se faire couper les cheveux. Il se met en route à la recherche d'un coiffeur. Il passe à côté de plusieurs salons d'un nouveau genre. Les barber shop, où, pour 40 euros, le coiffeur vous fait coupe et barbe. « 40 euros, se dit-il, pour une demi-heure de travail, c'est un métier porteur quand même ou alors une nouvelle farce de la nouvelle économie. » Après un moment d'hésitation, il se décide à entrer dans l'un d'entre eux.

– Bonjour, vous aviez réservé ?

– Heu… bonjour. Non, pas du tout…

– Très bien, j'ai un petit créneau avant le prochain client, si cela va vite, je peux vous prendre. Qu'en dites-vous ?

– Je ne sais pas très bien. À dire vrai, je ne sais pas trop ce que je veux, j'ai tendance à laisser la personne qui me coiffe décider. Je me dis que c'est son métier et qu'elle doit avoir plus d'idées que moi sur mes cheveux.

La coiffeuse s'esclaffe à la blague de Martin qui n'en était pas une. Cela arrive souvent aux personnes qui sont en décalage avec le réel. L'utilisation des mots et des phrases est alors elle aussi en décalage.

– Parfait, je sais très bien ce qu'il vous faut pour être beau. Vous me faites confiance ?

– Oui, bien sûr, allons-y.

Martin déteste les coiffeurs, ou plutôt les salons de coiffure. Il n'aime pas qu'on dise de lui qu'il est beau. Il n'aime surtout pas se forcer à dire au coiffeur après la coupe qu'il se trouve beau. Il n'aime pas non plus l'angoisse que provoque en lui son reflet dans le miroir. Il est obligé de se fixer durant de longues minutes, prisonnier de ses mouvements et des instruments de coiffure. Dans le miroir, il peut voir le vide dans son regard, cet hiver qui a enseveli l'insouciance de son enfance. Et puis il se sent obligé de faire la conversation pour fuir cette solitude que lui impose son reflet. Il doit parler, faire semblant de s'intéresser à plein de choses, d'être une personne civilisée et bien sous tous les profils. Et surtout, il doit parler de lui. Et bon sang, il déteste parler de lui. Cependant, tandis qu'il fait mine d'écouter la coiffeuse parler d'elle, il regarde ses cheveux tomber au sol, tomber sur lui. Il contemple ses cheveux blancs qui, tout en venant mourir sur lui, le narguent. Cependant, regarder tomber ses cheveux est l'une des choses qu'il aime le plus lorsqu'il est dans un salon de coiffure. Bizarrement, il trouve beaucoup de poésie dans cette image. Il se dit que les cheveux, c'est comme l'amour. On les coupe lorsqu'on n'en peut plus, lorsqu'on ne se retrouve plus en se regardant le matin ou le soir devant le miroir. Alors on taille, on arrange ou on coupe carrément pour que ceux-ci repoussent plus tard. Il vaut mieux couper plutôt que maquiller, d'ailleurs, le naturel est toujours préférable.

– Voilà, c'est terminé. Ce n'était pas si long, en effet.

– Super, merci, c'est parfait pour moi, dit-il même s'il ne sait pas quoi penser.

Il ne voit pas de grande différence avec d'habitude.

– Je suis contente, ça vous va très bien, je suis sûre qu'avec ça, vous allez faire un malheur !

– Je vous remercie, espérons que vous avez raison, réplique-t-il encore en se disant que c'était la seule chose à dire.

– Alors du coup, ça vous fait 29 euros, s'il vous plaît.

Martin vient de passer un peu moins de vingt minutes dans le salon de coiffure. Il paye et sort avec un léger sourire.

« C'est vraiment un métier qui a de l'avenir », pense-t-il.

Une fois arrivé chez lui, il commence à préparer son sac pour le soir. Il y range son appareil photo, des stylos à moitié pleins, des calepins à moitié terminés, une veste, un livre et sa gourde d'eau. Il regarde si son portable est bien chargé et repart aussi vite qu'il est arrivé. Son train est dans trente minutes lorsqu'il arrive à la gare du Midi. Il aime attendre le train, cela le fait entrer dans son atmosphère. Il s'assoit sur un banc, à côté d'une vieille dame qui le regarde en souriant. Martin lui rend son sourire et sort de son sac un papier où il a inscrit quelques petits renseignements sur l'association ainsi que sur les deux travailleurs qu'il va suivre ce soir. Au dos de ces informations, il y a un long texte qu'il relit comme s'il le découvrait pour la première fois :

« Je ne sais pas comment commencer ce message. C'est une sensation bizarre que de traîner une page blanche plusieurs jours et pourtant, il me semble que c'est nécessaire. Comme traîner un sac de ruines, ça fait joli sous la lune. Par où commencer ? Cela serait déjà un bon point de le savoir, mais il y a tellement de choses, et puis comment faire pour que les propos restent intacts ?... J'ai essayé de faire en sorte que malgré la distance qui s'est installée, tu n'apprennes pas à m'oublier. Or, il est indéniable que c'est le cas. C'est drôle, la vie, pendant que j'apprenais à te comprendre, tu apprenais à m'oublier. Moi qui croyais que tu avais juste besoin de te retrouver seule, d'en réapprendre sur toi-même (chose tout à fait normale après tant de temps passé à deux), je me suis fourvoyé sur la réciprocité des sentiments. Finalement, moi qui attendais en quelque sorte un "attends-moi" pour y répondre que "tant qu'il y a 1 % de chance de te trouver, j'attendrai", je suis passé complètement à côté de ton message qui était tout simplement : "C'était cool mais il n'y aura aucune suite." Attention, si je t'écris ce message, ce n'est pas pour attendre quelque chose de toi ou une réponse. Loin de là, c'est purement égoïste. Je sais que j'ai besoin de te dire cela pour être en paix avec moi-même. Pour me dire que cette histoire n'a vécu qu'à l'intérieur de moi. Et réellement, il n'y a aucune animosité ou autre. Je n'ai passé avec toi que des moments superbes et je vais garder cela précieusement. Je sais que personne ne pourra me voler ça. Je n'ai pas de honte ni de remords sur le fait d'avoir essayé de te plaire, c'est ainsi. Mais je suis content d'avoir essayé, d'être allé au-delà de ma peur pour ne pas passer à côté de toi. De ne pas fuir.

Te rater aurait été encore plus pénible. C'est vraisemblablement la dernière fois que je te dis ça donc j'en profite, j'ai vraiment et sincèrement été charmé par toi. Et j'aurais aimé que cette magie opère également pour toi. Que dire de plus que je ne t'ai pas dit déjà ? C'est compliqué d'être dans cette situation, de te comprendre tout en ne comprenant pas ce qui arrive totalement. C'est compliqué, car je n'aime pas du tout faire ce que je suis en train de faire. Je n'ai pas l'habitude de faire cela… Mais bon, rompre un habitus, c'est amplement évocateur, il me semble. Bref. Il me reste ce goût d'inachevé, car pour ma part, lorsque j'ai croisé ton regard pour la première fois, j'ai compris beaucoup de choses. Tu es sans doute ma plus belle histoire inachevée, ma plus belle histoire à sens unique. Ou plutôt, la plus belle histoire que j'aurais souhaité écrire. Désolé pour ce long message un peu maladroit. J'espère encore une fois ne pas te déranger ou être intrusif outre mesure. Mais j'ai l'impression égoïste d'avoir couché les mots que je n'ai pas eu le temps de te dire. J'espère donc que tout va bien de ton côté. Je pense terminer ce trop long message par ça : on a des papiers mouillés sur le cœur où le feu de nos désirs n'attend que de prendre pour étouffer nos peurs.

PS : Il est très tard, oui, mais en aucun cas l'heure n'altère la véracité de ce propos. Je t'embrasse une dernière fois, Lola. »

Martin referme son cahier au moment même où une larme vient mourir sur la page. Le premier amour de Martin avait été Florine, mais il avait réussi à connaître un deuxième amour. Du moins, à toucher du doigt un amour qu'il aurait pu commencer à voir réellement, mais elle avait fui, aussi vite qu'elle était arrivée. C'était durant sa première année à Bruxelles, il l'avait croisée un soir dans un petit café-théâtre de la capitale. Elle s'était assise à côté de lui et de là était né quelque chose que Martin s'était efforcé d'entretenir durant quelques semaines. C'était une artiste, une vraie artiste qui allait de salle en salle pour y chanter. Elle avait une grâce de danseuse, un visage évoquant mille écrivains et un regard qu'il comprenait. Elle venait juste de sortir d'une relation longue de dix ans, il savait très bien que cette histoire était vouée aux limbes. C'est justement ça qui l'avait poussé à aller vers elle. Cette destruction de l'amour, ce sentiment de deuil face à un possible amour. Jour après jour, il avait donc espéré sans attente de passer du temps avec elle. Il l'avait côtoyée bien deux mois, passant des nuits magiques entre ses lèvres. Cependant, malgré ses efforts, cette relation avait été illusoire. Il l'aimait vraiment, finalement, et lorsqu'elle était partie comme un serpent, il avait ressenti cette même sensation de déception. Il n'avait pas réussi à changer le destin de cette histoire. Il est peut-être préférable que les coups de foudre restent dans les hôpitaux, au service des brûlés, plutôt que de se réaliser dans nos cœurs. C'est bizarre, mais depuis, il sent que son cœur a des difficultés pour battre, comme s'il manquait de vigueur. Depuis, il a du mal à finir ses phrases à l'oral.

Le train arrive un peu plus tôt que prévu, le quai de la gare se remplit au fur et à mesure. C'est l'heure de la débauche qui voit les différents travailleurs rentrer chez eux, loin de la capitale bien trop sombre et trop chère à leur goût. Il a réservé une place avec une petite table contre la fenêtre pour pouvoir observer le paysage naître et mourir sous ses yeux en un fragment de seconde. Il sort de son sac son livre *Écoute la ville tomber* et il se dit que ce titre est pertinent. Il regarde depuis sa fenêtre la ville mourir pour laisser place à un paysage rural pittoresque. Il observe la différence entre la pieuvre qu'est Bruxelles et le reste de la Belgique. Depuis six ans qu'il est dans la capitale belge, il a visité la totalité du pays, mais il n'est encore jamais allé à Liège par peur de ressentir la même détresse qu'à Charleroi. Après une heure de route, le train arrive à la gare de Liège. Martin, en descendant, est à la fois surpris et émerveillé par celle-ci. Elle est flambant neuve et dégage un certain charme. Il s'attarde à la visiter, il adore entendre le bruit des pas pressés et ceux qui ne savent pas où aller. Il observe les différents trains partir dans des directions opposées, s'imaginant certains partant dans de mauvaises directions pour offrir une nouvelle vie à leurs passagers. Des wagons entiers de personnes souhaitant s'abandonner à la lune ou au soleil. Qu'importe pour eux, en vérité, qui l'emportera entre ces deux astres, tant que le train les emmène loin.

Il se dirige en direction du centre-ville de Liège, il a rendez-vous non loin de la place Saint-Lambert. Arrivé sur le lieu, la place est bondée. Il regarde à droite puis à gauche, mais n'aperçoit personne qui semble le chercher. Il téléphone, non sans râler, à la personne avec qui il a échangé par mail.

– Oui, bonjour, je suis bien sur le portable de Mateo ?

– Oui, absolument.

– C'est Martin, le journaliste avec qui vous avez rendez-vous.

– Oui, absolument, comment tu vas ? On peut se tutoyer si ça te va. On va partager une bonne partie de la nuit ensemble et tu verras, ça rapproche. On arrive d'ici cinq minutes, où te trouves-tu ?

– Là, je suis sur la place, je vais m'asseoir. Tu vas me reconnaître assez facilement, je pense, j'ai une veste verte et une barbe assez fournie.

– OK, pas de souci, de toute façon je pense que je vais te repérer également à ton air candide. À tout'.

Martin ne comprend pas tout de suite pourquoi Mateo lui a dit qu'il le reconnaîtrait grâce à son air candide. Regardant autour de lui, il commence cependant à comprendre. Les personnes assises non loin de lui savent parfaitement où elles sont. En tant que pigiste, il se rend compte qu'il a souvent cette habitude et que sa vie ressemble à une longue fuite en avant.

– Hey, Martin on est là ! Heureux de te voir enfin, comment tu vas ?

– Bien, écoute, et vous ? Merci encore de m'accorder du temps et de m'ouvrir les portes du métier.

– Ben merci à toi, c'est cool de t'intéresser à nous et de t'immerger le temps d'une nuit dans notre quotidien. Je te présente Maeva, qui est mon binôme, on bosse toujours à deux la nuit, c'est plus sûr. Enfin, tu comprendras par toi-même.

Martin regarde Maeva avec une certaine gêne. C'est une petite brune qui ne doit pas dépasser les 1 m 60, avec une frange qui lui va parfaitement, lui donnant un genre « vintage ». Elle arbore un piercing sur la joue et la moitié d'un tatouage est visible dans son cou. Il se voit rattraper par cette maladie qui le pousse à désirer chaque femme qui se présente à lui. Cependant, c'est un désir qui ne peut s'exprimer. Il ne veut plus être cette personne remplie de contradictions. Il souhaite être en adéquation avec cet amour pur qu'il convoite tant, et pour ça, il doit en finir avec cette maladie et ses pulsions de désir.

– Bonjour, enchanté, merci à toi aussi du coup de m'accepter dans votre binôme.

– Oh, c'est avec plaisir. En revanche, moi je suis beaucoup moins à l'aise que Mateo donc je pense que tu vas beaucoup échanger avec lui si tu dois filmer ou autre.

– Non je ne vais pas filmer, du moins pas en continu. Je vais filmer un peu pour monter une courte vidéo, mais je vais surtout écrire, retranscrire nos échanges et ce que je vois durant la soirée. Y aura peut-être deux trois photos par-ci par-là, mais rien de bien méchant.

– D'accord, ça me va. Par contre, on va t'expliquer deux trois règles pour plus de sécurite, pour toi comme pour nous, dit alors Maeva.

– Oui, oui, ça me semble normal. Je t'écoute.

– Alors premièrement, tu restes bien avec nous et tu restes tranquille, cool, quoi. Tu ne dis pas que tu es journaliste ou alors si tu le dis, c'est qu'on t'a introduit avant auprès de la personne. Je te dis ça, car la rue telle qu'on va te la montrer, c'est un milieu délicat, tu vas vite t'en rendre compte. Les gens sont… méfiants. Nous, ça fait des années qu'on est là le soir donc ils nous connaissent. On ne veut pas perdre toute la crédibilité qu'on a eu du mal à construire. Tu comprends ? Donc tu restes le plus discret possible, tu ne fais pas de photo trop parlante et pas de photo du tout dans certains quartiers qu'on va explorer. Et surtout, tu caches ton matériel. Après, voilà, ce sont des règles basiques mais le plus important, c'est que tu restes simple. Compris ?

– Oui, tout à fait, je comprends. De toute façon, je suis plutôt discret donc ça devrait aller.

– Allez, à moi de t'expliquer maintenant où nous sommes, enchaîne Mateo. Ici, tu es donc sur une place de Liège représentative de ce que peut être le monde de la rue. Il faut dire que la prostitution fait partie d'un tout. C'est un rouage d'une société parallèle à celle que tu peux connaître. Avec la prostitution, on trouve généralement la drogue, l'alcool, des ex-taulards, des losers, tout ça, tout ça. Mais ce qui est fort, d'un côté, ce sont les belles rencontres que tu peux faire par moments. Enfin, belles rencontres, tu me comprends. Il n'y a bien sûr rien de beau dans ces conditions, mais tu peux tomber sur des personnes vraiment touchantes.

– Oui, absolument, et puis notre but n'est pas de juger ou d'apporter une vision politique. On est là pour aider à un instant T notre public cible. On leur passe des capotes et des seringues propres, on s'occupe d'eux s'ils sont malades ou s'ils ont besoin de quelque chose. On est des veilleurs, en quelque sorte. Des passeurs dans ce bas monde où les protagonistes n'ont pas de nom ni d'âge et où le passé et le futur n'existent pas, où seule la survie immédiate compte, s'empresse de rajouter Maeva.

Martin se met à suivre les deux éducateurs qui lui présentent les différents quartiers qu'ils traversent. Ils lui désignent les endroits où la drogue est cachée, lui montrent des seringues au milieu d'un parc où jouent les enfants. Martin commence à prendre la mesure de la soirée qui se présente. Il commence à percevoir cet abandon humain, lorsque les corps ne sont plus que de vagues silhouettes sans aucune expression, sans sourire ni regard. Simplement des corps décharnés errants.

« J'ai vu les plus grands esprits de ma génération détruits par la folie, affamés, hystériques, nus, se traînant à l'aube dans les rues nègres à la recherche d'une furieuse piqûre, initiés à tête d'ange brûlant pour la liaison céleste ancienne avec la dynamo étoilée dans la mécanique nocturne, pauvreté et haillons et œil creux et défoncés restèrent debout en fumant dans l'obscurité surnaturelle des chambres bon marché flottant par-dessus le sommet des villes en contemplant du jazz. »

Martin se souvient de ce poème d'Allen Ginsberg.

– Bon, là, je vais te décrire les différents personnages que tu peux croiser dans le monde de la prostitution. Déjà, la prostitution ne concerne pas que les femmes, il y a aussi des hommes, surtout des jeunes hommes à peine majeurs. Ça, c'est la première chose dont il faut que tu sois conscient. Il y a différentes catégories. Tu vas trouver les prostituées dites classiques dans l'imaginaire sociétal. Mais tu as aussi celles dans les bars. Bien sûr, tu ne peux pas savoir par le bouche-à-oreille si elles sont dans tel ou tel bar. Elles attendent au comptoir, discutent et ensuite voient si elles veulent aller plus loin. Après, tu as les filles dans les vitrines, on passera devant tout à l'heure, elles sont près du quartier de la gare et là-bas ça craint, donc il faudra faire attention. Pour finir, tu as la prostitution ponctuelle… Par exemple, en période de fêtes, on dénombre plus d'activités de prostitution : de jeunes mères et de jeunes hommes, pour offrir un peu de bonheur à leurs proches, à leurs enfants, à leurs parents, vont vendre leur corps contre quelques pièces. Ces pratiques dramatiques démontrent l'état de notre société cruelle, mais c'est ainsi. C'est de la survie. La rue, c'est ça et ce soir, on ne va pas te cacher les choses, on va te montrer la vie de la rue dans sa vraie nature, de manière crue et brutale. On va te montrer réellement ce qu'est le vide de la nature humaine.

Martin ne répond pas, il se contente de hocher la tête. Les souffrances ne parlent pas notre langue, dans ces cas-là, il faut juste avaler sa salive et faire un simple geste. Quelquefois, on a du mal à passer à autre chose et il faut simplement laisser les choses se faire toutes seules.

– Nous allons te présenter quelqu'un. Elle se nomme Angela, elle vient d'Albanie et elle se prostitue depuis près de huit ans, il me semble. Tu verras, elle est très sympa et elle nous aime bien, tu pourras discuter avec elle. Mais s'il te plaît, ne la brusque pas avec des questions trop intimes. Tu sais, tout le monde a le droit d'avoir son jardin secret, l'exhorte Mateo.

Martin se présente à la femme qui vient dans leur direction. Elle n'a plus rien d'une femme. Son visage est sculpté par la drogue, les insuffisances alimentaires, le désespoir, ainsi que le manque de couleur dans sa vie. Et pourtant, elle semble souriante, presque heureuse de discuter avec Mateo et Maeva, ces trop rares balises dans le monde réel. Martin comprend mieux la signification de leur rôle de veilleurs. Angela demande aux deux éducateurs des capotes, des seringues neuves ainsi que des lingettes hygiéniques.

– Oui, mon garçon, même les putes ont des obligations féminines, et comme ce genre de conneries n'est pas gratuit… Heureusement que des personnes comme Mateo et Maeva sont là pour nous, dit Angela avec un accent prononcé.

Martin prend une photo de cette femme qui, dans un sourire radieux, monte à bord d'une voiture noire sans se retourner.

– Oui, on est aussi là pour les besoins intimes. On a des serviettes, des tampons et tout un tas de choses comme ça, explique Maeva. Nous, les femmes, on doit subir les aléas de la nature sans aucune aide de l'État… je trouve ça déplorable.

– C'est… ce n'est pas compliqué pour vous de suivre depuis aussi longtemps ces personnes et de ne rien pouvoir faire pour les aider à sortir de là… ? Genre là, elle vient de monter dans la voiture d'un inconnu, ça ne vous fait pas mal au ventre ?

– On les aide déjà comme on peut, et puis on n'est pas là pour juger leur métier, car je te signale que c'est un métier même si cela reste tabou. On n'apporte peut-être pas grand-chose, mais ce pas grand-chose, c'est déjà beaucoup pour ces personnes délaissées par la société. Alors oui, c'est dur de ne pas pouvoir agir plus, de ne pas pouvoir les sortir de cette spirale de la drogue, du sexe et de la violence, mais on fait quoi, alors ? Rien ?

– Ce n'est pas ce que je voulais dire, Maeva… C'était maladroit, désolé. C'est juste que moi, ça me fait déjà beaucoup de peine alors que je ne connais pas son histoire, alors vous, je me posais juste la question.

– Oui je sais et je ne le prends pas mal, je voulais juste te répondre sincèrement. Son histoire, elle ressemble à beaucoup. Immigrée, ici, elle n'a trouvé que ça pour survivre. D'autres ont des histoires encore plus tragiques. Dernièrement, une nouvelle fille est arrivée, une jeune et jolie fille qui semblait toute perdue. On est allés la voir pour parler avec elle et elle s'est confiée.

C'est une étudiante qui logeait chez « un ami », enfin un ami comme ça, je n'en veux pas. Elle n'avait pas de quoi payer et le garçon a proposé un arrangement. Une pipe contre une nuit. Ça, c'était au début, mais très vite il y a eu plus de violence, plus de sexe et après… la prostitution. On lui a donc conseillé d'aller voir la police et c'est ce qu'elle a fait, depuis, elle n'est plus dans la rue. Tu vois, il y a une multitude d'histoires, nous on est là pour apporter l'aide dont ils ont besoin à l'instant précis. On est loin des débats politiques et philosophiques, nous on est là pour du concret, pour apporter une aide immédiate.

« Les souffrances ne parlent pas notre langue, garde ta salive », se dit encore une fois Martin. Ils marchent tous les trois un moment sans parler de ce qu'ils viennent de voir. Maeva s'intéresse un peu à Martin en lui demandant ce qu'il fait ici, comment un Français en est arrivé à déambuler dans les rues de Liège pour couvrir le travail de deux éducateurs dans le monde de la prostitution. Elle tourne ça de manière drôle et légère, ce qui décroche un sourire à Martin qui répond évasivement, mais le plus soigneusement possible.

– Holà ! Regarde qui arrive en face de nous, Maeva ! dit Mateo tout en stoppant Martin.

– Oui, ça faisait un moment, les deux. C'est un couple, ils doivent avoir cinquante-cinq ans et le mari force sa femme à se prostituer pour qu'il puisse s'acheter de la drogue. Une vraie ordure. Il la frappe et tout, mais nous on ne peut rien faire d'autre que leur donner le strict minimum pour la santé et l'hygiène, et faire un rapport.

Le couple titube sur le trottoir d'en face. L'homme, qui porte un chapeau troué, pousse sa femme dans le dos pour qu'elle avance devant lui. Ils croisent au même moment deux hommes qu'ils saluent.

– Et les deux hommes, c'est qui ? demande Martin.

– Eux, tu ne t'en approches pas. Celui de droite sort juste de prison et l'autre, c'est son acolyte sur le marché de la drogue, répond sèchement Mateo.

– On s'arrache, ordonne Maeva.

Il doit être 22 heures, la lune brille dans le ciel noirâtre de Liège. Martin a réservé une place dans le dernier train qui passe à 23 h 50. Mateo propose de se diriger vers le quartier de la gare pour finir leur déambulation nocturne dans la jungle urbaine. Ils croisent des âmes errantes comme lui au milieu des ruelles, des losers magnifiques, des enfants bercés par la violence du désespoir, des aventuriers esseulés, des princesses qui ne croient plus aux contes de fées et ne souhaitent d'ailleurs plus être des princesses. Des princes qui cherchent en vain à être des princes s'apercevant qu'ils sont nés bien trop tard. La nuit et son cortège de peuples. On cherche tous à exister, à danser, à hurler. À se prouver qu'on existe ou plutôt à prouver aux autres qu'on existe. Personne ne souhaite disparaître par envie, personne ne veut se voir abandonné des autres. C'est la vie qui décide pour vous. C'est elle qui vous fait disparaître aux yeux des autres et réapparaître ailleurs comme par magie. Ce soir, en contemplant les différents regards qu'il croise, Martin se rend compte qu'il y a plusieurs mondes dans le monde. Plusieurs sociétés au sein de la société. Pas question ici de classes sociales ou autre, simplement d'histoires, de nature, du coût de la vie.

– Nous voilà arrivés dans le quartier des vitrines. Bon, là, c'est assez tendu donc il faut faire attention, prévient Mateo dont la voix vient de chevroter.

Martin commence discrètement à observer la ruelle. Il y a une dizaine de vitrines où des filles se trouvent assises en tenue légère. Il ne se sent pas très bien, c'est la première fois qu'il voit cela. Il ne comprend pas pourquoi il est gêné alors même qu'il a l'habitude de voir des filles en tenue légère. Il se rappelle aussi les discussions débiles durant ses années de collège avec son meilleur ami, où ils s'amusaient à s'imaginer coucher avec des putes. Où ils voulaient aller au quartier rouge d'Amsterdam pour goûter à la culture locale. Martin est troublé dans ses pensées par la voix de Maeva :

– Martin, range directement ton appareil photo et viens là de suite, lui ordonne-t-elle d'une voix sèche.

– Hé ! Vous, vous faites quoi, là ? Vous êtes qui, bordel ? les interpelle un homme au loin marchant vers eux d'un pas nerveux.

L'homme dissimule son visage derrière une capuche et des lunettes de soleil. Il a dans sa main gauche un joint et fait le triple de la corpulence de Martin et Mateo.

– Oui, je vous parle, à vous, là. Ne bougez pas, j'arrive de suite, on va régler ça.

– Surtout, ne faites aucun geste brusque, et toi Martin, tu ne dis pas un mot, nous chuchote Mateo.

– Alors, vous allez répondre, bande de crevards ? Tu faisais quoi, toi, avec ton appareil photo ?

Martin ne répond pas et cherche à fuir le regard de l'homme qui vient d'enlever ses lunettes et qui rapproche sa tête près de la sienne.

– Oh ! Je vous parle, bande de bâtards ! Vous venez avec votre pute en plus, hein ? Vous voulez voir s'il y a du travail pour elle, c'est ça ? Elle est pas très kiffante mais avec deux trois retouches et en la dénudant un peu, elle sera largement rentable.

– On s'est juste perdus, on va partir de suite, désolés, réplique Maeva sans se dégonfler, mais en restant très cordiale pour ne pas rentrer dans son jeu.

– Prends-moi pour un con, oui, ton pote, là, il est journaliste, c'est ça, hein ? Toujours à fouiller la merde pour faire le buzz, ceux-là. Vas-y, réponds-moi !

– Oui, je le suis, mais je regardais juste…

– Alors écoute-moi, petite pédale, tu vas dégager de ma rue et effacer tes putains de photos. Compris ?

– Oui, oui, on va…

– Tu n'as pas compris ? Maintenant, soit vous dégagez vite, soit je vous dégage, mais ça sera à ma façon, réplique l'homme sortant de sa poche un couteau.

Martin, Mateo et Maeva partent sans broncher et sans se retourner. Blanc, encore tétanisé par cette rencontre, Mateo propose de prendre un verre dans un bar miteux en face de la gare, ce que Martin et Maeva acceptent immédiatement. Ils se posent à la terrasse du bar. Mateo va au comptoir commander trois pintes de blonde. Il y a de longues minutes sans paroles jusqu'au moment où Maeva éclate de rire.

– Bon, voilà, tu as eu un léger aperçu du monde de la rue, dit-elle.

– Oui, effectivement, je pense que j'en ai assez pour écrire et même plus… J'ai mon angle, je vais pouvoir commencer dès que je serai à bord du train. Encore merci, et puis cette frayeur, ça a le mérite de te rendre vivant.

– Oui, enfin je préfère ne pas me sentir vivant tous les jours, dans ce cas, réplique Mateo en rigolant.

Sur le quai de la gare, le train approche. Mateo serre la main de Martin qui lui propose, à l'occasion, de passer prendre un verre à Bruxelles. Maeva lui fait la bise, lui redemandant au passage son nom. Martin disparaît dans la fumée du train. Une fois installé, il allume son PC et commence à retranscrire toutes les images qu'il a vues ce soir. Son portable se met à vibrer une fois, il le regarde et une notification s'affiche : « Maeva Vlt vous a demandé en ami. »

Laisser vivre nos remords fera de nous des hommes meilleurs.

Fragment de vie numéro 4
La nostalgie du temps qui passe

Regard transperçant, luminescences des sens communs pour ne former qu'un amas de plaisir. Florine, par son regard, me mystifiait. Ce même regard qui m'avait capturé dès le premier échange était désormais posé sur moi, et rien que sur moi. Le monde n'allait toujours pas mieux, il était tout aussi cruel, tout aussi individualiste, tout aussi effrayant. La société semblait même devenir de plus en plus anxiogène, érigeant à la tête de nombreux pays des chefs de guerre belliqueux. Mais j'étais avec elle et sa présence me permettait de faire abstraction de toute chose, de voir le monde autrement. De commencer à l'aimer pour les petites joies que nous offre le temps qui passe. L'amour est plus puissant que tout, il permet de renverser des montagnes ou des empires. Il permet surtout de vivre heureux dans un monde froid, le rendant soudainement chaud et bienfaisant par certains endroits. Étrange sensation d'acquérir une chose que l'on convoite depuis la nuit des temps, chose que l'on souhaite tant que l'on finit par se persuader que ce n'est qu'un mirage, un passage dans notre vie. Un vol d'oiseaux, comme il y en a partout sur le globe, à chaque instant. Et puis, quand par le plus grand des miracles cet espoir devient réalité, on ne peut s'empêcher de craindre que celui-ci ne s'essouffle, s'effondre, nous ramenant alors à notre triste réalité. Pour certains, cet espoir se trouve dans le travail, dans l'opportunité d'une place en or au sein d'une grande multinationale, ou alors tout simplement dans l'infime espérance d'une vie, celle de décrocher n'importe quel travail tant que celui-ci nous rapporte assez d'argent pour remplir notre frigo et ainsi, retrouver un tant soit peu une estime de soi dans le miroir. D'autres voient une perspective dans la célébrité, le pouvoir, la force, ou encore la beauté. Pour moi, cet espoir se reflétait dans l'amour. Et je venais tout juste de le comprendre. Je venais de combler un petit peu ce profond vide en moi. Cela reste un espoir éphémère qui s'évapore à un instant donné qui reste indéfini. La seule différence se trouve dans cette substance de partage, de sincérité, qui nous fait croire un jour que l'on peut changer le monde à deux. Le changer réellement en le voyant avec un autre objectif. Florine était tout ça, elle était mon présage, ma lune à travers les nuages. Elle était mon utopie.

« Des litres d'encre pour prendre ma plume,
Et ne dire que les banalités de la vie au clair de lune.
Pour te dire que ses lèvres,
Semblable à la boîte de Pandore,
M'ont pris à jamais, comme Maldoror.
Te dire que de sa bouche sont sortis ces mots quelque peu maladroits,
Qui ne cessent de me persécuter,
Qui ne cessent de m'entraîner encore plus profondément avec eux,
Me rappelant ce mot innocent, Utopie,
Qui, ce mot extrait d'elle, est devenu pour moi un torrent de maux.
Quelle idiotie,
Que son utopie soit devenue mienne. »

– Mon cœur, il est l'heure de se lever ! Tu vas être en retard pour ta rentrée si ça continue, dit alors Florine qui venait de poser sa tête sur mon torse.

– Hum... laisse-moi encore une toute petite minute... il me la faut sinon tu seras responsable de tous les malheurs qui vont m'arriver aujourd'hui !

– Oulah non, tu ne me feras pas porter le chapeau. Avec la poisse que tu as et ton incapacité à être normal, tu vas sans aucun doute avoir des emmerdes aujourd'hui, tu n'as pas besoin de mon aide, me rétorqua-t-elle dans un fou rire ravageur avant de se jeter sur moi, manquant de m'écraser complètement.

– D'accord, d'accord, tu as gagné, je ne peux pas lutter contre toi. Cependant, je veux ton meilleur câlin et ton meilleur bisou, sinon je ne bouge pas.

Florine me regarda avec un air mesquin, quasi espiègle, mais enrobé d'un amour et d'une tendresse sans nom. Elle passa sa main droite dans ses longs cheveux bruns tout en prenant soin de caler une mèche derrière son oreille droite. Elle ne me quittait pas du regard, comme si elle venait de découvrir une pierre précieuse au fond de ma rétine. Délicatement, sa tête se pencha vers la mienne. Son geste n'était ni trop rapide ni trop lent. Il était réfléchi et bien dosé pour attiser la flamme qui reposait entre nos deux souffles. Délicatement, sa bouche alla à la rencontre de la mienne, entrant doucement en contact comme les Walkyries et le Walhalla. Florine embrassait merveilleusement bien. Bien qu'étant la seule fille que j'avais embrassée jusqu'alors, au plus profond de moi, je savais que je ne pouvais avoir meilleure partenaire. Que personne ne pouvait et ne pourrait l'égaler. De longues minutes s'écoulèrent entre le début du baiser et sa fin, il fallut que Florine y mette un terme subitement pour que celui-ci s'achève.

– Voilà ton baiser, mon cœur. Maintenant, lève-toi, tu vas être en retard ! Et puis je dois aussi me préparer et me faire belle pour ma rentrée !

– Tu n'as pas besoin non plus de te faire belle, hein !

– Voilà ton côté possessif qui ressort, ça faisait longtemps. C'est juste pour mon plaisir et puis, qui sait, je rencontrerai peut-être un beau jeune homme qui m'emmènera loin de cette vie qui m'attend.

Elle esquissa un petit sourire dans ma direction. Elle savait que cela me mettait en rogne.

– Tu fais comme tu veux, de toute façon.

– Encore heureux, oui, dit-elle avec ce même sourire.

– Je peux juste avoir un dernier bisou quand même ?

– Oui, une fois que tu te seras lavé les dents.

Florine continua à rire tandis que je me levai un peu contrarié mais amusé par la douce folie qui animait également ma partenaire. Florine était elle aussi envoûtée par une folie, mais la sienne était bien plus douce que la mienne, bien plus candide. Elle était lumineuse tandis que la mienne était sombre. Elle était joviale tandis que la mienne était bestiale. Elle était le feu et j'étais la glace. De sa bouche jaillissait de la magie tandis que de la mienne ne suintait que ma blessure. Parfaite harmonie que la danse ancestrale du soleil et de la lune. C'est de ces deux folies que notre histoire émergea et se consolida au fur et à mesure des semaines, des mois et tout au long de nos deux dernières années de fac. Mes jours semblaient être moins longs, voire plus heureux. Ma mère était ravie de mon rayonnement et cela lui profitait également chaque jour. Elle était plus légère, au fond, elle semblait comme soulagée d'un poids bien trop lourd à porter depuis des années. Cette charge semblait s'être déportée sur Florine qui avait su la transformer en force pure. Il faut dire que notre relation allait vers ses deux ans, et elle était renforcée par les nombreuses choses que nous avions vécues ensemble. Je me rappelle une métaphore que Florine aimait bien utiliser. Elle comparait notre relation à la fleur de lotus, qui naît dans la vase avant de grandir dans l'eau et de s'épanouir à la vision de l'air. C'était une belle métaphore, une très belle métaphore même, qui exprimait pleinement la beauté de notre relation ainsi que la personne rare qu'était Florine. Elle était douce, somptueuse, enivrante, rêveuse et intelligente, mais également diabolique. Elle était ma Khadija, ma nébuleuse. La personne que j'aurais sans doute voulu être dans une autre vie.

Oui, cela faisait plus de deux ans que j'avais eu la chance de rencontrer Florine lors de ma deuxième année. Cette journée de rentrée, deux ans après notre rencontre, se passa bien, même très bien. Je rentrais en première année d'un master en communication orienté vers le journalisme. Ayant raté les concours des grandes écoles de journalisme et de Sciences Po à quelques places près, je m'étais rabattu sur ce master. Florine, elle, avait réussi sans grande difficulté l'entrée à Sciences Po en master d'ingénierie culturelle. Elle était si rayonnante à l'idée de rejoindre cette grande école. Bien sûr, je l'étais également pour elle, mais j'avais du vague à l'âme. J'avais peur qu'elle rencontre un garçon bien plus intéressant que moi, quelqu'un qui lui offrirait une vie faite de littérature, de musique sur fond de vie parisienne. Mais ce n'étaient que des peurs enfantines, car Florine m'aimait toujours comme au premier jour, mais ça, je ne le voyais pas.

– Mon cœur, tu es réveillé ?

– Maintenant, oui… qu'est-ce qui se passe ? Il est trois heures du matin…

– Je veux partir. Je veux hurler loin d'ici. Je veux danser dans des soirées privées au charme des années 50. Mais surtout, je veux voyager.

– Comment ça, tu veux partir ? répondis-je sur un ton amusé.

– Ne rigole pas. Je veux partir en voyage. Je veux bouger, avec toi. Je m'ennuie et on s'enlise. Tu ne veux pas partir ?

– Humm si, bien sûr, mais tu ne veux pas en reparler demain ?

– Non, car demain, tu auras changé d'avis. On pourrait profiter des vacances de janvier. Partir après nos partiels, afin de décompresser un peu.

– Pourquoi pas, oui…

– Ce n'est pas si cher que ça, en plus. On peut partir deux semaines voire un peu plus, non ? Ma mère a plein de réductions sur les trains, les auberges et tout un tas d'autres choses dans tous les pays d'Europe. Viens, on regarde maintenant, mon cœur.

– C'est très bien tout ça, mais laisse-moi dormir…

– En plus, ça pourrait te faire voir le monde autrement. Tu sais, on devient ce qu'on est par les actes qu'on entreprend, et non l'inverse.

– C'est faux, c'est la vie qui nous fait devenir qui on est. La vie peut être douce pour l'un et cruelle pour l'autre. Et ça, on ne le choisit pas.

– Je me demande vraiment d'où te vient cette noirceur, pourquoi le monde pour toi se divise seulement en deux parties. Enfin bref, regardons déjà pour partir.

– Non, demain, j'ai envie de dormir, je t'ai dit.

– Tu es sûr ?

– Oui, bonne nuit, chérie.

– Dommage, moi qui voulais faire l'amour après ça. Mais… tu vas où, mon cœur ? demanda Florine en me voyant me lever du lit.

– Ben, je vais chercher ton ordi portable pour qu'on commence les recherches, non ?

– Je vois que mon marché t'a convaincu.

– Impossible de te résister, en même temps.

Florine m'embrassa une fois que je fus revenu dans le lit. Elle prit ensuite l'ordinateur portable et commença les recherches.

– Bon, tu as une idée d'où tu voudrais aller ? demandai-je à Florine.

– Non, pas trop encore… Enfin si, je sais que je voudrais faire l'Europe de l'Est ou l'Europe du Nord, et toi ?

– Oui, l'Europe de l'Est me plairait bien. Visiter les quartiers de Kafka à Prague. Voir la belle Europe. Celle à la fois bohème et romantique, décrite par Dostoïevski, Copernic et Tolstoï.

– Oui, enfin Dostoïevski et Tolstoï ont plutôt dépeint le peuple russe qu'autre chose, hein. Après, si tu veux faire la Russie, ça me va aussi, mais ne crois pas m'impressionner avec ta culture littéraire, j'en ai autant que toi. Garde ça pour les autres filles !

– T'es vraiment bête, toi… Mais l'Europe de l'Est est remplie de la « mère nation ». Elle a dans ses entrailles le sang de l'ancienne URSS. Au niveau culturel et architectural, l'Europe de l'Est ressemble pour moi à une certaine Russie. Dans mes fantasmes, c'est ainsi du moins ! lui répondis-je en éclatant de rire.

– Tu es vraiment fou, ou con, je n'ai pas encore décidé. C'est pour ça que je t'aime. J'aime quand tu pars loin comme ça, et puis l'Europe de l'Est me tente beaucoup aussi.

– Fort bien, regardons tout ça alors.

– Le mieux, c'est de partir en train. Déjà, ma mère a un pass très avantageux grâce à son boulot. Genre, on paye une centaine d'euros chacun et on a un pass illimité pendant deux semaines à travers toute l'Europe. Ensuite, faut juste réserver des logements chez l'habitant, tu sais, c'est la grande mode en ce moment. Tu loues ton logement pour quelques nuits à des voyageurs, et si on se débrouille bien, on peut trouver moins cher qu'en auberge de jeunesse, comme ça, on sera libres. On pourra faire l'amour dans chaque nouvelle ville. Un tour d'Europe du sexe.

Je regardais Florine en train de tout planifier, s'emballant pour ce voyage imprévu. Je regardais la moindre de ses expressions, le moindre de ses sourires, de ses regards. J'adorais sa façon de mettre toute sa fougue dans cette planification. J'adorais également sa façon de mettre l'amour dans chaque chose qu'elle faisait. J'adorais son rapport à son corps, cette liberté qu'elle avait d'en parler. J'adorais son côté coquin, son côté sexy, sa façon d'aimer le sexe au point que celui-ci devienne, entre nous, une drogue. J'adorais surtout le fait que toute cette perversion soit embusquée derrière ce visage angélique.

– Bon, tu m'écoutes et tu me dis si cela te va, d'accord ? me dit subitement Florine alors que j'étais perdu dans son âme.

– Oui, chef.

– Alors je viens de finir la planification du voyage…

– Déjà ? lui dis-je, tout en lui coupant la parole tellement mon étonnement était grand.

– Bien sûr, c'était facile ! Alors on prend le train jusqu'à Strasbourg. On arrive là-bas vers 18 heures. Ensuite, on a une navette à 21 heures qui nous emmène à la frontière de l'Allemagne, à Offenburg. Là, on aura un train de nuit à 22 heures qui nous déposera à Prague le lendemain matin vers 10 heures.

– Un train de nuit ? C'est la première fois que je vais en prendre un. J'adore cette idée, mon cœur, c'est super. J'ai l'impression d'être dans une histoire de Kerouac.

– Oui, moi aussi ! J'adore le train, pour moi, c'est l'un des plus beaux moyens de transport. Il est unique en son genre. Le temps semble si petit quand tu avales les milliers de kilomètres au travers des vitres du train. Enfin bref, arrivés à Prague, on y reste deux, trois jours. Ensuite, on reprend un train de nuit pour aller en Pologne, à Varsovie. On y reste aussi trois jours, et ensuite, on continue comme ça, toujours en train de nuit, pour aller à Bratislava, Budapest, Zagreb, Ljubljana, pour finir à Venise et revenir en France tranquillement.

– Et tout ça en deux semaines ?

– Ben, je me disais que ce n'était pas forcément la mort de rater le début de la rentrée pour prolonger un peu notre périple, non ? me dit Florine tout en me fixant avec ce fameux regard dont elle avait le secret.

– J'en étais sûr. Mademoiselle Florine, vous êtes la perversion incarnée, mais je ne peux refuser de vous vendre mon âme. Mais tu es sûre que cela ne sera pas pénalisant pour Sciences Po ?

– Je m'en fous, honnêtement. Je veux juste partir et rêver un peu. Bien, donc on table sur trois bonnes semaines, même quatre, on verra. Surtout que notre pass pour un mois ne coûte que 200 euros alors que celui pour deux semaines coûte 150 euros, ça serait bête de ne pas en profiter.

– Oui, c'est vrai que dit comme ça, autant payer un peu plus et partir plus longtemps.

– Bien. Maintenant, regardons les logements.

– Non, non, mon cœur. On regardera ça demain. Là, j'ai juste envie de te dire à quel point tu es belle. À quel point je t'aime, et à quel point j'ai envie de te faire l'amour, là, maintenant, tout de suite, sans plus tarder. Je veux que nos corps fusionnent, s'entrechoquent dans une sueur intense, bestiale et magnifique. Qu'on succombe à la danse impie, que tu deviennes harpie parmi les raïs.

– Hummm… bon, j'avoue que les logements peuvent bien attendre demain matin. Ils ne font pas le poids devant un tel élan de mots et d'envie, me répondit alors Florine qui venait de poser l'ordinateur à terre.

Ses yeux illuminés par la faible lumière de sa chambre se faisaient dévorer par les miens. Elle se mordit les lèvres comme pour calmer une envie insatiable. Même si cela ne pouvait suffire à contenir l'envie qui était en train de nous dévorer l'un et l'autre. Succombant bien trop facilement à un désir devenu messe, Florine se mit sur le dos, me regardant approcher vers elle doucement, calmement. Chacune de mes caresses ressemblait à une histoire. Chaque enlacement de main ressemblait à un serment de protection. Ses doigts ainsi que les miens parcoururent tour à tour les fesses de l'être aimé. On tremblait à chaque caresse. Ce n'était pas le stress, non, ce n'était même pas l'excitation. C'était tout simplement la sensation, la conscience, de savoir qu'à ce moment précis, on aurait préféré mourir que de vivre autre chose. Alors, bouche contre bouche, peau contre peau, Florine se débrouillait toujours pour que mes yeux obéissent aux siens, pour qu'ils viennent loucher sur ses seins. Pour que la bête en moi se réveille dans un calme instable, alliant à la fois admiration et dévotion. Pour que notre danse soit un alliage de toutes ces choses. Pour que nos habits virevoltent partout dans sa chambre. Pour que l'un comme l'autre, nous nous retrouvions nus, tels Adam et Eve succombant au péché originel. Je rêvais en pensant à elle comme au premier jour. Oh ! Qu'est-ce qu'elle était belle ! Ma bouche longea ses seins, ses hanches, pour venir se positionner entre ses cuisses. Elle posa délicatement ses mains sur mon crâne lorsque ma langue entra en contact avec son sexe. Et dans un dernier souffle éprouvant, vidée de toute énergie, elle m'enfonça ses ongles dans le dos en me criant « je t'aime ».

Les jours qui suivirent, toujours avec cette flamme intacte, nous finissions l'élaboration de notre voyage. Quelques semaines à peine nous séparaient de celui-ci, oubliant même qu'avant il y avait Noël et surtout les examens. Mais bon, l'un comme l'autre, nous n'avions jamais révisé pour des examens. Nous y étions toujours allés la fleur au fusil, tandis que nos camarades y allaient armés jusqu'aux dents. La période de Noël est une période si belle, si propice aux miracles, à la magie. Noël est en soi un cadeau de la nature, tant le tableau qu'il nous propose en cette période est magnifique. Les larmes du ciel transformées en neige recouvrent les rues des villes. Les illuminations de fête nous créèrent comme une parenthèse apaisante. Durant le réveillon du 24 décembre, ma mère avait invité Florine à manger avec nous. Ses parents habitaient très loin, et Florine, du fait de notre voyage, ne pouvaient se permettre de payer une somme exorbitante pour les retrouver. Et puis ma mère était tellement contente de nous faire à manger, de passer cette soirée de réveillon à trois. Son visage était illuminé de mille feux. Elle était contente pour moi, elle était contente de connaître mieux Florine. Heureuse de constater comment ce petit bout de femme, cet ange tombé du ciel, avait pu changer ma vie, nos vies. Ma mère débordait d'une joie qu'elle ne pouvait contenir que par le biais d'un succulent repas et d'une soirée à la fois simple et magique. Mais tout ce bonheur n'était rien comparé à celui de voir ma mère si heureuse, si souriante et si bavarde. Depuis la mort de mon père, elle s'était éteinte à petit feu, et c'était seulement depuis que je sortais avec Florine que ma mère revivait. Comme si cet amour perdu venait de renaître grâce à Florine.

Le réveillon du Nouvel An se passa chez des amis de classe de Florine. On devait être une dizaine, ce qui était raisonnable, surtout que je connaissais maintenant la plupart de ses amis. Bien que je ne susse pas s'ils m'appréciaient ou non, je me sentais bien à cette soirée. Soulagé que ma mère soit elle aussi sortie avec des amis, je pouvais me lâcher, profiter de cette fête. Florine était encore plus belle qu'à son habitude. Elle s'était parée d'une petite robe noire, simple, légère mais élégante comme elle. Ses yeux étaient embellis par un léger mascara ainsi qu'un léger trait de crayon noir. Ses cheveux étaient attachés contrairement à son habitude, ce qui laissait entrevoir la chute de sa nuque sur ses épaules. Son cou immaculé me donnait envie de l'embrasser sur cette enclave olympienne.

Les jours qui suivirent annoncèrent le début de nos examens respectifs et, comme à chaque fois, le regret de n'avoir pas ouvert nos notes et nos cours. Le premier sujet de partiels fut d'une absurdité et d'une inutilité criantes. Le sujet de mon examen portait sur le rôle de la presse durant la IIIe République, à savoir la corruption des organes de presse par l'État. Comme à chaque fois, l'envie de me tirer une balle à la suite de ces lignes venait en moi. Des étudiants soupiraient à la vue du sujet. D'autres, comme moi, restèrent de longues minutes à regarder autour d'eux les autres élèves gratter à l'unisson sur leurs feuilles de brouillon. Cela fut valable pour la semaine entière d'examens. Comme à mon habitude, je ne savais pas si mon travail était nul ou potable. Comme d'habitude, je restais dans un flou incertain, mais confortable. Puis à vrai dire, je n'en avais rien à foutre. J'avais assez travaillé en amont pour pouvoir me viander cette semaine. Et puis surtout, quelques jours plus tard, je partirais avec Florine loin de tout ce merdier. Ma seule inquiétude était de laisser ma mère seule pendant tout ce temps. Alors je pris toutes mes précautions. Bien que ma mère fût en pleine possession de ses moyens, j'avais peur qu'elle se sente seule et délaissée. J'installai donc sur son portable une application pour qu'elle puisse me suivre chaque jour durant mon voyage. Pour qu'elle puisse également me parler quand elle le souhaiterait. Et surtout, je demandai à ses amis de passer la voir et de rester avec elle quelques soirs. Je tremblais de mille maux à l'idée d'abandonner ma mère, mais je tremblais encore plus à l'idée de partir. Comme un rendez-vous tant espéré qu'on n'attend plus. Partir pour se retrouver, cela semble naïf et facile, mais c'était ma perspective à cet instant. Libérer cette deuxième personne, sans doute ce vrai moi, qui depuis trop longtemps maintenant était enfermé adans cette cage d'acier, à travers cet autre soi. Faire de ce voyage la part de l'autre.

« Prends le risque d'aimer, oui, prends-le pour qu'il puisse rendre ta vie bien plus belle. »

***

Enfin le jour J et l'heure H. Florine et moi-même étions sur le point de tout envoyer chier. De dire merde à tout ce que nous étions censés vénérer ou ce à quoi nous étions censés obéir. Nous disions merde à nos biens matériels, merde à nos partiels, merde à la fac, merde à l'administration, merde aux frontières, merde aux préceptes, merde à nos amis, et merde à tout ce qui empêchait les gens de partir ou devenir qui ils voulaient être. Il était précisément 9 heures du matin et nous avions chacun un sac de 20 litres contenant nos vêtements, des livres, des capotes, mon Dieu, des dizaines de capotes et d'autres conneries. Nous étions le 10 janvier, et nous embarquions enfin à bord de notre premier train. Celui qui nous conduirait cinq heures plus tard à Strasbourg, la capitale de Noël.

– Je suis tellement excitée, tu n'imagines même pas, mon cœur. Je m'imagine dans le film *Before Sunrise*. Je suis Céline et tu es Jesse, mais à la différence du film, nous nous connaissons déjà, dit alors Florine qui regardait en même temps les arbres courir à travers la fenêtre.

– Mon Dieu, que c'est niais…

Florine tourna son regard dans ma direction, celui-ci était d'un noir profond. Mais je pouvais apercevoir le petit sourire discret au creux de ses lèvres qui mourrait d'envie de naître. Elle ne succomba pas à cette envie, et, avec la même ardeur que son regard, elle me transperça de mots :

– Bien sûr que tu trouves ça niais, toi, le contraire m'aurait étonnée. Tu ne sais déjà pas percevoir quand je suis excitée ou autre, d'ailleurs, tu ne sais pas m'exciter. Ça doit être la première fois que tu me vois comme ça, alors la délicatesse avec toi, je n'en attends pas grand-chose.

Elle laissa échapper son sourire narquois et fier à la fin de sa réplique. Et comme pour enfoncer le clou encore plus loin, elle posa sa tête contre mon épaule, puis se positionna de façon à ce que son regard puisse s'évader à travers la fenêtre du train. Les heures passèrent comme un tableau de Caspar David Friedrich. De longues et interminables minutes prolongèrent notre plaisir de voyage. Ce qui est bien avec le train, enfin ce qui est tout bonnement fabuleux et magique avec ce transport, c'est que le temps semble redevenir juste le temps. Il semble n'appartenir qu'à lui, qu'à nous. À travers un accord, le temps et nous savons où ces longues heures de bonheur vont nous mener. Le voyage en train est à la fois reposant et fatigant. Fatigant car long et vite inconfortable, mais pas à cause d'un mauvais siège ou autre. Juste à cause de la lente attente qui ruine nos fesses et nos dos. Mais c'est un bien maigre prix à payer pour profiter de ce bonheur. Profiter du bonheur de voir des paysages où l'on se perd inlassablement et allégrement à travers un ballet mouvant. Des paysages à la fois monotones et divers. Il n'y a rien de mieux que de lire un bon livre de Kerouac, de Fante, de Zweig, dans une telle atmosphère. Le voyageur qui cherche la beauté dans la simplicité, lui seul connaît la beauté d'un voyage en train que l'usager régulier ne pourra connaître ni voir.

Il est 16 heures, et avec un peu de retard, nous arrivons à Strasbourg. En sortant de la gare, nous nous trouvons devant une grande place ouverte où verdure et béton se côtoient, sans qu'aucun des deux ne prenne le dessus.

– Notre train est à 21 heures, nous avons quelques heures devant nous, c'est super, on va pouvoir visiter un peu, du coup. J'ai entendu dire que Strasbourg était la Venise de France, j'ai hâte de découvrir cela ! s'exclama Florine, tout en commençant à se diriger vers l'inconnu.

Le plaisir de se perdre dans les ruelles étroites, typiquement médiévales où les arts architecturaux allemand et français se mélangent sans se battre, permettent de comprendre l'identité propre et féérique de la ville. La somptueuse cathédrale Notre-Dame impose sa stature stratosphérique. Les touristes affluent en masse autour de cet édifice venu d'un autre temps. Au gré des différents bras de l'Ill, notre balade se fait comme une errance dans le noir, qui ne suit que le bruit transparent de l'eau.

– Cette ville est vraiment magnifique. Je me sens apaisé ici, c'est une sensation étrange d'ailleurs. Je ne sais pas si c'est l'effet des vacances qui fait cela ou tout simplement la ville, mais je me sens bien, dis-je soudainement à Florine.

Elle me regarda amoureusement et passa sa main sur ma joue droite avant de m'embrasser tendrement. Je crois bien qu'elle comme moi ne souhaitions rien d'autre dans notre vie que cet instant-là. Cette parenthèse magique qui nous disait que le lendemain serait aussi bien que la veille. Que le lendemain serait également une journée où l'amour fleurirait entre nous. Nous continuions à flâner le long des berges, celles-ci nous menèrent dans le fantastique quartier de la « Petite France ». Les maisons à colombages fleuries et aux toits pentus draguaient le bord de la rivière. Nous regardions, depuis un pont, le cours d'eau suivre tranquillement son lit. Nous n'étions d'ailleurs pas les seuls à contempler ce spectacle gratuit. De jeunes couples, des familles, des enfants, regardaient eux aussi la douceur resplendissante de l'eau.

– Regarde, mon cœur, il y a un petit chemin sous le pont, on dirait. On y va ? s'exclama Florine.

– Oui, carrément. J'aimerais bien me poser au bord de l'eau tout en buvant une bonne bière.

– Tu as raison, moi aussi, j'aimerais tellement… Mais, on n'a pas de bière…

– Je vais voir à côté s'il y a une petite supérette ou autre. Tu viens ?

– Non, je t'attends en bas ! Je commence à avoir mal au dos, il faut que je me repose. Et puis, sois galant un peu, merde.

Florine me fit un sourire comme elle seule en avait le secret. Un sourire voulant tout dire, un sourire prenant tout et ne laissant rien. Un de ceux qui vous arrachaient votre âme, votre colère pour vous les renvoyer en passion brute et intense. Au bout de quelques minutes de recherche, je retrouvai Florine assise au bord de l'eau malgré la froideur du climat. Son sac trônait à côté d'elle. Elle semblait si apaisée, si apaisante, si belle. Je la regardai quelques instants, profitant de ce moment pour me souvenir des jours où elle n'était pas à moi. Où elle était encore cette magnifique fille, descendant des anges eux-mêmes, prêtresse du soleil et de la lune. Cette fille qui me plaisait tant, cette fille qui allait me changer malgré moi. Après ces quelques instants de rêveries, je la rejoignis, elle ne m'avait pas vu arriver. Je lui fis alors un petit baiser tout en m'asseyant à côté d'elle. Sans un mot, elle glissa sa main dans la mienne, puis porta à son cœur nos deux mains. Les minutes passèrent, tandis que nous restions dans cette position sans échanger un mot, écoutant la beauté du moment nous raconter la route de ses songes.

– Tiens, au fait, j'ai failli oublier. J'ai trouvé des bières, et j'en ai profité pour prendre à manger. Je me suis dit que ça pouvait être sympa de grignoter un peu devant ce cadre splendide.

– Serais-tu devenu romantique, mon cœur ?

– Je l'ai toujours été, non ?

– Joker, mais en tout cas c'est une très bonne idée, je commençais à avoir faim, en plus.

– Tu as toujours faim, de toute façon.

– Même pas vrai.

Florine, tout en affichant une mine boudeuse, décapsula les bières avec son briquet. Elle porta ensuite la bouteille à ses lèvres, fines et attrayantes, avant de la reposer et de prendre des gâteaux. Les heures passèrent au bord de la rivière. Plus le vent se rafraîchissait, plus Florine se blottissait contre moi.

– Il est 20 heures, chérie, on commence à y aller, non ?

– Oui, je pense. Attends, je prends une dernière photo et on y va.

Elle prit alors un selfie de nous deux, où nous tirions tous deux la langue, déformant le plus possible nos visages. Elle posta directement la photo sur les réseaux sociaux. Une fois cela fait, il était temps de partir et de quitter le quartier de la « Petite France ». La navette arriva avec un peu de retard à la gare. Il y avait peu de personnes dans cette navette, l'intérieur était spacieux et ressemblait vraiment à un intérieur de tram. Aucun contrôleur durant les dix arrêts qui passèrent sous nos yeux. Dix arrêts où nous vîmes la frontière imaginaire entre les deux pays, puis enfin notre arrêt. La nuit était tombée, la gare était pratiquement vide. Seuls quelques passagers attendaient sur un autre quai. Ne sachant pas où aller, nous décidâmes d'aller regarder les panneaux. Mais à notre plus grand étonnement, tous étaient écrits en allemand, langue que ni Florine ni moi ne parlions.

– *Excuse-me, boy, do you know where is the train to Prague?* demanda Florine à un jeune homme qui passait par-là.

– *Euh… five!* répondit péniblement le garçon après avoir hésité entre l'espagnol, l'allemand et le franglais.

– Euh… je n'ai pas bien compris ce qu'il venait de me dire là, et toi ? me demanda Florine.

– Je crois qu'il a voulu nous dire qu'il fallait qu'on aille sur le quai numéro 5…

– D'accord ! Mais… C'est mon anglais qui est si nul que ça, ou c'est lui qui était nul ?

– Je crois que c'est ton anglais mélangé à ton accent, mon cœur !

– Tss très drôle ! Venge-toi maintenant tant que tu peux, tu verras la prochaine fois, c'est toi qui demanderas la direction, on verra bien, tiens.

Déambulant à travers les sous-sols vides de la gare, nous finîmes par trouver le quai numéro 5. Le panneau affichait bien la direction de Prague, et aucun retard n'était signalé.

– Parfait, notre train arrivera donc dans quelques instants.

Florine en profita alors pour s'asseoir sur un banc, tandis que moi, je contemplais et observais ce lieu, et ces personnes qui faisaient vivre cet instant. L'obscurité de la nuit, au travers de sa pénombre, laissait les lampadaires dessiner des contours et des histoires. À mon grand étonnement, il y avait beaucoup de familles avec des enfants, mais il y avait aussi des trentenaires pour qui ce trajet ne semblait être qu'une habitude.

– *Excuse me! You get on this train?*

Surpris, je ne répondis pas tout de suite, ce qui amusa Florine. Je regardai alors la personne qui m'adressait la parole. Il s'agissait d'une personne d'un certain âge portant l'uniforme de contrôleur de train, je m'empressai alors de lui répondre.

– *Yes! It goes to Prague?*

– *Exactly, but it is divided in two! The cars which go to Prague are at the front, the A, B, C and D.*

– *Oh thank you! We didn't know about this.*

– *It's okay! I am used to it! Have a nice trip!*

Le vieux contrôleur s'éloigna à la suite de ce court mais nécessaire échange. Nous nous avançâmes alors en direction de la tête du quai, jusqu'à voir les panneaux indiquant les wagons D, C, B et A. Un bruit sourd suivi de sifflets se fit entendre au beau milieu du silence de la nuit, indiquant ainsi l'arrivée imminente de notre train. Ce dernier transperça la pénombre avec ses yeux cracheurs de mille et une lumières. Les premiers voyageurs, une fois le train arrêté à quai, commencèrent à sortir. Ils n'étaient pas beaucoup contrairement à ceux souhaitant y monter. Avec Florine, nous commencions à avoir peur à l'idée de ne pas avoir de place dans les compartiments car nous n'avions pas réservé de cabine ni de couche. Arpentant les étroits couloirs du train en quête de places, nous commencions doucement à sentir la saveur de ce voyage, son authenticité ainsi que sa nature imprévue. Les cabines s'enchaînaient tout en nous délaissant, nous laissant vagabonder encore et encore jusqu'à arriver au wagon A. Heureusement, celui-ci fit notre bonheur : une cabine de huit places quasiment vide, une vieille dame et un jeune homme y étaient déjà installés.

– *Hello, the cabin is not reserved?* demanda Florine avec un sourire épuisé mais toujours agréable.

– *No, it's okay*, répondit la vieille dame tout en nous dévisageant.

– C'est bon, on peut se mettre là, enfin, réagit Florine en me regardant.

La vieille dame esquissa un léger sourire tout en nous observant nous installer.

– Mon cœur, je vais faire un tour vite fait pour regarder le paysage, tu restes là ? demandai-je à Florine.

– Oui, je suis exténuée. Et comme ça, je surveille nos affaires.

Je refermai derrière moi les portes de la cabine ainsi que les rideaux qui permettaient d'avoir un minimum d'intimité, ou qui en donnaient l'illusion. Je déambulais le long des couloirs étroits du train comme un voyageur dans une nuit d'hiver. J'ouvrai à moitié l'une des fenêtres du couloir tout en allumant une clope. Je regardai le paysage naître et mourir aussi vite, comme un amour éphémère qui nous arrache la gueule. Je retournai dans la cabine une fois ma clope terminée.

– Ah ! tu es enfin revenu ?

– Oui, j'ai fait une petite balade, ça va, toi ?

– Oui, oui. Tu ne devineras jamais, cette dame est une Franco-Allemande !

– Bonsoir, jeune homme, enchantée ! J'ai fait la connaissance de votre petite amie, elle est délicieuse.

– Bonsoir. Oui, j'ai pas mal de chance de l'avoir pour moi, lui répondis-je avec un sourire gêné.

– J'ai également un peu de chance de l'avoir, ajouta Florine.

– Vous êtes mignons. C'est quand même beau, les histoires d'amour, surtout les jeunes histoires. Votre copine venait juste de me parler de votre voyage. C'est super de faire ça à votre âge, et vous avez du courage de faire tout ce trajet jusqu'à Prague. Peu de personnes le font en entier. D'ailleurs, moi et ce jeune homme que j'ai rencontré juste avant vous, nous nous arrêtons à Leipzig !

Nous saluâmes alors tous deux le jeune homme qui ne semblait parler ni anglais ni français.

– C'est là où le train se sépare, non ? demanda Florine.

– Oui, en effet, répondit la vieille dame.

– Et du coup, ce jeune homme... ? demandai-je alors, intrigué.

– Il ne parle pas très bien anglais, mais il parle parfaitement l'allemand. C'est un jeune homme de 18 ans. Il a quitté son pays, l'Irak, à l'âge de 16 ans avec ses parents. Vous savez, ces pays craignent pas mal, quand même. Et puis il sera beaucoup mieux en Europe.

– Oui, enfin, c'est surtout notre faute à nous, pays occidentaux. Nous menons une politique impérialiste et colonisatrice depuis des décennies dans ces pays. Nous contrôlons les aides humanitaires pour donner l'impression qu'on agit alors qu'en vérité, c'est le contraire. Nous voulons juste remodeler à notre façon l'Orient pour conserver nos intérêts. Et quand les gens fuient la guerre, on ne veut pas les accueillir...

La vieille femme fronça les sourcils à la suite de mes paroles qui ne semblaient pas aller dans son sens. Florine me pinça le bras pour me faire comprendre que cela ne servait à rien de rentrer dans une conversation politique et d'insister. Elle avait raison, parfois, parler ne sert à rien.

– Il n'empêche que l'histoire de ce jeune homme est très intéressante, reprit-elle l'air de rien. Je disais que dans ces pays du tiers-monde, il n'y a pas d'espoir pour les jeunes, pas d'électricité, de nourriture, de vie. Il n'y a rien là-bas. Du coup, à l'âge de 16 ans, il est parti d'Irak avec ses parents, direction la Turquie. Là-bas, son père a été enlevé par une sorte de garde nationale qui est en place depuis plusieurs décennies à la suite du putsch manqué contre le président turc. Quant à sa mère, elle est morte durant le voyage. Il est resté plusieurs mois dans les camps de Turquie avant de pouvoir continuer son périple avec un groupe de réfugiés en direction de l'Allemagne. Et là, je ne sais pas comment il a fait, mais depuis, il est scolarisé ici. Je n'ai pas bien compris, et puis cela ne m'intéresse pas beaucoup de savoir par quelle faille de notre système il a pu se faire scolariser. Mais le résultat est là maintenant, il parle très bien allemand, il pourra servir son nouveau pays maintenant, et c'est très bien ainsi.

Florine et moi partageâmes le même regard abasourdi. Abasourdi devant le courage et la force de ce garçon qui était en train de nous sourire. Et abasourdi par cette femme qui semblait si opposée à lui. Ils formaient un duo improbable mais plein d'espoir, celui d'un monde où les barrières pouvaient tomber. Les heures qui suivirent, nous les passâmes à lire, manger, dormir et écouter de la musique. Puis vers 5 heures du matin, la vieille dame et le jeune homme nous quittèrent. On venait d'arriver à Leipzig. Notre wagon prit la direction de Prague tandis que l'autre prit une autre direction brumeuse et inconnue. Les minutes et les heures passèrent les unes après les autres. Florine s'endormit, maintenant que la cabine était nôtre. Elle put aisément s'installer sur une grande partie des banquettes, se concoctant alors un petit nid accueillant et réconfortant. N'ayant plus de batterie, et ne souhaitant pas allumer la lumière de la cabine de peur de réveiller ma douce, je comptais le temps au travers de l'obscure fenêtre. La pénombre, là dehors, régnait en maîtresse tandis que le train, tout en ayant cédé à cette même pénombre, jouait inlassablement sa partition, faisant du vent et du sol ses instruments. La vitesse de cette machine transperçant l'opacité du néant provoquait en moi une sensation inexplorée jusqu'alors, une sensation inconnue qui guidait mon esprit à travers des voyages et des émotions interdites. À travers une imagination infantile et des émotions dangereuses, qui nous poussent à explorer le fond de notre être. Je n'avais jamais ressenti une telle sensation depuis ma découverte de *L'Ombilic des limbes* d'Antonin Artaud. C'est dire la jouissance brutale et réelle de ce moment plein de vie et de rêve.

Le voyage en train, c'est tout un roman qui s'écrit à chaque kilomètre avalé. Chaque nouvelle heure est une nouvelle page qui vient nous nourrir. C'est une petite histoire qui se raconte à nous. Et c'est tellement simple. Un sac à dos qui tient entre les jambes et on peut partir en train pour quelques jours explorer son pays ou partir plus longtemps en direction de l'Europe. Bon, je vous l'accorde, il y a un point de crispation avec ce moyen de transport. L'Amérique en train, c'est compliqué depuis la France, mais qu'importe, il y a tellement de choses à découvrir en Europe. Pas besoin de partir loin pour s'évader, oubliez cette doctrine, c'est la première règle. La deuxième est tout aussi basique, acceptez la lenteur, oubliez la vitesse du monde ainsi que votre propre vitesse, vraiment, laissez-les sur le quai de la gare. Le voyage en train, c'est accepter que vous n'avez de prise sur rien. Ni sur le temps, ni sur les gens, ni sur la route… Vous ne contrôlez absolument rien et franchement, c'est tellement bon. Abandonnez-vous aux longues heures qui voient défiler des tableaux de Claude Monet, de Paul Cézanne et bien d'autres… Voyager en train, c'est s'asseoir à la table de l'inconnu et tout lui donner. C'est apprendre à s'ennuyer, apprendre à regarder les secondes passer dans le creux de sa main. Réapprendre à écouter et à lire les images qui se dressent devant soi. Sentir l'odeur de la fumée sur le quai d'une gare lorsqu'on attend le prochain train. Le train, c'est tout simplement une autre forme de voyage. C'est une forme de minimalisme, mais le vrai, pas celui qu'on nous vend. C'est redonner du romantisme à nos actes. S'accorder de la douceur et se soumettre non plus à ses envies, mais aux aléas. Il y a une part de romantisme dans ce voyage, même une grande part. Refuser la vitesse des émotions, c'est s'accorder une pause pour ne garder que l'essentiel.

Une envie pressante interrompit subitement mon état d'extase et me mit dans l'embarras. Je voulais absolument sortir de ma cabine pour aller pisser un coup, mais la peur de réveiller Florine et de l'entendre par la suite grincher me tétanisait d'effroi. Prenant mon courage à deux mains, j'élaborai un plan méticuleusement étudié pour arriver le plus vite possible à la porte de notre cabine sans pour autant réveiller Florine. Je me mis alors à jouer les contorsionnistes pour me relever. Florine était quasiment collée à moi, et avait pris les deux banquettes opposées en guise de lit, il me fallait donc l'enjamber, chose qui ne fut guère simple à réaliser tant mes jambes étaient engourdies. Après de longues minutes et de nombreux essais ratés pour essayer de m'extirper de ce piège, j'avais enfin réussi à sortir de notre cabane, de notre enclos mouvant.

Le train semblait si paisible alors qu'il transportait dans un boucan pharaonique des dizaines voire des centaines de personnes, quel charme incomparable que de voyager en train de nuit. Le couloir poursuivait son chemin dans une ligne droite interminable. Le bruit des wagons qui s'entrechoquaient au gré de la vitesse et du sol guidait alors ma marche tout en dictant mes postures pour trouver un sens de l'équilibre. Je me mis à sillonner les différents wagons, à la recherche de ces fameuses toilettes qui se trouvaient finalement deux wagons plus loin. Une fois ma besogne accomplie, le train arriva à une gare, s'arrêtant alors quelques instants à quai. J'en profitai pour sortir du wagon durant le laps de temps autorisé qui séparait l'arrivée à quai et le coup de sifflet du départ. Nouée à l'imaginaire fictif des films de Jean-Pierre Melville ou à celui de la prestance de John Fante, une sensation pressante me poussait à croire que cet arrêt était l'instant rêvé pour fumer une clope. Allumant ma cigarette, je regardais l'agitation calme qui régnait dans la gare. Les ouvriers chargés de la maintenance du train voyaient leur danse rythmée par la déambulation des voyageurs pressés en déplacement dans le cadre de leur travail, contrastant avec le repos des voyageurs du train de nuit. Expirant mes respirations enfumées, je contemplais ce spectacle qui prenait fin à toute vitesse avec la symphonie du sifflet, signalant la poursuite du voyage à travers le temps. Je remontai tranquillement dans mon wagon, refermant la porte derrière moi tout en contemplant le soleil se lever timidement dans son lit de pénombre. Le train était quasiment désert mis à part quelques wagons voyant des amoureux de l'errance, comme moi, leur tenir compagnie. Je décidai de m'accouder sur le rebord des vitres du couloir afin de ne pas déranger Florine mais surtout pour contempler le lever du soleil. La pénombre s'évaporait doucement de son lit de tranquillité, entendant l'écho du soleil arriver dans une volupté gracieuse.

– Tu es là, toi ! me surprit une petite voix encore endormie.

– Je ne voulais pas te réveiller en rentrant dans la cabine. Tu as bien dormi, mon cœur ? répondis-je alors à Florine tout en fixant la fenêtre et les peintures qui défilaient les unes après les autres.

– Ça va, j'ai un peu mal au dos à cause des banquettes, mais j'ai pu me reposer un peu.

– Toujours le mot pour te plaindre, toi. Je t'ai vue dormir comme un loir, d'ailleurs, tu as pris toute la place.

– Tssss, tu dis que des bêtises toi. Tu es saoulant dès le réveil, c'est formidable.

– Non, non, j'ai même pris des photos si tu ne me crois pas.

– Tu n'as pas fait ça, quand même ?

– Si…

– Espèce de monstre, tu vas me le payer !

– Je veux bien voir ça. Regarde ces magnifiques photos que j'ai, la taquinai-je en lui tendant mon téléphone.

– T'es horrible, je t'aime plus du tout.

– C'est de bonne guerre, on verra si tu arrives à rebondir ou si tu t'avoues vaincue.

– Tu verras, ma vengeance sera tellement violente que tu ne voudras plus te mesurer à moi.

– Viens donc là au lieu de dire des bêtises.

– Tu prends trop tes aises en ce début de voyage, cela ne me plaît pas du tout.

– Tu es juste vexée, Florine.

– Tsss…

– Allez, viens. Ne fais pas ta mauvaise tête.

– J'arrive, laisse-moi juste boire un peu d'eau afin de revitaliser ma bouche. Je suis gentille, je pourrais venir te voir avec mon haleine du matin, tu le mérites bien.

– Je ne mérite pas une peine aussi horrible quand même, tu abuses…

Florine me lança un regard capable de désarmer les plus grands brigands tout en l'accompagnant d'un joli doigt d'honneur et d'un agréable sourire mesquin.

– T'es naze, mais tu as de la chance que je t'aime, dit-elle, tout en enlaçant mon dos de ses bras.

– C'est pour ça que tu m'aimes, oui.

– Oui sans doute, je ne vois pas d'autres raisons.

– Moi non plus…

– Regarde, le soleil a remplacé la pénombre faisant ainsi chanter le vent au travers des arbres et répandant le vol des oiseaux au travers de leur chant. C'est magnifique.

Je ne répondis rien à Florine, je me contentai de l'observer. D'observer ce petit bout de femme, qui en face de cette fenêtre, dévoilait le meilleur de son être. Cette fille si forte et si douce qui captait tout mon être, laissant mes revers hébétés dans les champs, comme si les chants de Maldoror parcouraient tout mon être. Mais cette fois-ci, j'étais accompagné d'une lueur éclatante et pure. Voilà ce que provoquait Florine dans mon être à cet instant précis. Elle me redonnait vie. Je l'aimais vraiment.

Chapitre 5 – Guillotine

Arrivé au bureau avant tout le monde, Martin en profite pour terminer les quelques ajustements qu'il doit faire sur son article avant de l'envoyer à sa cheffe. Il termine rapidement et en profite pour aller chercher de quoi grignoter à la boulangerie d'en face. Bien que le savoir-faire français lui manque, il s'est habitué depuis le temps aux viennoiseries belges qui, étant moins bonnes que celles de France, ne sont pas non plus ignobles. Au moment d'entrer dans le bureau, sa boss l'attend et le regarde avec un petit sourire en coin. Martin ne sait pas quoi penser, il a une très bonne relation avec elle depuis le début. Une relation qui, au fur et à mesure, est devenue presque amicale. Il se demande donc si ce sourire est simplement un bonjour ou alors un signe approbateur pour son article.

– Alors, tu as regardé mon article ? Tu as des choses à me faire rependre ?

– Il est déjà sur le site depuis dix minutes. C'est un très bon article, vraiment un de tes meilleurs. Tu t'es beaucoup amélioré, je suis contente de toi. C'est du travail de pro.

Martin se connecte directement sur le site pour voir l'article et le relire. Il aime redécouvrir ses papiers une fois publiés. Cela a une saveur alliant la satisfaction professionnelle et l'émerveillement du petit garçon qui rêvait de devenir journaliste, écrivain et aventurier.

La satisfaction de se dire qu'il est payé pour écrire. À chaque fois, il a cette même réaction enfantine, et tant pis si pour certains cela peut faire penser à de l'autosatisfaction. En regardant son article, il se dit qu'il a au moins réalisé l'un de ses trois souhaits.

Immersion dans le monde de la prostitution liégeois

Depuis plusieurs décennies, cette petite ASBL liégeoise offre une aide et un accompagnement à ceux et celles qui font de leur corps un outil financier. Son équipe dynamique se rend régulièrement sur le terrain à la rencontre de ces personnes qui s'adonnent à la prostitution. Samedi soir, nous avons été témoins du travail réalisé dans les rues de Liège par les membres de l'association. Nous avons partagé plusieurs heures intenses au cœur de la jungle urbaine liégeoise en compagnie de Mateo et Maeva, deux éducateurs spécialisés, passeurs dans ce monde où les visages n'ont pas de nom.

Lors de cette immersion dans le monde de la prostitution à Liège, nous suivons donc Mateo et Maeva qui nous emmènent dans les étroites ruelles de la ville, là où le jeu du chat et de la souris s'opère entre prostituées et clients. Un étrange ballet de voitures se joue devant nous, Mateo nous explique que les quelques voitures que nous croisons depuis quelques minutes sont des clients qui tournent, attendant de trouver une prostituée. Le monde de la rue est une jungle sauvage où les proies et les chasseurs se confondent sans cesse, les deux éducateurs le savent très bien et portent un regard lucide sur ce milieu. Ils sont notre porte d'entrée dans ce monde invisible, mais également des protecteurs légitimant notre présence. La légitimité, c'est justement le Graal le plus compliqué à obtenir et pourtant, sans cela, il est pratiquement impossible d'échanger ni de comprendre ce monde. Il a fallu du temps, de la patience et beaucoup de bienveillance pour que Mateo et Maeva puissent créer un lien avec les travailleurs du sexe à Liège :

« Ça dépend de la personne en face de nous, on doit être en accord avec nos outils d'entrée en relation qui sont la voix, le regard, la posture du corps et le respect. Tu arrives en rue, tu sais très bien que tu travailles dans un quartier où il y a de la prostitution, de la drogue, tu sais que le monde de la rue, ce n'est pas le monde des bisounours. Qu'est-ce que tu fais alors ? Qu'est-ce que tu dis ? Et comment tu as la légitimité d'aller vers ces personnes ? Autant de données qu'il faut prendre en compte dans notre métier. Notre boulot, c'est vraiment ça : aller en rue, créer un lien, mais surtout le maintenir », témoigne Mateo.

« C'est la jungle, la rue et ils le disent eux-mêmes. Des potes de rue, ce ne sont jamais vraiment des potes. S'il y en a un qui peut entuber l'autre, il le fera clairement. Il faut survivre jusqu'au lendemain. Et nous, avec notre petite association, on arrive dans cet univers , il faut se faire une place avec nos outils et ça prend forcément du temps », ajoute Maeva.

Quelques pas plus loin, nous croisons une dame singulière qui reconnaît directement les deux éducateurs et qui, comme pour de vieux amis, vient prendre dans ses bras Mateo et Maeva. Le ton taquin et le regard forgé par la force des doutes, elle demande aux deux éducateurs des préservatifs et quelques produits hygiéniques avant de repartir. « Voilà exactement pourquoi on déambule ainsi dans ces quartiers. Tu peux aussi constater que les graines de notre travail de terrain portent leurs fruits, on est légitimes. Tu sais, dans le milieu de la prostitution de rue, à Liège du moins, 90 % des dames de rue sont toxicomanes, c'est important de saisir ça », explique Maeva.

En effet, quelques rues plus loin, nous croisons un couple venant échanger ses seringues usagées contre des neuves. « Vous savez, souvent dans les couples de rue, la femme est complètement soumise à l'homme, elle se prostitue pour lui. Pour pouvoir les aborder, il faut d'abord que l'homme ait confiance en nous. » Pendant que Mateo nous explique cette situation, deux hommes toxicomanes au pas empressé viennent nous aborder. Les deux éducateurs mettent fin à la conversation très rapidement, mais toujours avec le respect qu'implique la précaution : « Tu vois ces deux mecs, y en a un qui sort d'une grosse peine de prison, il est impossible d'anticiper sa réaction. C'est ça aussi le public qu'on rencontre malgré nous dans nos déambulations. C'est pour ça qu'il faut toujours garder une distance de sécurité. »

Acteurs à l'écoute des besoins

« On est des thermomètres, on va dans la rue, on jauge un peu les besoins. On s'adapte à la réalité du terrain et non l'inverse », précise Maeva.

L'association n'a aucun souhait d'être un vecteur politique ou moral auprès de ces personnes, elle souhaite simplement répondre aux besoins perçus lors de leurs déambulations et échanges :

« Il y a beaucoup d'associations qui imaginent des projets et des solutions sans mobiliser les protagonistes concernés, c'est dommage. C'est comme les groupes qui se battent pour la liberté de la femme et qui négligent et ne comprennent pas la condition des prostituées. Nous, on souhaite juste être des acteurs à l'écoute des besoins et des problématiques des personnes en situation de prostitution » éclaire de nouveau Maeva.

Nos deux passeurs d'un soir, comme des aventuriers partant en expédition, savent parfaitement les ressources qu'ils doivent emporter lors de leurs maraudes. Des préservatifs, des seringues neuves, des produits hygiéniques, tout le nécessaire de base pour apporter une sécurité sanitaire aux dames et hommes de rue.

« On distribue aussi, en plus de ça, des kits. On se rend compte que dans la rue, c'est un milieu très précaire et donc de nombreuses femmes se font voler leurs affaires. Le but du kit SOS beauté, c'est de rendre de la dignité à des personnes qui n'ont plus grand-chose déjà. Dedans, il y a tout le nécessaire comme du maquillage, des produits hygiéniques, de bien-être… C'est triste, mais en même temps, c'est leur boulot donc il faut qu'elles puissent avoir accès à un peu de matériel pour pouvoir prendre soin d'elles », précise Mateo.

Trois réponses pour trois objectifs

« Nous avons un espace dédié à la psychologie. Le contexte de la rue est très violent, très dangereux, avec des personnes souffrant de pas mal de traumatismes. Des personnes mal intentionnées peuvent facilement les manipuler, ça peut être des macs mais également l'entourage proche (copain, cousin, frère…), et donc le psychologue va longuement écouter ces personnes qui se livrent », nous explique Maeva. « De plus, au niveau social, on rencontre les personnes sur leur terrain de travail : rue, vitrine, bar, escorte internet, salon de massage. On essaye de créer un lien et une relation de respect avec elles. Cela prend du temps car il y a des codes, une manière de fonctionner. On les rencontre, on crée un lien, on prend le temps qu'on doit prendre. Lorsque ce lien est suffisamment important, ils vont se dire : « on peut faire confiance à cette personne. » On essaye vraiment, c'est la base de notre boulot pour tous les pôles, de ne pas imaginer les projets sans les gens. »

La jeune femme nous explique la dernière réponse qu'apporte l'association aux personnes en situation de prostitution :

« Avec le temps, on a des gens qui ne font peut-être plus attention à leur corps, qui ne le conçoivent plus que comme un outil de travail, un moyen de financer leur errance. Lorsqu'on a des gens comme ça qui sont dans le rien ou dans le pas grand-chose, le fait de leur permettre ces petits moments d'éclat ou une parenthèse, ça crée des petites étincelles et ça leur permet de se repenser. Généralement, elles oublient ça et je pense que c'est un bon moteur pour qu'elles se repensent et qu'elles acceptent ou non telle ou telle pratique. »

Un petit rien qui fait du bien. Un petit instant qui permet aux personnes en situation de prostitution d'avoir un autre rapport à leur corps.

Une médiation nécessaire

« Nous, on intervient également dans les écoles pour parler de la prostitution aux plus jeunes, pour les sensibiliser. Souvent il y a un fantasme incroyable autour de ce monde car il y a de l'argent liquide qui circule. Nous, on veut leur montrer la réalité du tableau », nous explique Mateo. Casser ce mythe de l'argent facile, ce fantasme de la vie faste autour du triptyque « sexe, drogue et argent ». Il s'agit ainsi de déconstruire l'idée, principalement masculine, qui fait croire que les prostituées et les prostitués prennent du plaisir avec leurs clients, car le sexe, c'est forcément une chose qui ne peut procurer que du plaisir. La réalité est bien plus noire que ça et ressemble plus à un film dramatique qu'au film *Pretty Woman* qui a révélé Julia Roberts.

« Ça peut être des mamans aussi qui se livrent à la prostitution de rue, par exemple au moment de Noël. On a eu des mères qui pleuraient, car elles ne pouvaient pas offrir de cadeaux à leurs enfants alors elles se prostituent sur une courte période pour n'avoir plus ce sentiment de culpabilité. On est dans une société de consommation et donc ce n'est pas simple de voir son enfant jalouser ceux qui ont des cadeaux. Il y a aussi une mauvaise gestion de l'argent, des dettes, de l'alcoolisme. Les coups durs de la vie en fait », lance timidement le travailleur social.

Cette immersion dans le milieu de la prostitution en compagnie d'éducateurs spécialisés permet de mieux appréhender ce monde et le travail primordial que fournit cette association pour essayer de redonner de la chaleur à ce public précaire. Les raisons de la prostitution sont multiples : dépendance à la drogue, culture familiale, milieu de vie, dettes, nécessité… Il y a aussi celle qui est indicible, celle qui ne se montre pas, qui est presque banalisée, comme nous le raconte Maeva :

« Une fille, ou un garçon d'ailleurs, mais bon malheureusement dans nos sociétés, ce sont plus les filles qui sont en galère de logement, eh bien, on va lui proposer de l'héberger contre une compensation sexuelle chaque soir. On arrive dans des schémas de prostitution insidieux et on rentre dans une logique capitaliste vicieuse où le plus fort tire profit du plus faible. Des schémas de prostitution, il en existe dix mille, c'est une zone de gris permanent. Nous, notre association touche seulement à la prostitution qui se « voit », pour le reste, c'est plus compliqué. »

Martin se sent fier, un sentiment qu'il n'a pas expérimenté depuis longtemps. Le nombre de « vues » augmente de minute en minute. Il est également content de lire la satisfaction dans le regard de sa rédactrice en chef. C'est important d'avoir des mentors, c'est encore plus important d'avoir leur approbation. Il commence à penser que ses sacrifices, ses doutes et ses échecs, oui, que tout cela commence à porter ses fruits. Il se demande : « Si papa et maman me voyaient, tu penses qu'ils seraient fiers ? »

– Eh ben, tu te masturbes déjà sur toi-même ? Les Français alors, toujours ce narcissisme insupportable, déclare John, l'un des journalistes titulaires du média.

– Hein ? Non, du tout, j'étais juste en train de…

– De te branler, oui, j'ai compris, ça va. Tu peux te pousser maintenant, les vrais journalistes veulent travailler. Tiens, tu veux bien me sortir cette tasse ?

Martin sent une colère remonter de son ventre à sa gorge. Une colère qu'il n'appréhende pas, il sait la contrôler. Il sait qu'en respirant calmement et en souriant il va pouvoir effacer ce moment irritant. Cependant, il ne veut pas que John lui marche dessus. Il en a marre de décharger le canon qu'il garde au fond de lui. Marre que les gens croient que sa gentillesse est une faiblesse. Martin a toujours détesté la capacité de l'humain à se mêler de ce qui ne le regarde pas, à avoir toujours quelque chose à dire.

– Vrai journaliste… Tu entends quoi par là ? Je ne vois pas trop où tu veux en venir.

– Oh rien, ne fais pas attention à moi. Je suis un petit con, j'aime provoquer.

– Ce n'est pas la première fois que tu me dis ça, j'aimerais bien savoir pourquoi tu exprimes tant de suffisance envers moi. Tu ne me considères pas, c'est ça ?

– OK, tu veux que je te dise ?

– Oui, vas-y.

– Ça fait quoi, trois ans que tu bosses avec nous ?

– Oui, à peu près.

– Et tu n'as toujours pas ta carte de presse… donc pour moi, en tant que journaliste, tu n'existes pas, non.

Martin tourne la chaise de John pour que celui-ci le regarde.

– Tu peux me le dire en face, ça, que je n'existe pas ?

– Écoute, Martin, ce n'est pas contre toi, mais non, tu n'es pas un journaliste.

– Car pour toi, le travail que je fais depuis des mois ici ne compte pas ? Tu sais pertinemment que c'est compliqué pour un jeune d'avoir sa carte de presse. Je ne peux pas vivre seulement de mes piges donc oui, la majorité de mon salaire provient de la librairie et c'est cela qui coince pour ma carte.

– Tu es donc pigiste… un intermittent de l'écriture, rien de plus. Tu sais, les pigistes, ce sont des journalistes qui attendent ou des journalistes qui ont échoué, on verra où tu te situes dans quelque temps. Mais pour le moment, tu ne vaux pas plus à mes yeux que ces influenceurs de la pensée qui se prennent pour des journalistes sur les réseaux sociaux.

– Tu sais très bien que c'est compliqué de trouver un organe de presse de nos jours et que beaucoup de jeunes ont recours à la pige avant de trouver un premier vrai contrat. Et puis même, un pigiste est un journaliste qui peut avoir fait le choix de travailler ainsi pour être plus libre.

– Écoute, oui, c'est un métier dur et sauvage. Le journalisme, c'est comme une jungle, il faut se battre. Bien sûr, le talent et la plume comptent, mais le hasard et la chance sont indispensables. Et oui, les journaux et médias recrutent de moins en moins de journalistes à plein temps, et s'ils recrutent, ils favorisent ceux avec une carte. Tu sais, tu devrais songer sérieusement à un plan B. Certains, même beaucoup, n'y arrivent jamais. Et pour l'excuse de la liberté des pigistes, oui, tu parles sûrement de la liberté d'être un incapable.

– Tu étais bien content lorsque le stagiaire que j'étais te faisait des piges, des reportages, des retranscriptions, pour que tu puisses avancer dans tes petites enquêtes.

– Oui, mais c'est…

– Enquêtes qui t'ont d'ailleurs permis d'avoir ta carte de presse récemment.

– Bon, maintenant tu vas arrêter ton jeu d'insolence, petit con. Tu es content pour ton reportage ? Tant mieux, mais reste à ta place, tout simplement. Tu sais très bien que tu n'es et ne seras pas un journaliste, alors rentre chez toi.

– Je ne suis pas insolent, tu te sens offensé, c'est ça ?

– Oui, oui, parle toujours, de toute façon, tu n'as pas de vrai diplôme de journaliste, tu ne seras jamais plus qu'un simple pigiste. Je ne sais même pas pourquoi j'essaye de te donner des conseils. Tu ne pourras pas aller plus loin dans l'imposture journalistique, c'est tout ce que je voulais te dire.

– J'ai une solide expérience professionnelle, des stages que je ne compte même plus. Tu ne crois pas que ça vaut plus qu'un diplôme ? Toi, tu avais quoi comme expérience lorsque tu es sorti de ton école ? Aucune et d'ailleurs c'est pour cela que tu as galéré pendant des mois à trouver un contrat.

– N'importe quel boulet pourrait faire ce que tu as fait, donc non ça compte pas, en effet.

La rédactrice en chef entre à ce moment dans la pièce, mettant fin à cet échange tendu. Elle donne une enveloppe à Martin où se trouve un chèque rémunérant son enquête. Elle lui demande ensuite de partir et de lui envoyer ses prochains sujets par mail. Martin prend son argent et s'en va sans adresser un merci ni un regard. Il est en colère, il veut soulever le monde, courir et hurler comme un loup un soir de pleine lune. Il veut brûler mille bouquets de fleurs, lancer les flèches de la révolution, sortir de son corps pour pouvoir concrétiser toutes ses pensées les plus noires. Il repense au dédain dans le regard de son collègue journaliste, il repense à ses paroles pleines de mépris, il ne peut oublier cette sensation d'infériorité. Cette sensation qui le pourchasse jour et nuit depuis son enfance et qui provoque en lui cette terrible rage. Il revoit ses efforts, sa lutte pour la culture et l'élévation sociale. Toutes ces heures perdues tard dans la nuit à rêver, à espérer être payé pour écrire. Le regard braqué sur le ciel, observant cette danse des nuages devant le soleil semblable à des chevaux sauvages disparaissant dans les collines, il se fait une promesse. Celle de ne plus écrire pour ce média, de trouver d'autres contrats et d'aller au bout de son désir. De ne plus brader son ego quitte à s'échouer sur les rivages de la vie, là, tout proche des rêves oubliés. Mais pour l'heure, il doit bientôt commencer à la librairie.

***

Des semaines passent sans que Martin écrive un papier pour un quelconque média, il veut tenir la promesse qu'il s'est faite. Il en a marre d'être toujours là pour les autres. Ses journées consistent à travailler à la librairie de 9 heures à 17 heures, il a pris plus d'heures pour subvenir à ses besoins et ne pas rester inactif. Il déteste rester inactif et se lever tard en général. Bien qu'il aime l'oisiveté, il préfère lorsque celle-ci est volontaire et stimulante, quant aux grasses matinées, elles sont bien lorsqu'on est deux et Martin est seul depuis bien longtemps malgré les corps qui peuvent venir garnir le parfum de ses draps de temps en temps. Et surtout, le bruit du vide, l'inactivité du cerveau le conduit à reparler à ses anciennes images, à revoir en boucle les erreurs de son passé. Du coup, Martin passe la plupart de son temps dans la librairie où il dévore les livres faute de clients. En quelques semaines, il a englouti l'œuvre de Hermann Hesse, une partie de Peter Handke, et il a redécouvert les poèmes d'Alexandre Pouchkine. Il s'attelle maintenant au chef-d'œuvre de James Joyce, *Ulysse*.

Le soir, lorsque Martin finit en même temps que commence le jeu de couleurs entre le jour et la nuit, il se balade dans les étroites ruelles de Bruxelles centre où il prend très souvent un cornet de frites à Friteland. Il regarde les terrasses se remplir, les bars s'enivrer de chaleur et d'alcool et, surtout, il contemple les espoirs des âmes esseulées remonter les boulevards avec, au creux de leurs mains, un infime espoir qui remplace, un instant, leur solitude.

Ce soir, la fin de journée est belle. Le temps est bon, et Martin se sent bien. Cela fait longtemps qu'il n'est pas allé à la terrasse d'un café ou d'un bar. « Ça doit bien faire trois semaines », se dit-il. Depuis qu'il a quitté ses fonctions dans le petit média, ses interactions sociales ont grandement chuté et il ne voit pratiquement plus personne. Les seules discussions qu'il a sont celles avec les clients de la boutique et de rares messages d'amis à qui il ne répond que brièvement ou pas du tout. Et puis, comme un drogué en sevrage, il se refuse toujours de retourner sur les sites de rencontres éphémères. Mais en cette fin de journée, alors que le crépuscule est encore plus impressionnant qu'à l'accoutumée, Martin a envie de se poser à la terrasse d'un café pour lire, observer, perdre son temps et pourquoi pas se remettre à écrire un peu. Une place en terrasse se libère au café *Les gens que j'aime*, sur laquelle Martin se jette immédiatement.

– Bonjour monsieur, cela faisait longtemps ! Qu'est-ce que je vous sers ?

– Une bière blonde en pinte, s'il vous plaît.

Martin déguste cette bière, il apprécie ce goût dont il s'est privé pendant plusieurs semaines. Il se dit que ce manque a eu du bon, qu'il lui permet de savourer davantage. Il se dit également qu'il en est de même pour l'amour, qu'en se privant des futilités et de ses envies fugaces qui s'échappent trop vite une fois l'acte fait, oui qu'en se coupant de ça, l'amour pourrait revenir aussi fort que la première fois. Que ce sentiment d'explosion interne reviendrait en lui. Et pour la première fois depuis bien longtemps, il se dit que l'amour n'est pas lié à Florine, et qu'il pourrait très bien revenir s'il arrivait à se débarrasser de toutes les complications et sentiments toxiques qui se greffent sur le mot *amour*. Il veut croire que le romantisme a encore du sens dans l'amour et dans les relations. Assis à la table du café, buvant sa bière seul, il observe les gens déambuler devant lui. Ces sourires et ces regards d'inconnus, ces histoires qui se heurtent et qui se perdent, la synergie des corps qui avancent tous dans le même sens. Mais surtout ces jeunes couples. Il voit les premiers rendez-vous, les premiers moments à deux. Le rapprochement gêné de deux mains qui se frôlent pour la première fois équivaut à la plus pure des promesses. Il y retrouve un peu de gaieté au cœur mais il savoure aussi les premiers rendez-vous qui se passent mal. Ces rendez-vous créés par l'algorithme d'une application qui, sous couvert d'apporter l'amour, le sculpte pour qu'il corresponde à une consommation fugace et sans goût. « Il n'y a rien de pur à tout cela », se dit-il à voix basse. La table qui se libère à côté de lui accueille aussitôt deux personnes, un homme d'une trentaine d'années et une femme un peu plus jeune. Martin la regarde du coin de l'œil. Elle a de longs cheveux ondulés, un petit nez en trompette, des lèvres fines et un regard qui semble accueillir la nuit sous ses paupières. Cette silhouette lui rappelle vaguement une âme sur laquelle son regard s'était déjà arrêté. Martin rougit intérieurement lorsque la fille tourne la tête vers lui avec un air interrogateur. Il se retourne précipitemment, gêné à l'idée qu'elle ait pu remarquer qu'il était en train de la fixer. Mais le visage de cette fille lui revient alors en pleine tête : c'est elle, la fille du café de la dernière fois. Celle à qui il a oublié de demander son numéro ou tout simplement si elle voulait le revoir. C'est Lula. Et quelqu'un semblait avoir réussi à cueillir son attention.

– Je suis content de te rencontrer, c'était un vrai parcours du combattant pour que tu acceptes un verre, dit alors l'homme en s'adressant à la Lula.

– Ah bon ? Pourquoi tu dis ça ? C'est un peu exagéré quand même, on se parle depuis même pas une ou deux semaines.

– Ben justement, l'excitation du moment pousse à rencontrer l'autre plus vite, normalement. Toi, tu sembles tellement détachée, mais c'est ça aussi qui m'a poussé à persévérer.

– Whaou ! Quel courage, en effet. Un vrai aventurier, dis-moi.

– Tu te fous de moi ?

– Non, je te taquine, c'est juste que l'excitation, je préfère la garder bien au chaud lorsque ça en vaut la peine, réplique Lula tout en adressant un sourire furtif à Martin.

– Lorsque ça en vaut la peine ? Du genre, au lit ? demande le mec en lançant un regard lourd accompagné d'un sourire à couper du bois.

– Euh… non, si la personne me plaît. Si le garçon est intelligent, ça me stimule encore plus physiquement et forcément, je lâche l'excitation à ce moment-là, c'est jouissif de dingue ! Tu sais, tu devrais essayer de te contenir, je suis sûre qu'entre toi et la fille, au moment de faire l'amour, ça serait une sensation encore plus excitante et puissante.

– Moui, je trouve ça un peu niais et barbant. Premièrement, les sites de rencontres ou applications gratuites de rencontres, tu sais très bien que tu signes pour coucher avec la personne que tu likes, généralement. Ensuite, pour l'extase, je ne sais pas quel genre de mec tu as eu mais si tu as la technique et la puissance, je t'assure que tu vas également être dans un état d'extase. Si tu veux, je peux te montrer dès ce soir.

Martin s'étouffe en buvant sa bière. Lula et son rencard tournent alors la tête dans sa direction. Elle rigole tout en mettant sa main devant sa bouche. L'homme fusille Martin d'un regard noir.

– Attends, tu es sérieux, là ? On est là depuis cinq minutes et tu parles déjà de coucher avec moi ce soir ?

– Ben oui, je suis un mec direct, je n'ai pas de temps à perdre, surtout pour ce genre de jeu où toi comme moi savons très bien comment ça va se terminer. Dès que je t'ai aperçue, j'ai eu l'envie de te manger. Donc la question est : veux-tu te faire manger ce soir ?

Lula éclate de rire. Ce rire rappelle à Martin celui de Florine. La même intonation, la même façon de s'esclaffer tout en frottant son petit nez. Il regarde tendrement la jeune femme.

– Mais tu es génial, toi, tu sors d'où ? On termine le verre et ensuite on voit au feeling, ça te va ?

– Mon verre est déjà terminé.

À la fin de cette phrase, le mec engloutit sa pinte de bière en quelques secondes sous les regards médusés de Lula et de Martin.

– OK, tu es déterminé, c'est excitant, je t'avoue.

Elle termine délicatement sa bière, déposant une marque de rouge à lèvres sur le verre. Elle lance un clin d'œil à Martin.

– C'est le but, de t'impressionner, ma belle. Mais j'ai surtout faim et soif d'autre chose, si tu vois ce que je veux dire.

– Absolument pas.

–Viens, approche, je vais te le murmurer à l'oreille.

Le garçon chuchote quelques mots sensuels à l'oreille de la fille qui passe sa langue sur ses lèvres.

– OK, très bien, on va chez moi, mais je te préviens, tu ne restes pas dormir. Et ce n'est pas négociable.

L'homme laisse un billet pour payer la note et tend la main à la Lula pour lui faire signe de partir. Elle, elle griffone quelque chose sur un bout de papier qu'elle dépose sous le cendrier tout en regardant Martin. Une fois cela fait, elle se lève sans prendre la main du garçon et s'élance vers la sortie. Martin regarde sa silhouette s'éloigner sans trop comprendre ce qu'il vient de se passer. Il a une confusion de sentiments en lui, dansant entre la contemplation de cette triste danse des âmes, l'incompréhension des corps nomades et une puissante envie de faire l'amour qui remonte en lui jusqu'à lui prendre la gorge. Et si Florine faisait la même chose que cette fille ?

Martin aperçoit le petit bout de papier coincé sous le cendrier, il se demande si celui-ci lui est destiné, mais il n'hésite pas pour autant à le prendre, se disant que de toutes les manières, s'il n'est pas pour lui, cela ne sera pas bien grave. Il peut y lire : « La prochaine fois qu'on se voit, j'espère que tu viendras m'aborder. »

Fragment de vie numéro 5
Carnet d'un amour

Le jour se levait à peine, nous vîmes enfin notre rude voyage à travers l'Allemagne s'achever. La République tchèque, après une dizaine d'heures de périple, se profilait sous nos yeux. La population du train grandissait et, avec elle, le visage des passagers changeait également. Des personnes aux visages graves sans nom, à la voix douloureuse à cause de la dureté d'une vie passée entre travail, transports, et rudesse des espoirs dépassés. Des visages meurtris par les conditions d'existence, le climat, et l'incessante dégradation du monde du travail qu'engendrent les chiens des finances européennes. Personne ne décide d'être pauvre, certains décident simplement de vivre de peu, loin de cette société qu'ils ne comprennent pas. Cependant, à nos yeux, ce sont tout simplement des personnes pauvres, sans autre philosophie que la survie. Assis dans notre compartiment, nous observions d'un regard fatigué cette valse opérer. Trois femmes d'un certain âge vinrent partager notre étroit compartiment. Ces passagères semblaient bien se connaître. Elles bavardaient, rigolaient comme de vieux enfants qui n'ont pas quitté le banc de l'amitié, celui qui trône en plein milieu de la cour de récré. Savourant ce doux moment de parenthèse mérité avant une longue journée d'un travail qui n'en finirait pas, les trois femmes nous regardaient sans nous regarder. Sans la moindre once de jugement hostile ou positif, nous adressant même à certains moments un sourire auquel on ne savait comment répondre. Puis une danse coordonnée et d'un rythme plutôt agréable s'emballa le temps d'un instant à la vue de quelques militaires contrôlant l'identité des passagers. La mine grave, dure, sans reconnaissance. Un homme d'une carrure imposante me demanda dans un anglais approximatif mes papiers ainsi que ceux de Florine. Il regarda d'abord les siens et les lui rendit dans la foulée avec un large sourire charmeur auquel Florine répondit discrètement. Puis, prenant mes papiers, il les conserva de longues minutes, vérifiant et revérifiant de haut en bas, de droite à gauche, les moindres parcelles de mes cartes avant de me les rendre et de partir. Florine me regarda avec un air étonné avant d'esquisser un sourire en voyant mon visage figé.

Prague, au loin, se dessinait dans des courbes gracieuses à l'odeur bohème. Pénétrer dans la ville à bord d'un train fut des plus agréables. C'était comme ouvrir un ancien livre. L'odeur du romantisme atteignait déjà l'air de nos poumons. Le terminus fut annoncé dans les haut-parleurs. Le choc eut lieu directement à la sortie du train. À l'instant même où nous posions le premier pas sur les terres de la République tchèque, je pouvais contempler le charme de la « ville dorée », cette capitale magique de l'Europe, comme le disait André Breton. Un peu paumés et sans doute fatigués, on ne savait pas trop où se diriger. Face à nous se trouvait une porte de sortie qui débouchait sur un petit parc très accueillant. Les ruelles, dessinées par les pavés, nous menèrent délicatement vers notre lieu de résidence pour les quelques jours à venir. On adorait se perdre dans les villes, elle et moi, pour pouvoir mieux en mesurer le charme. Et Prague dégageait une atmosphère pleine de douceur, un charme bohème mêlant parfaitement le romantisme ancien et l'architecture nouvelle. Bientôt, nous arrivâmes sur l'immense place de la ville, la place du roi Venceslas, construite par Charles IV, empereur du Saint-Empire, qui, voulant doter sa nouvelle ville de trois grandes places, entreprit la construction de celle-ci, alors destinée au marché aux chevaux. Une gigantesque statue à l'honneur du roi Venceslas dominait cet espace de façon impériale, nichée dans les hauteurs, surplombant une pente. L'imposante architecture et le rayonnement de ce lieu nous empêchaient d'émettre le moindre commentaire, à part un simple « c'est tellement joli » des plus enfantins. Dans le dos de la statue, comme fermant la place, le majestueux Musée national de Prague nous tendait les bras. Comme s'il voulait nous informer du chemin à prendre. Quelques minutes séparaient notre logement de la place, un appartement sommaire nous attendait. Pas de charme, mais une propreté appréciable ainsi qu'une localisation imbattable. Le prix était dérisoire, même pour deux étudiants entreprenant un voyage en Europe de plusieurs semaines. J'avais travaillé pendant deux mois durant la saison estivale dans les vignes pour pouvoir partir. Un boulot difficile, mal payé avec des collègues des plus irritables, mais bon, c'était le seul boulot qui embauchait en masse et rapidement. Les valises enfin déballées, on ne put résister à l'opportunité de se reposer, exténués par ce voyage. On ne put non plus résister à l'envie de faire l'amour bestialement, fougueusement, passionnément, sous la douche. Cet amour nous rendait dépendants l'un de l'autre. Il se fondait à la fois sur la passion du moment présent et sur l'honnêteté d'un futur ensemble.

– Et voilà, faire l'amour à Prague, c'est fait. Il ne reste plus qu'à le refaire encore et encore dans les autres villes durant ce long et magnifique mois, mon cœur, et nous aurons fait notre tour d'Europe du sexe, déclara Florine avant sombrer dans une sieste réparatrice.

Je ne répondis pas, sans doute fatigué par le voyage et par le sexe. Mais surtout car, à ce moment-là, mon regard en disait bien plus que ce qu'il était possible de dire avec de simples paroles.

Les trois jours qui suivirent se fragmentèrent comme plusieurs petites pièces de théâtre sur un fond d'Antonin Dvorak. Le matin, le réveil se faisait toujours de la meilleure des façons. On s'embrassait avant de s'enlacer et de s'emmener dans une chorégraphie venue des enfers pour monter au paradis. Une danse où nos corps déchaînés s'entremêlaient, regroupant nos souffles en un seul, où chaque baiser avait le goût du feu, où chaque caresse racontait une histoire différente, à la fois terrifiante et exquise. Chacun de nos êtres donnait le meilleur de lui-même pour révéler à l'autre son amour, ses désirs, ses envies et ses fantasmes. Nous voulions aussi prouver à l'autre que nous ne le contrôlions nullement, mais que nous étions prêts à être tout pour lui. À cet instant précis, on se foutait bien de ce qu'on devait croire et penser. Et puis les gémissements d'une femme atteignant l'extase constituent la symphonie la plus pure et la plus enivrante qui soit.

Après ces instants de pure jouissance, je faisais toujours le petit-déjeuner pour Florine, comme si mon instinct primitif de mâle en mal d'assurance me poussait à faire cela, me disant qu'elle était trop exténuée par mes prouesses et cet échange de jouissance pour se lever. Ou peut-être était-ce tout simplement ma façon de lui témoigner mon affection.

Après le réveil, nous passions la journée à visiter les nombreuses ruelles et les nombreux sites culturels dont regorge la ville. L'Opéra d'État de Prague, le Clementinum où se trouve la bibliothèque nationale, l'ancien Centre d'astronomie et de savoir de la ville, l'imposant château de Prague posté sur sa colline, le pont Charles, le quartier juif, la vieille ville, ainsi que l'horloge astronomique sur l'ancien hôtel de ville. Bref, nos journées étaient sportives, mais riches en découvertes et en éblouissements. Les premiers soirs furent sages et sans coup d'éclat… Le troisième et dernier soir fut l'apothéose de ce séjour à Prague. Repas improvisé avec des nouvelles connaissances rencontrées près du mur de John Lennon. Nous nous retrouvâmes avec de quoi grignoter mais surtout de quoi boire. Nous étions six au total, un couple de Libanais et un couple d'Espagnols, un mélange des plus fantastiques. Ce soir-là, nous fîmes une nuit blanche, déambulant dans les ruelles de Prague, passant une grande partie de la nuit devant le mur de John Lennon, avant de se poser sur les berges du Vltava. Assis sur un ponton, les pieds au bord de l'eau à s'enfumer, et buvant à la gloire de la fée verte, ce cocktail d'absinthe revitalisant et typique des artistes qui ont fait cette ville. On termina la soirée au moment du lever du soleil, spectacle que nous pûmes contempler depuis le pont Charles, sous une douce mélodie mélancolique sonnant le glas de cette douce et magnifique parenthèse dans nos voyages respectifs. Florine et moi restâmes les derniers sur ces berges, contemplant la poésie de cette ville et sa douceur. Mais le temps était aussi compté pour nous. Nous retournâmes à notre appartement pour plier bagage et nous reposer avant de repartir pour un autre pays. Direction la Pologne et Varsovie. Nous quitterions ainsi la mère de toutes les villes, la ville aux cent clochers, pour rejoindre la ville phénix, la « Paris orientale ».

« Au milieu du brouillard se dessine Prague,
Le temps semble s'arrêter, porté par le conseil de la nuit,
Lassé de ne prendre que des libertés provisoires, je retire ma montre telle une dague,
Sous l'écho du vent transpercé par des centaines d'âmes, la transparence des arts se réjouit.
L'esprit et l'amour de demain semblent s'arrêter sur le pont de la bohème,
Entre gothique et baroque, le silence de ses parfums semble bestial,
Cette beauté mystérieuse de Prague semble inaccessible, comme la lune sans absinthe
Je rêvais de me faire la belle avec toi et tant pis si tu es prise,
En me perdant dans tes étroites ruelles, les actrices de nos vies défilent telles des balises,
Nous perdant dans le vortex du temps qui semble vouloir s'arrêter un instant,
Face aux formidables échanges que procure cette bohème,
Tout en murmurant face à l'eau les célèbres mots d'Aznavour.
Mais si j'avais trois vœux, ça serait de n'en avoir plus qu'un, celui de me faire la belle avec toi,
Sous le crépuscule du ciel,
Et sous le visage attentif et docile,
De la ville aux cent clochers. »

La sonnerie du départ résonna dans toute la gare, signifiant alors que le train s'apprêtait à prendre le large et à s'enfoncer toujours plus profondément dans l'Europe. « Varsovie, nous arrivons. »

Mais avant d'y arriver, le train nous ouvrit une nouvelle fois ses bras, son corps, son odeur, sa parole, sa vivacité ainsi que son lit, pour dix heures de route, à travers les contrées de la République tchèque et de la Pologne. Les villages pittoresques, aux couleurs criantes et aux toits rouges, contrastaient avec le coucher de soleil qui gobait la lumière tout en crachant sa douce et enivrante obscurité, mère des promesses les plus divines. Tard dans la soirée, alors que la pénombre inondait le ciel de sa peinture, le train passa à proximité d'une forêt aux allures enchanteresses. Ce soir-là, je regardai au loin, ne voulant pas penser au lendemain ou à la vitesse du monde. Je voulais simplement regarder l'horizon comme un animal sauvage, admirer la beauté qui se dévoilait devant moi. Me dire que j'étais bien, là. Que j'avais tout pour moi et qu'il ne fallait rien changer. Si je pouvais revenir à ce moment-là, Florine ! Me réveiller dans ce train qui roulait vers une direction dont j'ignorais tout, mais me réveiller auprès de toi. Si je pouvais faire en sorte que toutes ces années qui nous ont séparés ne soient qu'un lointain cauchemar…

Florine, cette fois-ci, ne dormait pas. Elle avait les yeux grands ouverts, contemplant et comprenant la beauté de cette parenthèse de voyage. Le charme si particulier qui émanait de ce périple en train, l'essence qui s'en dégageait n'avait nul égal. Ses yeux absorbaient chaque couleur, chaque courbe, chaque nuance qui émanait de cette vieille et étroite fenêtre de train. De plus, nous étions seuls dans cette cabine, l'aimable contrôleur nous avait dit que ce train ne transportait guère de passagers en cette période de l'année et que cette cabine serait donc la nôtre pendant dix heures. Nous avions l'impression d'être dans un cocon, dans un endroit privilégié. D'être protégés de tout. Que les États, les villes, les gouvernements, les armées, les nations, l'Histoire, les lois et les rois, que tout ce qui formait le monde n'existait plus. Notre fenêtre devint l'écran des possibles et des rêves. La *Symphonie numéro 9*, le *Concerto pour violoncelle* et la *Sérénade pour cordes* accompagnaient des tableaux *Étang de nénuphars*, *Réflection*, et *Nénuphars sauvages*. Un tableau où les forêts de Vaclav Radimsky se confondaient. Je me sentais comme les barques des tableaux de Radimsky. Impénétrable, serein, voguant vers un inconnu sûr.

Les dix heures de train passèrent à la même allure que celles du premier voyage. Ni trop rapidement, ni trop lentement. Il s'agissait d'un voyage dans le voyage. Une parenthèse dans la parenthèse. Une autre histoire qui devait se voir accorder sa pleine singularité.

« Voyager à la Kerouac pour divaguer à travers
les bivouacs,
Je demande quelques minutes de repos pour souffler
le temps d'un instant,
Regarder les étoiles et comprendre que l'intelligentsia
semble banale face aux nymphéas,
Trouvant le temps d'un instant l'inconstance dans une
vie de constance avec toi me semble extasiant.
À côté de toi je me laisse aller
Terminées les prises de tête futiles, fini de penser
au lendemain,
Pour pouvoir enfin penser à construire le présent loin
de cette société mouchoir,
N'ayons pas peur de nos désirs, chérissons-les pour
éviter qu'ils ne soient clandestins,
Vas-y, chérie, cette fois on se laisse aller,
Un simple sourire suffit pour me donner espoir,
Pas besoin d'artifice quand la source de toute vie est
en nous,

Ne nous prenons pas la tête, il y a tant de castes dans
cette vie sans en mettre une de plus entre nous,
On peut tout simplement continuer sur cette route
sans encombre mais comblés par la confiance,
Notre route ne sera qu'une oasis adoucie par tes cils
révélant notre défi de faire de nos envies notre vie. »

Après dix heures de pages tournées, de stylos usés, de blagues, de baisers, de membres engourdis, de clopes fumées, nous arrivâmes enfin à Varsovie, dans la gare centrale, symbole de l'architecture moderne polonaise des années 70. L'allée centrale de la gare était agrémentée de dizaines de mezzanines. Le projet enfin abouti avait de quoi rendre jaloux les autres pays européens. Mentalement, notre arrivée se fit sur la *Nocturne en mi bémol majeur, opus 9* de Frédéric Chopin. Les douces notes de piano, projetées ici et là, comme des flocons de neige, accompagnaient nos pas, calmes et dansants. On venait de quitter une ville tout bonnement merveilleuse sous tous les aspects, et nous arrivions à présent dans une cité tout aussi incroyable et impressionnante. La Vistule, qui traverse Varsovie, épousait parfaitement ses formes disgracieuses dans un mariage qui prenait toute sa splendeur la nuit. Sous un ciel aux mille étoiles, brillant de mille feux pour appeler le phénix qui avait jadis relevé cette ville des décombres pour en faire la Paris orientale, Varsovie était un livre d'histoire à cœur ouvert.

Nos premiers pas dans la capitale polonaise furent similaires à ceux de Prague. Nos sacs à dos pesant un âne mort ne nous empêchèrent pas de croire en notre bonheur. Notre premier objectif fut de trouver notre logement. Là aussi, il n'avait coûté que très peu d'argent. Situé dans le quartier de Mirow, il s'agissait d'un splendide petit appartement alliant le gothique et le moderne polonais. Bien sûr, une fois n'est pas coutume, après avoir déposé nos affaires et pris une bonne douche qui réveilla nos sens et nos délicates attentions, je me jetai sur Florine. Je poussai cet ange déchu d'un geste délicat sur le lit, lui enlevant rapidement sa serviette. Moi seul connaissais les secrets de son corps, de son être et de son âme. Les secrets qui faisaient d'elle une déesse parmi les femmes. Florine m'enlaça avec ses deux bras tandis que ma bouche lui susurrait des chants interdits au creux du cou. Je pouvais entendre *Les Chants de Maldoror* ruminer à l'écoute du souffle qui émanait d'elle. Je pouvais entendre les fous, les damnés, les succubes, les condamnés, les déshérités, les barbares, les chimères, les rois et les empereurs, les compositeurs et les sorcières. Oui, je pouvais tous les entendre. Je pouvais voir la jalousie émaner au plus profond de leur être. Je pouvais la voir les ronger de mille supplices, de mille parjures et de mille fléaux. Oui, je pouvais les voir se plier, supplier, et s'enivrer devant le spectacle de leur maître. Je pouvais les voir comploter pour jouir, ne serait-ce qu'un instant, de sa prestance, de sa candeur, de sa sensualité. Pouvoir sentir son souffle contre leurs corps infidèles. Sentir ses mains qui dessineraient leurs courbes, sentir son corps humide s'agiter sous les leurs. Sentir la douceur de sa peau et de sa bouche. Humer l'odeur de ses cheveux et de son corps en action, plus parfumés que du lilas. Goûter la saveur divine du privilège d'être transpercés par son regard et goûter au fruit interdit qui se nichait entre ses jambes.

Allongée sur le ventre, Florine jouait de ses plus beaux accords pour créer avec moi la plus belle des symphonies humaines. Son corps épousait, tel un miracle, les draps, les courbures et les imperfections de ce lit. Ne sachant pas quoi faire de ses mains, et stimulée par le moment, elle les fit voyager, parcourant ainsi de droite à gauche le lit, s'agrippant aux draps de temps en temps quand mes mouvements lui procuraient un moment d'extase supérieur. C'était dingue, mais de Florine, j'aimais chaque particule du corps, la moindre parcelle de courbe qui faisait d'elle ce qu'elle était. J'adorais son sourire qui aurait mis n'importe quelle armée à terre. Quant à son regard, il me transperçait à chaque fois comme au premier jour. Et ses fesses, mon Dieu pardon pour mon blasphème, mais les fesses de Florine étaient pour moi tout aussi précieuses que mille denrées, que mille livres, que mille vies. Leur forme, cette façon de se cambrer lorsqu'elle voulait que je m'insère en elle. Oui, ce moment annihilant tout questionnement sur mon amour pour elle lorsque je la pénétrais tout en positionnant mes deux mains sur ses hanches… Ses fesses provoquaient en moi le même désir et les mêmes peurs. Peur de ne pas les mériter, peur que les démons, que les impies, que les impurs s'emparent de moi pour voler ma place. Et jour après jour, baise après baise, je sentais mon âme glisser en elle, de plus en plus proche de la fusion. Une fois l'acte au lit terminé, l'assaut final se passait contre la fenêtre, vue sur la ville, mélange d'incendie et d'ivresse. Le dos de Florine, cette fois-ci, était collé au mur. Il virevoltait de haut en bas dans une danse effrénée. Comme pour parfaire ce moment, elle me mordit l'oreille droite avant de s'extraire de moi, se mettant alors face à la vitre. Seins acollés sur la fenêtre, son visage m'invitait à venir une dernière fois en elle. Sublime créature qu'était Florine. Je m'approchai alors d'elle, relevant ses fesses tout en l'embrassant dans le cou, et la pénétrai pour entendre cette mélodie semblable à celle des sirènes. Puis l'épuisement, le repos des sages, avant de repartir à la conquête de la Paris d'Orient. Tel le phénix, mourir dans une explosion romantique, pour y renaître dans les cendres amnésiques de la vie.

– Tu as déjà terminé ? Mince, ça commençait juste à être excitant, mon cœur, déclara-t-elle avec un large sourire qui se transforma en bisou sur la joue.

Je ne répondis rien, me contentai de lui sourire en retour comme un enfant qui venait de passer la plus belle de ses journées.

Chaque matin, chaque soir, le même rituel de plaisir, interrompu par la journée. Journée qui se résumait aux visites du parc Lazienki, du musée de l'Insurrection, de son château royal, de son palais, des jardins saxons, du musée national. Et surtout de la vieille ville, classée au patrimoine mondial de l'Unesco. Mais, le point culminant de ce séjour en Pologne, le pont qui relia l'espace de son astre aux fantasmes du passé, fut la visite de l'enfer. La visite de l'inhumain, celle du théâtre de l'angoisse humaine. Là où les horreurs les plus inconcevables s'étaient réalisées. Là où on pouvait se demander « si c'est un homme » qui avait pu faire ça... le camp d'Auschwitz. Je me rendis compte qu'il fut un temps où le train, pour une part de la population mondiale, signifiait un long chemin inévitable vers l'horreur. Ce lieu nous happa, Florine et moi, nous plongeant au plus profond de lui-même, au plus profond de ses défaites. Nous fûmes presque gênés de visiter ce lieu, d'être des touristes perdus entre le devoir de mémoire et la culpabilité d'une visite culturelle basée sur la mort de centaines de milliers de personnes. Comment, depuis les prodondeurs de l'abysse humain, une telle horreur avait-elle pu voir le jour en accord avec des millions de personnes ? En accord avec des politiques nationales, des théories scientifiques et un soutien populaire. Comment des anciens enfants avaient-ils pu cautionner cela, ne serait-ce qu'un laps de temps infime ? Pourquoi nos défaites nous poussaient-elles aux actions les plus atroces et non aux choses les plus belles ?

La soirée qui suivit la journée dans le camp d'Auschwitz ne fut pas des plus rocambolesques, chose tout à fait sensée au regard du poids émotionnel emmagasiné durant cette visite. Elle consista en un dîner dans la vieille ville, contemplant ainsi les charmes ruraux et médiévaux de la Stare Miasto, avant de nous balader dans les confins de ruelles pittoresques. Nous empruntâmes cet itinéraire parallèle pour revenir chez nous, comme nous aurions suivi un présage.

Le troisième jour arriva rapidement. Nous quittâmes Varsovie pour rejoindre notre plus grand ami, le train de nuit, en direction de Bratislava, puis de Zagreb. Nous passâmes trois jours à Bratislava à contempler l'architecture de la ville, surveillés par les gigantesques tours médiévales. Bratislava, quel nom charmant, un nom rappelant un autre temps. Puis nous fîmes route en direction de Zagreb.

Le poids de l'épuisement se fit sentir durant cette semaine. Le rythme des visites des villes mêlé aux conditions du train de nuit, à la fatigue des marches incessantes, bien que merveilleuses, et au poids de nos sacs, avait entraîné une cuisante fatigue. Mais l'air de Zagreb nous permit de recharger nos batteries, avant de repartir en direction de la Slovénie et de sa petite mais charmante capitale, Ljubljana. En effet, nous passâmes beaucoup de temps à flâner dans ses ruelles, en profitant pour nous reposer à chaque coin qui nous semblait exceptionnel.

Nous arrivâmes, je crois, aux alentours de 23 heures en Slovénie. Et à notre plus grande surprise, cette ville respirait le bien-être. Elle semblait avoir été préservée, mise à l'écart dans une Europe qui voyait ses capitales devenir immenses. Ljubljana était *a contrario* une capitale verte avec très peu de buildings. D'ailleurs, les rares buildings étaient concentrés dans un coin de la ville à l'écart du centre. Loin des marques puantes qui avaient conquis le reste des mégalopoles européennes, Ljubljana essayait de préserver le plus possible son identité. Notre domicile se trouvait en banlieue. La banlieue, très charmante, était constituée de dizaines de petites maisons avec de grands jardins. La nôtre, située à côté d'un ruisseau, était des plus coquettes. On l'avait louée pour une bouchée de pain. Le jardin avait été transformé en une terrasse abritée avec des pots de fleurs un peu partout. Notre hôtesse nous avait laissé un étrange cadeau. Grande amoureuse de la nature, comme elle l'indiquait dans sa lettre, elle nous avait laissé un petit pochon à l'odeur enivrante et forte. Tout droit sorti de son propre jardin, cultivé localement, bio et sans excès. Oui, sur la table, à côté des feuilles à rouler bio, se trouvait un petit sachet rempli de plante douce.

– Tu vois ce que je vois, là ? demandai-je subitement à Florine.

– Oui, mon cœur ! Je n'y crois pas, j'en rêve depuis le début. C'est la providence, cette femme est notre providence !

– Bon, posons nos affaires, prenons notre temps pour nous installer. Je vais me doucher en premier, j'ai vu une petite pizzeria pas loin qui est encore ouverte, je vais y faire un tour et après on commence les choses sérieuses !

– Ça me va, chef ! répondit Florine.

Aussitôt dit, aussitôt fait. Je pris ma douche en deux minutes, puis m'habillai pour aller chercher notre premier repas en Slovénie. Certes, il était loin d'être typique, mais à ce moment-là, on voulait juste se poser avec une pizza, des bières et de quoi fumer.

– Hum, très bonne cette pizza, mon cœur, elle est à quoi ?

– Une Venera, il me semble !

– Oui mais encore ? me répondit Florine, perplexe.

– Tu veux que je te fasse une présentation de la pizza ?

– Exactement ! Et mets-y le ton, surtout, et le vocabulaire !

– D'accord, laisse-moi entrer dans le personnage alors.

Je passai mes mains sur mon visage comme pour m'imbiber d'une essence culinaire. Je me levai ensuite, prenant une serviette pour la placer sur mon avant-bras.

– Madame, bonsoir, puis-je vous proposer notre pizza du soir ?

– Bonsoir, oui, je vous fais confiance, charmant jeune homme ! répondit Florine tout en essayant de canaliser avec ses deux mains un fou rire qui frappait à la porte.

– Bien, je vous présente la *Venera* !

– Hum… mais quel nom charmant !

– Pour une aussi jolie fille, nous nous sommes appliqués !

Florine était assise dans un canapé installé dans le jardin, tandis que moi, je faisais l'idiot, porté par une légèreté de l'être propre à l'enfance. Je faisais un piètre acteur et un horrible imitateur, si ça n'avait été pour elle, je n'aurais jamais osé faire cela. Mais elle me poussait à être une meilleure personne, elle me faisait sortir de ma zone de confort. Et puis on était bien, vraiment bien dans cette simplicité de vie à cet instant.

– Oh, vous êtes bien aimable, cher monsieur. Pouvez-vous me décrire cette pizza, maintenant ?

– Bien sûr, j'allais y venir, j'étais simplement hypnotisé par vos yeux.

– Monsieur est un charmeur, à ce que je vois, veuillez rester à votre place, je vous prie. Vous êtes très gentil, mais je suis là pour manger et non pour me faire draguer.

– Bien sûr, oui ! Désolé, madame.

– Mademoiselle, je vous prie.

– Bien, mademoiselle ! Pizza cuite au feu de bois, nappée d'une sauce tomate basilic et origan. Ici et là, vous avez des tomates fraîches, de la mozzarella di bufala Campana, des olives, des feuilles de basilic et de l'huile d'olive maison.

– Hum… laissez-moi goûter ça pour savoir si je la prends.

Florine découpa une fine part de pizza qu'elle porta à sa bouche délicatement. Ses dents s'enfoncèrent dans la pâte, tandis que ses lèvres ramassèrent les différents ingrédients. Puis, délicatement toujours, elle se mit à lécher le contour de ses lèvres. S'ensuivirent des expressions faciales satisfaites.

– Très bonne, en effet. Venez par là, j'aimerais vous remercier.

Florine s'élança dans ma direction. J'étais hypnotisé. C'était comme si je ne la connaissais pas, comme si c'était la première fois que je la rencontrais. Ma gorge se serra, mon corps tremblait au fur et à mesure que je voyais la bouche de Florine s'approcher de la mienne. Au fur et à mesure que je sentais son regard me mettre à nu. Puis elle m'embrassa, faisant disparaître ce mystérieux stress qui venait de me paralyser comme au premier jour. Quelle sensation étrange.

– Eh ben, gros bêta, qu'est-ce qu'il t'arrive ?

– Rien, rien, tout va bien.

– Tu es sûr ? Tu sembles ailleurs…

– J'avais oublié à quel point tu pouvais manger mal !

– Pfff, tu es vraiment naze toi, tu sais ?

– Oui, je sais, mais au moins, ça m'a permis de me rendre compte d'une chose !

– Ah oui ? Et quoi donc ?

– Je me rends compte à quel point je te trouve belle. À quel point j'ai de la chance d'être avec toi. Et à quel point je t'aime.

– Je t'aime aussi, mon cœur, me répondit Florine avant de reprendre une part de pizza.

Florine avait lancé un diaporama sur son portable où défilaient les photos du début de notre séjour. Certaines nous firent rire aux éclats, d'autres nous émurent au plus haut point. Je ne voulais pas penser au lendemain, mais je songeais néanmoins au futur, souhaitant que cette image soit la première qu'on montrerait à nos enfants. Les photos défilèrent les unes après les autres pendant de longues minutes. Tandis que je nettoyais la table,

Florine commençait à rouler le joint, le regard fixé sur l'égrenage de la plante qui s'abattait en fine pluie verte dans sa main. La feuille posée sur la table était prête à accueillir le savant dosage que Florine déposa délicatement, mélangeant ainsi tabac et weed. Elle arracha un petit morceau de carton qu'elle roula en cylindre, jusqu'à n'avoir plus qu'une fine ouverture pour aspirer. Elle prit la feuille dans ses deux mains, posa le morceau de carton à une extrémité de la feuille, puis, avec dextérité, elle enroula puis tassa le tout jusqu'à obtenir un ensemble en forme de cigarette.

– Bon, qui roule allume, et qui allume… tu connais la suite, dit Florine en me lançant un regard dont elle avait le secret.

– Oui, oui, je connais la suite, c'est pour ça que c'est moi qui allume toujours, normalement…

– Pas cette fois-ci, chéri !

Florine alluma la tige, enflammant ainsi la naissance de la douce cigarette du bonheur.

– Alors ? Elle est bonne ?

Celle-ci me répondit avec un grand sourire significatif, avant de pencher la tête en arrière pour contempler le ciel étoilé.

– Putain, on est bien là, quand même… Tu vois que j'ai bien fait de forcer le destin.

Il faisait froid, mais c'était un froid sec, bizarrement, un froid supportable, et même agréable. Le ciel était magnifique, quelques étoiles se montraient même. Et depuis notre position, on pouvait voir les douces lumières de la ville arroser l'herbe et le sol.

– Oui, il n'y a vraiment rien de mieux. Loin de tout problème futilement existentiel, loin de tout souci que l'humain s'impose. Putain, qu'on est bien là, je te l'accorde.

– « En voilà un dans l'esprit duquel aucune place ne devient dure, et qui ne sent pas tout à coup son âme à gauche, du côté du cœur. En voilà un pour qui la vie est un point, et pour qui l'âme n'a pas de tranches, ni l'esprit de commencements. Une espèce de déperdition constante du niveau normal de la réalité. »

– J'adore Antonin Artaud, c'est juste magnifique.

– Je suis d'accord, c'est ça qui m'a tout de suite plus en toi, Florine. Tes multiples facettes, tes multiples cultures et tes multiples idées. Tandis que moi, j'étais enfermé dans ma perspective, dans ma vision d'un monde pourri. D'un monde détruit par le capitalisme. Bloqué dans une sorte de blessure dont je ne pouvais m'échapper. J'étais paralysé. Toi, en arrivant, tu as su me faire voir autre chose. Comme les tempêtes, tu as tout dévasté en moi pour ne laisser que l'essentiel.

– C'est sans doute la chose la plus belle que tu m'aies dite. Avoir contribué à ton ouverture… c'est juste magnifique et important pour moi, tu sais. Mais il ne faut pas que je sois la seule chose qui te permette de t'ouvrir. Tu sais, aujourd'hui, on est là, mais demain le destin se jouera peut-être de notre amour…

– Ne dis pas ça, Florine.

– C'est pas ce que je souhaite, tu le sais très bien. Mais il faut en être conscient et le garder dans un coin de notre tête. Il faut toujours penser au pire pour apprécier les merveilles de la vie quotidienne. Je ne veux simplement pas être la seule donnée qui contribue à ton ouverture.

– Tu n'as pas contribué à mon ouverture, tu l'as déclenchée.

– T'es mignon. J'aimerais tellement que tous les gens ouvrent leurs esprits, qu'ils comprennent que l'arrogance d'être meilleur que l'autre nous fait courir à notre perte. Que le monde pourrait être tellement lumineux si les gens l'étaient un peu plus.

– Personne n'est meilleur qu'un autre, et surtout personne n'est plus nul qu'un autre. Chacun a ses spécialités, on serait surpris de voir, de savoir à quel point la personne qu'on méprise le plus excelle dans un domaine qui nous est inconnu.

– Oui, l'être humain suit ce dicton : « L'homme est un loup pour l'homme. » Faut arrêter d'être jaloux de l'autre et commencer à être heureux pour lui. Je sais, c'est difficile, c'est tellement au-delà de nos mœurs et de nos conceptions. C'est absolument utopique mais indispensable.

– Je suis d'accord avec toi, après, cela ne peut être applicable pour tout, je pense. Puis si cela devient applicable pour tous, on serait dans un même cycle de problèmes que celui qu'on aurait quitté, non ?

– Je ne te suis pas trop là, explique-toi.

– C'est bien l'uniformité que nous fuyons ? C'est bien l'ennui, la misère, les mœurs, et toutes ces conneries que nous fuyons ?

– Oui c'est ça, enfin entre autres, quoi. Ce n'est pas une finalité non plus.

– Alors si tout devient comme nous le voulons tous les deux, ça sera forcément au détriment d'autres personnes. Et cela apportera son lot de nouvelles mœurs imposées, de nouvelles conceptions qui nous échapperont. Une sorte de dictature de la bonne conscience et je ne veux surtout pas d'une société aseptisée en plus d'être schizophrène.

– Je n'avais pas vu ça ainsi. C'est tellement un cercle vicieux de refaire le monde. Mais comme je t'ai dit, ce n'est pas une finalité. Et puis donner un peu plus de lumière aux autres, je ne pense pas que cela coûte beaucoup de choses.

– Oui, refaire le monde implique sans doute des mélanges de toutes parts. Un bal des faux-culs.

Florine me regarda un instant, tout en continuant à fumer, avant de répondre :

– Il ne s'agit pas de refaire le monde, enfin, je ne pense pas. Mais juste de le changer, de le transformer. Un peu comme une chenille qui devient papillon, et nous, nous serions la chrysalide de ce monde. Tu sais, les gens ne trouvent plus vraiment de sens, et c'est pour ça, je le crois, que le monde va mal. Qu'il existe des réalités aussi aberrantes. Tu sais, tu peux voir ça dans le regard des gens dans la rue, dans le métro, dans les bus, dans les facs, ou dans n'importe quel endroit où la patte de l'argent a façonné les lieux. Et pourtant, les gens ont tellement besoin d'amour, de compassion, de sens. Leur âme crie cela, mais elle est étouffée par le cynisme de leur regard. On a trop longtemps érigé le bien matériel comme une source indispensable au bonheur, mais je crois que ce temps-là est révolu. Il faut changer le monde pour libérer les gens définitivement, et changer le monde ne veut pas dire passer d'une idéologie à l'autre. Il s'agit tout simplement d'aller dans le bon sens des choses. Là où toutes les cultures foisonnent pour émerger en une multitude de têtes. Pour moi, la métaphore de l'hydre est l'une des plus belles et des plus puissantes.

– Oui… Avant, je t'aurais dit sur un ton pédant et intransigeant que le capitalisme, c'est l'enfer, que les États-Unis, c'est le diable et que le seul salut pour l'humanité vient du communisme ou d'une autre alternative altermondialiste. En réalité, le communisme s'est approprié Marx, mais celui-ci voulait simplement parler à la majorité des petites gens, exprimer sa vision du monde et son analyse. Il voulait livrer une œuvre pour aider l'humanité et non pour créer un antagonisme au capitalisme. Je ne pense pas qu'il voulait conférer une dimension politique à sa pensée, il voulait juste que celle-ci soit une philosophie égale à celle de Platon ou Zarathoustra.

– Mais c'est carrément ça ! Tu sais, le comité était super, hein, j'ai vachement appris et tout. Mais je sentais quand même une sorte d'enfermement, ce même enfermement que l'on critiquait. Une sorte de dogmatisme insupportable. Et puis les guerres internes entre autonomes, communistes et autres groupes, c'était insupportable.

– Oui, j'ai passé mon enfance à critiquer l'enfermement dans la « coolitude », dans l'égoïsme. D'ailleurs, mes textes sont emprunts de cette morale puante, mais à mon tour, je deviens une caricature de ce que je combats. Tu vois, je n'ai pas senti cet enfermement dans le comité, mais maintenant que tu me le dis, je le vois, je le ressens et je le vis. Mais, c'est tellement dur de réussir à lutter contre ses démons, contre les démons de chacun et pourtant…

– Oui pourtant, il faut essayer de faire le maximum contre ça. Faire de notre mieux pour ne pas sombrer dans cette facilité intellectuelle.

– Je vois les choses différemment au fur et à mesure de ce voyage. En fait, je constate que tu m'as fait grandir. Je ne vois plus le capitalisme comme le mal, et le communisme comme le bien, loin de là. Je vois juste deux idéologies qui dévient les êtres de leur vrai but. Le problème du communisme, c'est que c'est une idéologie beaucoup trop compliquée à comprendre dans le fond et dans ses termes, et par conséquent, elle ne sera jamais parfaite. D'autant plus qu'elle demande de sacrifier les aspirations des gens. Et le problème du capitalisme, c'est la façon dont nous l'exploitons depuis le début. En soit, le changement du monde viendra du mode de changement que nous faisons du capitalisme. L'accès à la culture sera primordial, le savoir doit être à tout le monde pour que chacun d'entre nous puisse faire évoluer le monde dans lequel il veut vivre.

– Tu penses donc que le capitalisme n'est pas le mal en soi, mais que c'est le modèle de notre capitalisme qui est mauvais ?

– Oui, tout à fait. Aujourd'hui, on voit le capitalisme comme un moyen d'exploiter l'autre, comme un moyen de capter beaucoup d'argent, de capter une part des marchés. On a créé des mots comme « dividendes », « rentiers », « capitaux », « action », « actionnaire », « inflation » et autres. Pourquoi ne pas créer autre chose, maintenant ? Tout est possible si on y croit, non ?

– Oui, mais quoi ? Ce n'est pas que je ne suis pas d'accord avec toi, loin de là. Mais je me mets dans la peau d'une personne conservatrice, cynique, ou un ouvrier qui a tout perdu du jour au lendemain à cause de la mondialisation et qui a confié les ruines de ses rêves à des politiciens réacs. On va toujours nous reprocher de fabuler, de rêver, d'être utopistes. Comme les socialistes utopiques qui ont vécu bien avant Marx, Proudhon ou Engels. Et puis dans le mot « capitalisme » il y a bien le mot « capital ».

– C'est pour ça que le savoir est primordial. J'ai découvert il y a quelque temps des articles, des thèses sur l'économie du savoir. C'est vachement intéressant.

– La quoi ?

– Tu vois, c'est pour ça qu'il y a une nécessité de savoir et d'instruction. L'économie du savoir est, selon ce que j'en ai compris, un autre modèle du capitalisme. On peut déjà en voir les prémices dans la Silicon Valley. Les nouvelles start-ups qui émergent là-bas font exactement ça. Elles créent du savoir, et de ce savoir émerge une économie bien plus forte et rentable que l'économie basée sur les énergies fossiles, sur l'exploitation des ressources vivantes et minières.

– Je vois, enfin pas tout à fait, d'ailleurs, je ne connais pas assez ces entreprises. Mais elles ne sont pas exemptes de défauts quand même. C'est un peu le symbole du nouveau mal…

– Oui, bien sûr, mais c'est comme toi et moi. Quand un système est pervers, il touche tout, toutes les branches, et même les personnes les plus droites. C'est pour ça qu'il faut une révolution des mœurs également, une révolution conceptuelle menant à un nouveau mode de pensée. Il faut que les gens prennent conscience qu'ils sont aussi le problème qu'ils tentent de fuir.

– Oulah Mao, réagit Florine, calme-toi…

– Tsss, c'est débile ce genre de réflexion et tu sais que ça m'énerve.

– Oui, c'était le but, mon cœur, rigole un peu, on est bien là et on échange sur le monde, ne te frustre pas. En tout cas, ça risque de prendre du temps, tout ça…

– Rome ne s'est pas faite en un jour. L'Empire islamique ne s'est pas construit automatiquement, et Babylone n'a pas été que corruption et ruines. Il y a quand même des choses qui bougent, notamment dans les pays nordiques, ou même en Espagne, en Italie, en Grèce et dans les grandes puissances européennes.

– Ce n'est pas faux… Il y a des prémices mais le monde va quand même mal. Toutes ces crises, ces continents de forêts désertes, ces eaux troublées, ces glaces noires…

– L'économie de la connaissance permet aussi une chose magnifique, un plus un ne font pas deux, mais trois. Une personne qui détient un savoir parle avec une autre personne détenant un autre savoir… Elles vont alors créer un nouveau savoir. Et en plus, tout le monde peut jouir d'un savoir, il s'agit tout simplement d'y consacrer du temps et de l'attention. Créer une économie mondiale du savoir amènerait en plus un changement de taille, une révolution pacifiste. On se tournerait vers le biomimétisme et l'économie bleue, par exemple. Une économie basée plus sur le respect de la nature.

– Le biomimétisme et l'économie bleue ?

– Oui, regarde, ferme les yeux. Imagine une bibliothèque géante, énorme, bien plus belle et grande que celle d'Alexandrie. Tu y es ?

– Oui, j'y suis.

– Bien, maintenant, imagine qu'au lieu de lire ces livres, tu aies préféré les brûler pour faire du feu et générer de l'énergie, ou bien de les vendre sans les consulter.

Imagine que de cette bibliothèque, il ne reste que quelques étagères encore intactes, mais que la totalité des livres soit partie en fumée.

– Je vois, c'est assez frustrant, mais je vois.

– Parfait, ressens cette frustration, prends-la en toi. Car cette bibliothèque, celle que tu brûles depuis le début, n'est rien d'autre que notre planète, nos forêts, nos océans, notre ciel et notre faune. Imagine que tous ces livres que tu as brûlés, tu aurais pu les lire pour apprendre plus de choses et développer des tas d'innovations différentes en harmonie les unes avec les autres. Ça, c'est le biomimétisme. Et l'économie bleue, c'est l'économie qui fait de nos déchets de l'or et non plus une catastrophe. La Corée du Sud récupère les mégots de cigarette du monde entier pour concevoir des batteries à haute capacité. Gunter Pauli est un grand patron qui milite pour une industrie zéro pollution et qui a également écrit un splendide livre dessus. On a peur de penser, mais sans ça, la chute est certaine. On a causé de nombreux dégâts durant des siècles, il faut maintenant dire non et réfléchir à une autre économie, à un autre capitalisme.

– Je ne savais rien de tout ça. Merci d'avoir partagé ce savoir. Ton histoire de la bibliothèque, c'est un peu comme le mythe de la caverne de Platon, non ?

– Exactement, tu vois, ce débat ne date pas d'aujourd'hui. Nous avons tellement d'éléments entre nos mains grâce à nos ancêtres, nous devons faire mieux que ça.

– Tu sais, très tôt, j'ai cherché à comprendre, de la maison à l'école, pourquoi le monde était ainsi façonné. Je me suis demandé si les murs du quotidien étaient les vraies prisons des êtres humains, celles qui l'entraînent au fond. Pourquoi la peur de ne pas être aimé, pourquoi l'approbation des autres est-elle si importante pour nous ? Pourquoi dans notre vie, on ne nous enseigne qu'une pensée unique, que des mœurs qui vont dans un sens ? Pourquoi sommes-nous les enfants d'un siècle perdu ? Je jure, j'ai cherché en moi, au fond de l'âme humaine. J'ai cherché la force et la lumière. J'ai cherché notre véritable amulette, loin des conneries du quotidien. J'ai cherché à comprendre : à quoi bon ce moule qu'on se fabrique, s'il ne sert qu'à survivre dans une société ingrate qui souhaite qu'on lui ressemble ? Elle nous rejette violemment si on est différent, elle nous vend du rêve en échange de notre âme. Elle impose ses idées, plus vieilles que Mathusalem. Elle fabrique la haine et les guerres qui ravagent le monde. J'ai cherché à comprendre pourquoi les gens fuient les remises en question, pourquoi les relations ne sont que possessions à sens unique, pourquoi les gens cherchent à ce point à devenir grands, pourquoi les êtres humains se prennent de haut. Pourquoi l'inégalité entre femmes et hommes ? Pourquoi les femmes doivent-elles subir la fureur et l'échec des hommes ?… Je pense que ces questions seront éternellement posées et qu'aucune réponse ne peut advenir pour le moment. Mais tu viens de m'ouvrir une porte, un peu comme les histoires de Kafka, et je t'en remercie. Merci, mon cœur.

Il y avait longtemps que le joint n'émettait plus de fumée. Il se faisait tard et la fatigue venait nous signifier que la discussion touchait à sa fin. Florine me prit par la main, m'entraînant dans la maison. Elle ferma la porte à clé derrière elle et commença à m'embrasser tout en me guidant vers notre chambre. Cette fois-ci, pas d'amour sauvage ou brutal. Pas de combustion effervescente, elle venait, pour ce soir, de laisser place à une passion bien plus tendre. Florine m'allongea sur le lit avant de se poser sur moi. Elle caressa ma peau tandis que je lui retirais délicatement ses habits, son soutien-gorge, son pantalon et sa culotte en dentelle noire. Florine se pencha sur mon visage, ses seins flottaient devant mes yeux tandis que ses cheveux lui dessinaient un visage angélique tout en tombant sur mes épaules. Puis elle remonta le long de mon cou, déposant ses lèvres sur les miennes. Je sentis sa main prendre mon sexe et le guider à l'intérieur d'elle. Les mouvements limpides, sûrs, calmes et intenses s'enchaînèrent. Nous menâmes cette danse aussi sacrée que profane une bonne partie de la nuit... C'était indéniablement la meilleure des drogues.

Le lendemain matin, Florine s'était levée avant moi. Elle préparait le petit-déjeuner. Elle était sortie acheter des viennoiseries et des gâteaux. Un fabuleux assemblage. La journée, nous allâmes visiter la charmante capitale slovène, passant par la ruelle des Anciens Alchimistes, par le pont des Dragons et autres lieux symboliques de la ville, comme le magnifique château de Ljubljana qui la surplombait.

En fin de soirée, alors que nous étions en terrasse, je m'échappai quelques instants, prétextant que je devais alors voir quelque chose non loin de là. Dans l'absolu, je ne lui mentais pas, je voulais simplement lui cacher le but de ma démarche. Et pour cause, sur le conseil de quelques Slovènes, je réservai une voiture pour le lendemain matin. On m'avait conseillé d'aller sillonner le petit pays pour découvrir les nombreux sites naturels dont il regorgeait. La réservation se fit en toute discrétion.

Le lendemain matin, je réveillai Florine aux aurores.

– Bébé, lève-toi, réveille-toi !

– Humm… Qu'est-ce que tu veux ? Il est hyper tôt encore !

– Justement non, j'ai une surprise pour toi, on doit être à 8 heures au centre de la ville. C'est dans une heure, allez !

– Super, ta surprise, tu n'as pas plus naze en réserve ?

– Tu verras si tu dis toujours ça dans une heure.

Florine se leva péniblement et, bien sûr, râla tout le long du trajet, ce qui me fit rire. Mais une fois arrivés devant l'enseigne de location de voiture, son visage changea.

– Non, tu n'as pas fait ça ?

– Fais quoi ?

– Tu n'as pas loué une voiture ?

– Alors, c'est toujours une surprise de merde ?

– Chut, tais-toi.

– Tu ne veux donc pas savoir où on va ?

– Hum… non, je veux être surprise jusqu'au bout.

Je pris donc place au volant de la splendide voiture de location, un petit 4x4 économique et écologique, parfait pour sillonner le pays. Nous partîmes à 8 heures de Ljubljana, en direction du lac de Bled, du lac de Bohinj, des gorges du Vintgar ainsi que du parc national du Triglav. Le lac de Bled, première étape, nous charma beaucoup. Le petit îlot abritant un minuscule village massé autour d'un cloche semblait émerger directement de l'eau, tandis que le château de Bled, niché dans les hauteurs des falaises, le contemplait. Notre deuxième escale fut au lac de Bohinj. Un lac beaucoup plus sauvage que celui de Bled, perdu au fin fond des routes sinueuses multipliant les virages, les falaises et les ponts. Comme une relique secrète, sa beauté n'avait nulle pareille. Perdu entre plusieurs falaises, le lac jouait avec les émotions des passants et des habitués qui contemplaient les rivages calmes d'un autre temps tout en accueillant les canards qui voguaient au gré du vent. Nous partîmes ensuite pour les gorges du Vintgar situées dans le parc national du Triglav où coule, que dis-je, où se balade la rivière Radovna qui, depuis 1891, voit les riverains parcourir les mêmes sentiers en bois. La plus belle récompense, hormis la beauté du moment et du paysage, c'était le visage de Florine, son regard qui exprimait toute sa joie et toutes ses émotions. Nous reprîmes la route aux alentours de 19 heures, sillonnant de nuit la beauté de ce pays. Florine me remercia de nouveau, me disant à quel point elle m'aimait et à quel point j'étais tout pour elle. À ce moment, je croyais dur comme fer à ses paroles. Il n'y a pas de mal à être naïf ni à apprendre à donner vraiment. Il faut juste apprendre à ne rien attendre en retour et comprendre que l'autre n'appartient qu'à lui-même. Chose que je n'avais pas encore comprise à cette époque. Nous rentrâmes tard, aux alentours de 22 heures, déposant la voiture devant l'agence et laissant les clés dans une boîte aux lettres prévue à cet effet. La soirée se passa autour d'un petit repas acheté quelques minutes auparavant chez un traiteur pour pas grand-chose, et autour d'un film téléchargé et visionné sur le PC portable de Florine. Quant à la nuit, elle fut calme. Comme si en cet instant, la meilleure façon de nous montrer mutuellement notre amour l'un pour l'autre était de nous passer de sexe pour s'endormir l'un près de l'autre, comme deux enfants qui s'aimaient. Le dernier jour, nous le passâmes à flâner le long des canaux de la ville, et en terrasse, attendant le train de nuit non pas pour Venise, mais pour Rome, destination bien moins onéreuse. Le train arriva sur les coups de 20 heures, peu de passagers prirent part au voyage. Il faut dire que ce train n'allait pas à Rome, mais qu'il nous déposerait à la frontière entre l'Autriche et la Slovénie, dans la petite ville de Villach où nous attendrait un autre train pour la capitale italienne. Au total, plus de quatorze heures de train de nuit, un pur plaisir pour nous. Comme quoi, le plaisir revêt plusieurs formes. Il n'est pas linéaire ni direct.

Le voyage Ljubljana-Villach se révéla fort agréable et splendide. La pénombre crépusculaire nous permit malgré tout de contempler le paysage verdoyant qui courait au-dessus des montagnes et des lacs. Florine proposa même un nom à ce moment, à ce tableau : « Les Limbes du paradis ». Un bon nom, contradictoire mais plein de sens, comme Florine. Aux alentours de 22 heures, nous arrivâmes à Villach, et à ce moment-là, un sentiment de panique émergea. Le train avait eu du retard et il ne nous restait donc plus que quelques minutes pour traverser toute la gare et embarquer dans notre nouveau train de nuit. Malgré la pression, l'embarcation se fit dans le plus grand calme, sans encombre, d'autant plus que le train était quasiment vide. Nous bénéficiâmes donc d'un compartiment pour nous tout seuls, le grand luxe, *L'Orient-Express* même. Les sièges étaient fort confortables, le WiFi et les prises pour recharger marchaient plus ou moins et même les vitres ainsi que les rideaux semblaient propres. Alors que Florine avait la tête posée sur mon torse tout en fixant la nuit au travers de la vitre, la porte de notre compartiment s'ouvrit pour laisser apparaître le visage d'une jeune fille.

– *Sorry, is it possible to settle here?* demanda-t-elle d'une douce voix.

– *Yeah, it's not a problem!* lui répondis-je.

– *Where are you from?* demanda Florine une fois que la fille fut assise.

– *I'm French and you?* répondit la jeune fille.

– Oh, nous aussi ! Super, tu viens d'où ? répondit Florine.

– Je viens du sud de la France ! Et merci de m'avoir permis de rester là, je ne voulais pas être toute seule, j'ai un peu peur, à vrai dire !

Après ces échanges cordiaux, les masques tombèrent petit à petit, laissant place à une discussion plus intime, plus sympathique et gracieuse qui dura une bonne partie de la soirée et du voyage, avant que la fatigue nous envahisse. Je ne sais pas si on peut appeler ça dormir, mais le silence résonna pendant de longues heures, favorisant notre repos. Aux alentours de 5 heures, la jeune fille nous quitta pour voguer elle aussi vers ses rêves et ses espérances. Notre train arriva à 10 heures à Rome, l'heure parfaite. Cela nous permit de contempler la belle campagne italienne, et surtout de nous reposer quelques heures dans notre nouveau logement. Il s'agissait d'un petit appartement cosy, propre et avec tout le confort nécessaire. Mais ce qui nous charma véritablement, ce fut la terrasse. Une gigantesque terrasse sur les toits de Rome offrant une vue sans pareille.

Que dire de Rome, que dire du temple d'Athéna, du Colisée, du Panthéon, du Forum, de la basilique Saint-Pierre, des monuments à Victor-Emmanuel et Garibaldi, en passant par la Fontaine de Trevi ? La découverte de ces merveilles rendit ce séjour splendide.

Les monuments, la culture, les restaurants formaient un ensemble qui se reflétait sur les berges du Tibre. Le seul point faible de Rome, c'était qu'après cette escapade, le voyage prenait fin. Je pourrais m'élancer dans des divagations, dans des proses, dans des élans poétiques néfastes... mais cette simple phrase résume la totalité des émotions que Florine et moi ressentions à ce moment précis. Cette dernière nuit, dans ce dernier restaurant. Dans ce dernier élan d'amour.

Nous prîmes ensuite un train de nuit pour le retour, enfin pas un, mais trois trains de nuit qui passèrent par Gênes, Vintimille et Nice, avant de rentrer chez nous. Les trains d'Italie traversèrent ces nouveaux camps inhumains qui fleurissaient depuis des années en Europe.

« Les sentiers de la mort,
Imbibés de mille mots mordants,
Ne suffiront pas à éteindre les âmes des enfants abattus,
Car tant de malheurs,
Tant d'émotions,
Et tant de vécu,
Ne pourront s'effacer sur le lit de mort.
Ils continueront à errer parmi les Limbes du Paradis. »

Durant le trajet qui nous reconduisait chez nous, nous nous repassâmes la totalité de nos souvenirs, la totalité de nos photos, de nos vidéos, de nos tickets et autres petits trésors. Aussi, pour la première fois depuis des semaines, nous consultâmes nos messages qui, pour la plupart, étaient jaloux, nerveux et cyniques, nous rappelant à la réalité de la vie quotidienne, à la réalité de la fac. Un message nous marqua profondément : « Tu es con de sécher les cours. Nous avons repris depuis une semaine, et tous les cours que nous avons eus, sache-le, personne ne te les donnera. Tu n'avais qu'à être là. »

« Moi, j'ai envie de conter mon monde,
De le regarder avec des yeux contemporains,
Qui me dit que ce monde a besoin d'une greffe de rein
Et que rien ne pourra le sauver à part nos mains en nombre.
J'ai besoin de voir la beauté dans la tempête,
De sentir l'odeur délicate d'un soir de pluie,
Se répandant sur l'envol de l'étroitesse de nos esprits.
J'ai besoin que *Les Chants de Maldoror*,
S'enivrent dans chaque personne,
Pour qu'elles comprennent enfin que les gens fuient les champs d'horreur.
Exprimer ma gratitude envers mes pairs,
Qui exaltent mon esprit à travers leurs écrits,
Qui perturbent mes idées au travers de leurs pensées,
Me faisant et me défaisant,
Pour ne former plus qu'un amas,
D'où sortira mon esprit confus,
Qui illuminera mon visage de sa clarté.
À quoi bon tous ces mots,
À quoi bon un remède à ces maux, quand on est riche et triste,
À quoi bon être entouré,
À quoi bon être aimé,
Si au fond de nous,
Nous savons que nous sommes seuls. »

D'une certaine façon, ni Florine ni moi ne descendîmes vraiment de ce dernier train. Nous ignorions à cet instant que des fragments de nos âmes resteraient à jamais cristalisés dans ce wagon, que nous ne les retrouverions plus. Ce qui tue les gens, ce ne sont pas les rêves ni le manque de rêves. Ce qui tue les gens, c'est le cynisme et ceux qui nous disent que nos idées, nos aspirations, nos envies ne sont que des rêveries. On a des papiers mouillés sur nos cœurs où le feu ne prend plus.

Chapitre 6 – Relations

La fin du mois se déroule comme elle a commencé, de manière insignifiante et sans mystère. Retraçant le même cycle de journées sans saveur et de nuits sans espoir. Martin commence cependant à comprendre que ce cycle n'a rien de triste et qu'il ne doit pas envier les espoirs des autres. Accepter sa condition, sa misère psychologique pour en savourer sa lumière et les moments de douce poésie qui parsèment sa route. Ou alors trouver un moyen pour fuir, pour se fuir. Brûler tout ce qu'il possède et partir vers une nouvelle vie. Mais en ce vendredi soir, Martin s'apprête à rejoindre l'un de ses amis à la terrasse d'un café près du quartier de la bourse.

– C'est drôle de penser qu'un fromage traversera plus de siècles que les hommes eux-mêmes, tu ne trouves pas ?

Perplexe, Martin regarde son ami sans savoir s'il parle réellement de fromage ou si c'est une métaphore bancale dont il a le secret.

– Hum… je ne me suis jamais fait la réflexion, en fait. Donc je ne sais pas quoi te répondre, là, maintenant. Et puis je m'en fous un peu, sans vouloir te vexer.

– Moi, je me suis posé cette question il y a quelques jours lorsque je suis passé devant le rayon fromages d'un supermarché. Il y avait une petite étiquette qui faisait la pub d'un fromage suisse, elle était vraiment super bien faite et elle a attiré directement mon regard. Enfin bref, il y avait cette phrase qui m'a complètement bouleversé.

– Tu n'y vas pas un peu fort quand même en disant que l'étiquette de ce fromage t'a complètement bouleversé ? C'est un peu la fadeur de notre temps que tu décris à travers l'étiquette de ce fromage, hein ?

– Attends, je termine et tu vas comprendre. Sur cette étiquette, il était écrit : « Le fromage suisse qui nourrit les Hommes depuis 900 ans. »

– Et donc ?

– Eh ben ça démontre le vide de notre nature et de nos vies, je trouve, comme tu dis. Ce fromage a 900 ans, il est immuable et il sera sans doute là longtemps après toi et moi. Mais nous, on n'est rien, on vaut moins que ce bout de fromage. La plupart des gens valent moins que la majorité des produits que nous achetons, si on y pense. On est des bouts de petits riens, on bouge dans tous les sens pour essayer de trouver un équilibre à nos vies sans jamais y parvenir. Regarde : toi comme moi, depuis combien de temps nous parlons de nos relations intimes qui s'effacent comme une vulgaire bouchée de fromage, tandis que le fromage revient toujours ? Depuis combien de temps tu t'empêches de vivre par peur de voir que tu n'es au final qu'un petit bout de rien insignifiant dans l'univers et dans les yeux des autres ?

– Houla, je crois comprendre où tu veux en venir. D'accord, oui… ça fait très longtemps que toi comme moi nous parlons de nos démons qui conspirent pour gâcher nos amours. De la façon dont on aimerait poser notre tête sur le sein d'une fille pour écouter son cœur battre. C'est d'ailleurs toi qui m'as fait comprendre comment il était naïf et futile d'enchaîner des relations insipides juste pour espérer tromper notre solitude ou les cicatrices posées sur nos cœurs. On parle de nos vies à travers nos amours, et tu sais quoi ? J'ai souvent cette sensation de regarder ma vie se faire toute seule, de n'être que celui qui la filme.

– Faut se battre jusqu'à l'ecchymose, je pense, pour les choses ou les personnes qui nous touchent. Pas besoin de connaître la personne depuis des années pour se battre pour elle, pour être heureux ou triste lorsque tu penses à elle. Je pense que c'est à ça qu'on reconnaît une personne qui nous touche, au temps qu'on met pour voir nos cicatrices se rouvrir en pensant à elle.

L'ami de Martin termine son verre de bière d'une traite avant de le saluer et de lui dire qu'il va justement rejoindre une autre âme torturée, victime d'une histoire qui ne sera même pas un souvenir dans quelques années, un risible amour. Martin, lui, se dirige vers son repaire, le café *Les gens que j'aime*. Il repense sans cesse, ces derniers jours, à cette fille qu'il a rencontrée plusieurs fois à la terrasse de ce café. Cette fille qui était avec ce mec si grossier, si vulgaire, et si différent de lui. À ce petit mot laissé par Lula. Il ne comprend pas pourquoi il se retrouve inlassablement perdant dans ce jeu d'échecs qu'est la séduction. En fait, c'est là, ce moment précis, où il n'y arrive pas. Où il n'y arrive plus vraiment. Il hésite entre le plaisir de voir le temps se suspendre devant le regard et les lèvres d'une inconnue et cette profonde angoisse devant ce mot, « séduction », qui peut soulever de terribles blessures. Depuis son plus jeune âge, il éprouve une gêne au fond de lui à l'énoncé de ce terme. En tout cas, il pense sans arrêt à ce sourire et à ce regard si différents de ceux qu'il peut apercevoir d'habitude. Il a même oublié les innombrables mails de son ancienne rédactrice en chef à la suite de sa démission. Il se sent à la fois libéré mais angoissé devant ce retour à zéro. Mais il se dit qu'il doit tomber pour se relever et constater la hauteur de sa chute. Libéré de ce « plus tard » qui sert de mouroir aux souhaits et d'excuse à ses échecs. Il commence même réellement à oublier Florine, enfin plutôt à tourner la page et à admettre qu'il ne pourra jamais l'oublier complètement. Il se dit qu'en laissant la place à un nouveau charme, il pourra alors admettre la perte de Florine et panser ses blessures avec un nouveau regard tout aussi prenant et envoûtant. Mais il aime ce côté romantique d'un amour qui ne peut partir complètement comme une vieille photographie qu'on garderait précieusement dans son portefeuille, tout en sachant qu'une autre photographie viendra un jour prendre place à côté. Il est envoûté à l'idée qu'une personne foulant la Terre puisse être son futur, puisse être son salut. Mais il est encore plus terrifié par tout ce qui sépare cette personne de sa route. Et si cette personne, c'était Florine ? Reviendra-t-elle pour lui apporter de l'air ou est-il condamné à errer, n'apercevant plus que la nuit dans les regards qu'il croise ? Il se fait également la réflexion qu'il a pendant trop longtemps oublié de vivre en se glissant derrière des souvenirs éphémères, croyant fuir ses peurs. Mais il se rend compte qu'il n'a fait que les enfouir jusqu'à présent et que depuis peu, il apprend réellement à composer avec cette absence et à l'accepter, laissant place à de nouvelles émotions comme la rencontre d'une nouvelle lueur d'espoir. Une partie de lui souhaite tuer cet ancien lui, devenir adulte, tandis que l'autre moitié se complaît dans cet état de mélancolie. Cet aspect qui fait de lui un *Horla*, un fantôme assoiffé des nombreuses âmes esseulées de la capitale. Il sait pertinemment que conjuguer ces deux parties de lui serait une chose absurde et qu'à la fin, il devra accepter l'une complètement et tuer l'autre. Après tout, s'il choisissait de prendre cette partie qui le transforme en fantôme, cela serait peut-être un mal nécessaire pour retrouver un peu de rêve et de bonheur. Personne ne s'est attaché à lui depuis des années, depuis Florine, alors pourquoi vouloir à tout prix l'oublier ? L'oublier pour pouvoir exister ? Cela paraît cruellement impossible. Martin s'est habitué à n'être qu'une personne ordinaire. Le plus dur, c'est de s'accepter, il y arrivait avec Florine, mais sans elle, il ne voit pas comment faire. Le seul endroit où il voudrait rester pour l'éternité est ce train parcourant l'Europe, celui où il a ressenti cette envie folle de vivre intensément chaque seconde qui passe. Cette envie de s'en aller loin de là, vivre des aventures près des océans en se perdant dans les yeux de son ange déchu.

– Bonjour, la place est libre ici ? demande Martin en s'adressant à une serveuse du café.

– Oui, oui, bien sûr, je viens prendre votre commande d'ici deux minutes.

Martin s'installe seul à la terrasse du café, pratiquement pleine pour une fois. Il regarde autour de lui pour observer les gens, cherchant très certainement une personne dont le regard ne lui paraîtra pas absent. Un homme d'un certain âge attire son attention. Il est vêtu comme un personnage du film *Le Seigneur des anneaux*. Il porte une gigantesque épée en bois, une cape, une cotte de mailles et un casque à cornes. Il ne semble pas prêter attention aux regard des gens ni aux rires qui accompagnent chacun de ses pas. Martin est subjugué par l'aisance de ce personnage, ce pouvoir d'indifférence ou plutôt cette capacité à être pleinement la personne qu'il veut être. « J'aimerais bien porter un drap comme un fantôme », se dit-il.

– Regarde-moi ce vieux type en face, y a vraiment des bons à rien.

Martin est interrompu dans ses pensées par ces paroles qui proviennent de quelques tables derrière lui. Il se retourne pour identifier la grossière cliente à l'origine du commentaire, lorsque la serveuse l'interrompt :

– Puis-je vous servir quelque chose ?

– Oui, je vais prendre une blonde en pression, s'il vous plaît.

– Un demi ou une pinte ?

– Une pinte, merci.

Martin fronce légèrement les sourcils, une image lui revient en tête. En se retournant tout à l'heure, il lui semble avoir aperçu une silhouette qu'il connaît mais il n'en est pas sûr. Pour en avoir confirmation, il se lève pour aller aux toilettes tout en prenant soin de regarder autour de lui, décidé à savoir s'il a rêvé ou s'il a vu juste. En effet, près de la porte d'entrée, dans un petit recoin, il reconnaît assurément cette silhouette, ce rire et cette voix. Ce léger parfum, il le connaît par cœur, il ne l'a pas encore oublié. Comment l'oublier alors que chaque seconde, il y pense ? Une sensation nauséeuse l'envahit et, dans les toilettes, il essuie à l'aide de papier toilette les larmes qui naissent sous ses paupières. Il ne peut retenir le vomi qui monte. Calmement, il essuie le lavabo et se rince la bouche pour faire disparaître ce goût âcre. Puis il se regarde dans le miroir crasseux tout en se disant : « Voilà où tu en es aujourd'hui, tu demeures seul tant que tes rêves te harcèlent, c'est ça ?

C'est bien toi qui disais que si demain tu voyais l'amour de ta vie, tu lui dirais de dégager, alors pourquoi tu te mets dans cet état ? » Au bout de cinq minutes, Martin sort des toilettes tout en se dépêchant de rejoindre sa table. Dans son empressement, il renverse la bière de la fille qui vient à peine de le frôler.

– Merde, je suis désolé.

– Putain, mais quel boulet ! Vraiment, j'en ai marre de vous, les mecs, c'est pas possible. Vous êtes tous des… Ah, mais c'est toi ! T'aurais pas pu trouver une autre manière de m'aborder ?

La bière que Martin vient de renverser appartenait à cette fille, cette fille charismatique à qui il pense depuis plusieurs jours. Il n'en revient pas, son cœur bat vite et fort. Il ne sait pas s'il bat pour la femme assise derrière lui ou pour cette fille dont il recroise le chemin depuis plusieurs semaines.

– On se connaît ?

Martin ne trouve pas d'autre chose à lui dire, réflexe primaire.

– Tu te souviens pas de moi ? Je suis triste. On s'est croisés ici il y a quelques semaines, mais ce n'est pas grave. Mais… pourquoi tu as des morceaux de papier sur le visage ?

– Co… comment ça ?

– Ben, tu as du papier sur le visage, attends, ne bouge pas, je vais t'enlever ça.

Tandis que la fille pose délicatement ses doigts sur sa joue, il ne peut s'empêcher de jeter un coup d'oeil derrière lui.

– Tu connais la fille assise là-bas avec le charmant jeune homme, c'est ça ? Ne me dis pas que c'est ton crush et qu'elle t'a aperçu ainsi ?

– Non, non, ce n'est pas mon crush, enfin, plus maintenant.

– Bon, tu me racontes ça tout en m'offrant une bière ? Tu ne peux refuser ma demande, tu me dois une bière. Au fait, moi c'est Lula. Essaye de ne pas l'oublier cette fois, Martin.

Entendre son prénom dans la bouche de Lula gèle partiellement la nuque de Martin qui sent son corps frissonner. Le sourire de la jeune femme provoque en lui une sensation étrange. Il ne sait pas comment réagir à cette situation. Il n'a jamais été à l'aise avec les filles, il les a toujours érigées au sommet de la pyramide. Cette illusion sert sans doute à réparer ses pleurs, cette sensation de se dire que s'il est seul, au fond, ce n'est pas réellement de sa faute. Il se sent pris en étau entre les silhouettes de ces deux femmes. Il peut s'échapper, il y a plusieurs échappatoires. Non, cette fois il ne se dérobera pas. C'est bizarre, mais il attendait ce moment depuis longtemps. Il semble que la vie ait décidé de rendre littérale sa croisée des chemins. Derrière lui, une silhouette évanescente, vestige du passé et cendres de son futur. Et devant lui, Lula, promesse d'un renouveau ou fin de tout espoir, il ne le sait pas encore. Qu'est-ce qui empêche le présent de mettre fin à toute possibilité ?

– Oui, oui, bien sûr. Tu veux une blonde ? demande-t-il en bégayant.

– Oui, s'il te plaît, répond Lula avec un large sourire.

Martin repasse une nouvelle fois devant l'étrange silhouette qui, cette fois-ci, le reconnaît. Elle aussi semble interloquée et écrasée sous le poids de cette vision. Elle détourne immédiatement le regard, feignant de ne l'avoir aperçu. Cependant, lorsque Martin repasse avec les deux bières, elle se lève et s'adresse à lui :

– Martin… c'est bien toi ? Que fais-tu là ?

Il ne sait quoi répondre, ses mains sont figées sur les deux pintes de bière. Ses yeux commencent à s'emplir d'une noirceur, sa gorge est serrée, il sait qu'il ne va pas arriver à articuler une phrase complète. Une étrange sensation où les mots se bousculent à l'entrée de sa bouche, empêchant tout mot audible de sortir. « Respire, respire », se dit-il.

– Oui, Florine, c'est bien moi. Je… je t'ai aperçue au loin, tout à l'heure. Je ne savais pas si je devais venir te voir, tu sembles occupée, dit-il d'un air nerveux.

– Euh… Je… je te présente mon copain, Arthur, on organise un voyage dans plusieurs capitales européennes pour fêter notre Pacs.

« Un Pacs ? Qui peut bien encore fêter cela ou vouloir se pacser de nos jours ? » se demande Martin en songeant : « Une fois de plus, me voilà dos au mur. » Il entend son cœur exploser. Il sent la danse du diable qui se joue en lui, dans son ventre, et qui remonte dans sa gorge. Ses mains se crispent sur les pintes de bière et son regard noir bascule de Florine au garçon qui le regarde avec un sourire satisfait. « Enlève ta putain de main des fesses de Florine, tu ne sais pas, toi, toutes ces histoires que tu effaces avec ce geste », pense Martin.

Fragment de vie numéro 6 Le jour où tu es devenue un fragment de vie

Le temps n'est qu'une sale ordure, il vole nos amours. Parfois pour le meilleur, mais souvent pour le pire. Moi, il me l'avait enlevé. Il me l'avait volé sans même se demander si ce ravissement en valait la peine. Sans même se demander quelles conséquences cela aurait sur nos vies, sur ma vie. Me laissant seul face à moi-même, face à l'horreur du monde sans étoiles. Un peu comme Kafka qui, dans sa chambre, n'a comme seule protection que sa porte. Mais comment en étions-nous arrivés là ? Comment le train de notre amour avait-il pu se scinder une fois la gare passée ?

Le retour à la vie réelle fut brutal, dur à surmonter, et compliqué. Reprendre les actes de la vie quotidienne, se réhabituer à l'habituel s'était avéré beaucoup plus dur que prévu. Ils appellent ça « le blues du retour de voyage », paraît-il. Et en effet, ce fut carrément violent.

Les premiers jours, ce blues ne se fit pas sentir. J'étais même content de revoir ma tendre mère. Cela faisait tellement longtemps que je ne l'avais pas vue, que ce retour me soulagea d'un poids énorme. J'avais enfin l'impression de faire réellement partie de cette famille et de ne plus être mouton noir. Mais voilà, les jours suivants furent monotones. Le lever à 7 heures du matin pour avaler un petit-déjeuner sans consistance, marcher sans envie en direction de la salle de bains, chier et prendre ensuite une douche en guise de réconfort. S'habiller, enfiler ses chaussures, les nouer et claquer ensuite la porte d'entrée. Prendre sa voiture qui, quand l'hiver arrive, démarre une fois sur quatre, et râler à son encontre avant de grogner contre les autres automobilistes pour une raison quelconque en finissant par pester contre soi-même de mener une vie aussi merdique. Et tout ça, pour retrouver des faux-semblants, en direction d'une université ayant perdu toute consistance, tout sens. Voilà les joies du retour à la vie réelle. Alors oui, le soir, je retrouvais ma mère, et Florine venait souvent manger à la maison. Ma mère tenait absolument à ce qu'elle mange au moins une fois par semaine avec nous, sinon elle s'inquiétait pour notre relation et surtout pour moi. Les journées à la fac étaient moroses, les élèves de ma classe me reprochaient d'avoir pris des vacances au début des cours. Ils me traitaient de feignant, de branleur, ils disaient que les gens comme moi ne servaient à rien d'autre qu'à faire chier avec leurs valeurs utopistes. Cela fit grandir en moi un peu plus cette fracture, ce mépris. Cette sensation puante d'être mieux que les autres. Ce voyage m'avait ouvert l'esprit, et m'avait fait devenir un nouvel homme, enfin, c'est ce que je croyais. Mais les vieux démons sont semblables aux bombes. Explosant un jour, provoquant de terribles dégâts avant de s'apaiser les instants suivants. Pendant des jours et des jours, on oublie qu'une détonation a eu lieu alors même que son odeur est toujours présente. Puis un beau matin, une autre déflagration retentit, nous rappelant nos anciens démons tout en en créant de nouveaux.

J'étais certes devenu une autre personne, un peu plus sûre d'elle et de ses idées, un peu plus apaisée, mais mes démons m'enlaçaient toujours, jusqu'au jour où même les bras de Florine ne suffirent plus à m'en extraire. De vieilles images réapparurent en moi au moment où je semblais avoir vaincu ma noirceur. Mais non, les démons que je venais de vaincre étaient simplement la précouche d'une noirceur bien plus ancrée en moi. C'était vers la fin de l'année scolaire, il me semble. Florine, comme à son habitude, était pleine de vie, joviale et éclatante. Moi, j'étais en décalage une fois de plus, tourmenté entre le bonheur et un mal profond qui ne voulait plus me quitter. Un bonheur insoutenable. Je commençais à me perdre comme Dostoïevski à la roulette. Alors, comme pour satisfaire un besoin vital, je recommençai mes longues marches nocturnes sans en dire un mot à Florine. Cela passa inaperçu à ses yeux, du moins au début.

« Je vois des toiles d'Odilon Redon dans des
regards funestes,
J'ai sorti mon carnet pour faire le tri entre mes rêves
et la réalité, en créant ainsi un manifeste,
Des Œdèmes dans de belles histoires se finissant
le soir le long des trottoirs, regardant les pertes et
maquillant les cernes, tout ça pour éviter les regards
noirs que me lance l'abattoir.
Réécrire son histoire sur un palimpseste,
Me semble être une certitude comme l'antagonisme
que provoque l'inceste,
Car au fond je ne suis qu'un misanthrope perdu dans
la philanthropie,
Piètre anamorphose philharmonique
qu'est l'incertitude.
Accepter nos fautes c'est remporter la guerre loin de
nos hystéries,

Préférant la litote d'Aristote aux anecdotes,
Je me cloître dans mon aphasie,
Me projetant dans mes propres menottes.
Je me demande pourquoi le savoir disparaît
sans traces,
Pourquoi l'avoir nous encrasse,
Tandis que l'esprit servile nous enlace.
Pourquoi ces mots alors que je me sens muet ?
Parvenant juste à transcrire ce que je
voudrais exprimer.
Tétanisé d'imaginer que mes idées puissent finir
comme Carthage,
J'ai peur du numérique comme ancrage.
Disons que je nous souhaite mieux que ce
simple allumage,
La différence entre voir et croire me semble une autre
chose possible.
Cependant je n'ai pas d'armes contre le sourire
du vice,
Mais ces quelques mots me tirent du vide,
Mais est-ce pour autant une bonne chose quand
l'altruisme devient fascisme,
Et que notre seule solution est de devenir agnostique ?
L'avenir est la seconde suivante,
Alors que la terreur n'est qu'enivrante.
Connaissez-vous des femmes et des hommes au cœur
sincère ?
Loin des haines et des trêves amères,
Gardant auprès d'eux des rêves hors pair,
Loin des pères qui ont fait de cette terre un
décor infect.

De la noirceur je ne suis pas l'élève,
Même si dans la pénombre je trouve le climat
qui m'élève.
Préférant la nostalgie au futur, car celle-ci nous
rend humain,
Heureux de savoir que l'hiver arrive pour construire la
beauté de nos mains.
Ne criez pas *expiation*, ce n'est pas un texte, juste
une expiration. »

Florine se sentit de plus en plus délaissée, terrifiée par la noirceur qui semblait m'habiter de plus en plus profondément. Par moments, lorsqu'elle s'approchait de moi ou qu'elle venait me faire un câlin, je la repoussais violemment comme si elle était une présence menaçante pour moi. Je ne le faisais pas exprès, c'était un réflexe qui était arrivé en même temps que ces nouveaux cauchemars. Enfin, des nouveaux cauchemars prenant racine dans des images anciennes. L'image qui revenait le plus souvent était celle de cette femme. J'étais en maternelle, en dernière section. Une institutrice passait ses journées à me torturer. Je voyais ses mains s'approcher de mon corps, je voyais ses coups de règle sur mes fesses, mes oreilles tirées, ces brimades et humiliations. Je revoyais surtout cette scène où ma mère demandait à cette dame où j'étais, n'ayant comme seule réponse que le silence. Je revis ma mère courir dans ma direction et me sortir de sous le banc pour me prendre dans ses bras. Je ressens encore les gouttes de pluie couler sur mon visage. Je revis la tristesse dans les yeux de ma mère, et l'indifférence dans les yeux de cette femme. Je revoyais ces mains sèches sur mon visage et mon corps. Florine essayait le plus possible de m'aider, de me parler, de me sortir de cet état. Je le voyais au fond d'elle. Je constatais son regard apeuré à l'idée de cette lutte terrifiante qui était perdue d'avance. Je le voyais, mais je ne faisais rien. Putain, je n'ai rien fait pour te garder, Florine, pardonne-moi car à ce moment, je me battais contre mes pires cauchemars sans y être préparé. Je crois que j'ai même laissé faire les choses. Comme si, au fond de moi, j'aimais cette destruction qui s'opérait sous mes yeux. Pire encore, j'insufflais un second souffle à ces démons, poussant Florine un peu plus dans le désarroi de prendre une décision inévitable. Je la voyais dépérir à mon contact. Cela dura des mois. Je sentais son âme s'enfuir quand nous faisions l'amour et revenir une fois l'acte fait. Enfin, lorsque je réussissais à commencer l'acte. Je ne sentais plus cette ardeur sortir de son corps, cette passion qui avait fait le ciment de notre couple. Il faut dire que je ne la touchais plus comme avant, mes baisers étaient devenus des râpes, mes mains ne glissaient plus sur sa peau. Je ne la regardais même plus. Petit à petit, par ma faute, ce ciment se fissura, nous éloignant comme deux barques à la dérive. J'observais, impuissant, les recherches de masters 2 de Florine qui la mèneraient ailleurs, dans une autre ville, loin de moi. Quand la fin de l'année survint, elle me félicita pour ma première année puis, tout en m'embrassant sur la joue, me dit ces quelques mots :

– Je t'aime, je t'aime plus que tout. Mais… tu sais que c'est la fin entre toi et moi. Tu sais qu'on a menti à nos promesses. Tu sais qu'on s'abandonne, qu'on se condamne à vivre un truc infernal… c'est trop tard, tout est à refaire.

Elle essuya ses yeux avec la manche de sa veste, et je voulus terriblement la prendre dans mes bras, mais même le chemin entre mon corps et le sien semblait trop long.

– Tu es devenu trop sombre. Je ne te retrouve plus, je ne perçois plus la folie de notre amour, de notre voyage. Je n'ai pas pu me résoudre à te quitter avant, je sais, c'est égoïste, mais j'avais besoin de toi comme j'en ai encore besoin aujourd'hui et sûrement demain. J'ai besoin de toi car tu es entré dans mon cœur aussi brusquement que je suis entrée dans le tien, et je sais très bien que ça va être un véritable déchirement. Mais je ne peux plus. Tu sais, j'ai lutté, vraiment je me suis battue contre tes démons. J'ai couru sur les plus hautes plaines de la ville pour pouvoir mieux respirer, pour te rattraper. Mais tu es déjà trop loin, tu n'es plus là. Peut-être que je ne te connais plus, que je t'ai perdu dans ce voyage. Peut-être que tu es resté dans ce train, enfermé à jamais à l'intérieur pour parcourir ce monde comme on se l'était promis. Peut-être qu'en fait, c'est moi que tu attends. Ou peut-être que je ne t'ai pas réellement connu. Je n'en sais rien, mais je pars. J'ai été acceptée en master dans une autre ville et ça a précipité ma décision. Si je reste, je meurs, alors que si je pars, il me reste un infime espoir de survivre… peut-être que nous nous retrouverons plus tard… à nouveau dans ce train. Mais pour l'heure, tu sais tout comme moi que… que les choses ont changé depuis notre retour et que cette fracture est…

Sans même finir sa phrase, Florine, valise à la main, regard au loin et sourire éteint, s'en alla, s'évanouissant comme une lumière parvenue au bout de sa luminescence. Comme une flamme qui, à force de trop briller, avait consumé sa vitalité. Florine devait partir, cela était inévitable pour elle, pour son bien. Moi, stoïque, je ne répondis rien. Je griffonnai juste le soir même un petit texte dans le noir, en guise d'espoir.

« Brillant comme une larme,
Des armes comme poètes,
Qui réchauffent nos cœurs,
Qui nous font rêver tard dans la nuit,
Bercés de discours endiablés,
Résistant aux douleurs dissimulées dans les caresses des femmes.
Des armes qu'on garde au fond de l'âme comme le regard d'une dame. Des poèmes comme lecture et de la prose au service,
D'une vie, qui imbrique la poésie dans nos larmes,
Des armes comme poètes,
Au service de l'Homme,
Qui comme les mouettes,
Attend son heure. »

On était comme deux gouttes d'eau. On pensait de la même façon, même si notre façon de l'exprimer variait. Elle était tout ce que j'attendais chez une femme et j'étais tout ce qu'elle attendait chez un homme.

J'aurais tellement voulu t'écrire la plus belle des histoires, la plus belle symphonie jamais ecomposée. J'aurais aimé t'aimer comme on aime l'innocence, t'aimer comme tu le mérites, et par-dessus tout, te dire que le monde est beau avec toi. Qu'il est beau à travers tes yeux et que c'est beau de t'aimer comme ça. J'aurais aimé construire un empire juste pour te voir proclamée impératrice de mon être. J'aurais aimé devenir ton soleil et être capable de sécher tes doutes. Mais ça a été plus fort que moi, tu vois, je n'ai rien pu faire. J'ai été incapable de te garder malgré toute ma volonté. C'est plus fort que moi, je n'ai pas su donner tout ce que j'avais à te donner, alors que tu étais tout pour moi. Je suis désolé, je devais m'isoler en moi-même, et toute personne souhaitant m'approcher était vouée à s'en aller loin, très loin de moi.

Durant des années, je lui en ai voulu de m'avoir abandonné, de m'avoir laissé là sans autre explication qu'une valise portant avec elle tous les mots qui n'avaient pas été dits. Mais finalement, tout était de ma faute. Les larmes importent peu si nos cœurs mènent la danse. Et dire qu'on ne dansera jamais plus ensemble.

Mais finalement, l'amour, c'est quoi, si ce n'est un mot ? Le sentiment d'aimer une personne doit-il se suffire à lui-même ou est-il contraint de se voir entouré de tout un tas de reliques qui finissent par dénaturer ce sentiment ? On ne devrait pas se faire des promesses amoureuses sur le long terme, mais uniquement se dire que nous aimons ce moment ensemble, cette journée si douce. On devrait se lever chaque matin avec cette même envie d'être amoureux, cette même promesse de se dire : « Aujourd'hui, je t'aime. Je t'aime jusqu'à ce soir 23 h 59 et demain, si je t'aime toujours, je te redirai la même chose. » Comme ça, le matin où ces mots n'ont plus de sens, au moment même où cette promesse devient un poids ou une vilaine habitude, on sait que l'amour n'est plus. Et puis cela permettrait d'éviter les cocasses rebondissements de la vie. Cela éviterait d'avoir la peur du lendemain, la peur d'être trompé. La peur de croiser un jour, dans un recoin caché à la terrasse d'un café, son véritable amour. Ce moment où les regards se croisent et explosent en une symphonie de douleur. Ce moment où on veut partir, trouver un nouveau lendemain dans des nouveaux bras. Cela éviterait de se mentir jour après jour en se disant : « Tu es en couple, ne regarde pas cette personne car tu es déjà amoureux… enfin, tu crois l'être. » Éviter les dérives de l'amour, des relations. Le polyamour, par exemple, c'est tout simplement une fuite en avant de nos sentiments exacerbés. On ne peut pas être amoureux de plusieurs personnes, l'amour, ce n'est pas ça, en tout cas pour moi, dans mon monde, ce n'est pas possible. La polyamour, c'est simplement un vampire qui use de ses talents d'usurpateur pour endoctriner les âmes en manque de tendresse. C'est un peu la négation de l'amour que nous avons construit dans notre société actuelle. Moi, j'ai la chance de n'avoir jamais accepté ce monde. Il existe plusieurs noms pour les personnes comme moi. Des noms rappelant drôlement la maladie et le handicap. Vous me comprenez si je préfère dire, tout simplement, que je suis l'un des derniers romantiques et que pour cette raison, je préfère mon monde au vôtre. J'ai vraiment essayé de m'adapter à cette société, j'ai essayé et j'essaie encore. Cependant, dans votre monde, l'amour est mort, l'amour est impossible. Alors que dans le mien, il y a Florine.

Chapitre 7 – Lettre à mon futur

J'ai le cœur brisé et toi tu es là, assise avec ce mec, heureuse. Je me souviens, c'était toi qui disais que tu serais toujours là, tu as menti, tu n'es plus là et tu m'as abandonné. Je vois dans ton regard que sur ton cœur, il y a des bleus. Je te vois partout mais je suis encore seul, figé, incapable d'aller me réchauffer ailleurs, avec une autre. Je ne sais même plus comment on en est arrivés là, peut-être me suis-je endormi ou peut-être que je dors encore. Mais non, tu sais, je ne dors plus, moi, je ne sais pas faire demi-tour, dans mes yeux, il n'y a que le souvenir de ton sourire. Dans mes yeux, il n'y a plus d'espoir. Je vois sur ton cœur les cicatrices, mais je vois dans tes yeux que toi, tu n'as plus mal. J'avais dit que lorsque je te reverrais, je te dirais que je t'aime. Tu étais mon amour, mais j'y ai renoncé et depuis, il y a toujours du noir caché dans mes sourires.

– Que fais-tu ici ? demande Florine. Je suis très surprise de te voir.

– Je… J'habite à Bruxelles depuis quelques années. J'ai quitté la France, j'avais besoin d'un bol d'air et…

– Et il est tombé directement sous mon charme, c'est pour ça qu'il est resté ici.

Une douce voix vient de l'interrompre.

– Enchantée, moi, c'est Lula.

Elle glisse sa main autour de la taille de Martin.

– Enchantée, Lula, ça ne m'étonne pas de Martin, il est comme ça. Il a toujours été comme ça.

– Désolée, mais nous devons nous dépêcher, nos bières nous attendent et on a terriblement soif. En tout cas, très heureuse de te connaître, Florine, c'est ça ?

Lula caresse délicatement le visage de Martin avant de se saisir d'une pinte pour lui signifier qu'il est temps de déguerpir. Il adresse un sourire timide à Florine qui dissimule une centaine de non-dits. Il a envie de lui prendre la main. Il a envie de partir loin avec elle, de foutre un gros coup de poing dans la face de ce type assis à côté d'elle, assis à sa place. Il veut lui crier son amour, il veut lui montrer le chemin qu'il a réussi à faire sans elle. Un chemin semé d'embûches, d'échecs et de petites victoires, mais un chemin quand même. Il a envie de l'embrasser, de la prendre dans ses bras, d'agripper ses fesses. Mais son regard se pose sur l'annulaire de la main gauche de Florine. Martin y voit une bague. À ce moment-là, une boule de rage se forme dans sa gorge et des larmes coulent sur sa joue droite tandis que ses phalanges commencent à devenir bleu foncé. Mais lorsqu'il s'apprête à ouvrir la bouche, Lula se rapproche à nouveau de lui pour lui glisser un doux bisou sur le coin de la joue. Martin sent un peu de sa haine retomber, il regarde Florine qui lui fait un léger sourire avant de se rasseoir à côté de son fiancé.

– C'est… c'était quoi ça, Lula ?

– Désolée, mais tu semblais tellement en galère. Je connais que trop bien cette situation, crois-moi, tu vas me remercier une fois l'adrénaline retombée.

– Je… tu as sans doute raison.

– Crois-moi, c'était la meilleure façon pour toi de t'en sortir. Tu avais de la rage dans le regard. Une rage terrifiante, tu n'as pas vu la réaction de Florine et de son copain… La seule chose que tu aurais pu faire dans cet état, c'est te ridiculiser devant eux et surtout devant moi. Je trouve ça touchant, les âmes perdues, vraiment, mais il y a une limite qui s'appelle le respect de soi.

– Ça me concerne moi, pas toi. Qui te dit que je n'allais pas très bien m'en sortir, hein ?

– OK, OK, Bukowski, je laisse ton oiseau bleu là où il est.

– Que… tu connais ce poème ?

– Pourquoi ? Ça t'étonne qu'une fille qui paraît insignifiante et loin de ressembler à ta Florine puisse connaître ça ? Je suis moins bête que ce que tu crois. Je te promets que si tu t'attardes sur une fille un peu plus longtemps que tu en as l'habitude, tu pourrais en trouver des dizaines comme elle.

– Non, c'est impossible. Florine c'est… tu ne peux pas comprendre. Et pour le poème de Bukowski, désolé, je ne voulais pas t'offenser. C'est juste que je trouve que c'est le plus grand poème qui n'a jamais été écrit.

– J'ai tout le temps pour que tu m'expliques, tu sais… enchaîne Lula qui, devant l'absence de réponse, rebondit. Ce mec pouvait se lever à midi, descendre à lui tout seul une bouteille de vin rouge avant d'écrire le plus beau poème en se grattant les couilles. Donc clairement, oui, c'était l'un des plus grands écrivains de son temps.

Martin lève son verre en signe d'approbation puis commence à boire. Lula en fait de même avant que Martin ne l'interrompe.

– Ne refais plus jamais ça…

– Que… qu'ai-je fait, encore ?

– Ce regard lorsque tu bois, ce sourire sur ce si doux visage, ne le refais plus jamais, s'il te plaît.

– Tu veux dire, ça ?

Lula porte son verre à ses lèvres. Le dos courbé sur sa bière, elle lève délicatement les yeux en direction de Martin et esquisse un sourire renversant.

– Oui, exactement, ça. Tu sais, dans mon cœur, c'est noir, ne me demande pas pourquoi je suis triste. Mais dans ma tête, je suis bien, ne t'en fais pas.

Martin termine en marmonnant dans sa barbe : « Pars, pars avec moi, ne me demande pas pourquoi je suis triste et prends-moi la main. »

Les heures passent à la terrasse du café. Le temps est bon, l'air est doux, et la magie d'une rencontre semble opérer. Comme si les blessures d'hier n'étaient plus présentes, ou du moins un peu moins, seul ce moment est important. Comme si le monde était en train de s'écrouler, mais sans un bruit, pour ne pas gêner cet instant. Les serveurs débarrassent la table tout en apportant des bières un certain nombre de fois. Quatre fois pour être exact. Martin n'a presque pas prêté attention au départ de Florine qui, elle, l'a longuement regardé avant de partir. Enfin, c'est ce dont il veut se persuader. Il a vu chaque expression de son regard, il l'a vue esquisser un léger sourire dans sa direction avant de quitter le bar. Mais il se fait tard maintenant et la nuit commence à appeler le soleil.

– Il se fait tard, non ? J'imagine que tu veux rentrer ? demande Martin, ne sachant pas bien ce que lui souhaite.

– Honnêtement, je n'ai pas envie de rentrer, du moins pas tout de suite. Si tu veux, je vais à une projection en plein air qui commence dans une heure, c'est *Lost in Translation*. Tu veux m'accompagner ?

Martin adore ce film. Il aime profondément la douceur de la solitude dans les yeux de Scarlett Johansson et la façon dont Bill Murray s'adresse à sa tristesse en lui disant qu'il l'aime et qu'il la comprend.

– On est quel jour, déjà ? demande Martin.

– On est vendredi, le dernier vendredi du mois, pourquoi ? Tu as quelque chose à faire ?

– De quel mois ?

– Euh… du mois de février… Ça ne va pas ?

– Non… enfin si, ça va. C'est juste que j'ai un rendez-vous que je ne dois manquer sous aucun prétexte, mais j'ai le temps, encore.

– Ah je vois… tu vois quelqu'un après, c'est ça ?

– Non, non, du tout, ce n'est pas ce que tu crois, je t'assure.

– Tu fais ce que tu veux après tout… tu viens avec moi ?

– Oui, avec grand plaisir. Mais avant, il faut passer acheter à boire. Pas de film sans une bonne bouteille de vin rouge.

– Je préfère ça, on va bien s'entendre, toi et moi.

Lula a cette faculté d'être à la fois innocente et pleine de rage. Et en cela, elle ressemble à Florine. Martin lui accorde au moins cette vérité : quand on regarde cette fille suffisamment longtemps, l'on peut trouver en elle quelque chose que l'on cherchait.

Ils se dirigent tous deux vers une supérette, il doit être 22 heures et la plupart des magasins commencent à fermer. Les supérettes sont le paradis des *Horla* qui, le temps d'un soir, souhaitent de nouveau apercevoir l'ombre d'un sentiment. Même les monstres, même les fantômes rêvent d'amour. Même les bannis de l'humanité aspirent à un peu de repos. Sur le chemin menant à la projection, Lula s'arrête et demande à Martin s'il ne veut pas plutôt passer la soirée rien qu'à deux. Profiter de cette belle parenthèse, ou plutôt de cette belle introduction digne d'un roman des sœurs Brontë.

– Il fait beau et le temps est doux. Pourquoi ne pas en profiter pour se couper du monde ? On a du bon vin, allons observer la ville s'éteindre sans un bruit. Ça sera bien plus marrant, et puis j'ai toujours préféré *Thelma et Louise* à *Lost in Translation*.

Martin, avec un sourire rêveur, demande à Lula de le suivre :

– Je sais où on peut aller.

Ils marchent jusqu'au quartier de Forest, entre le bois de Forest et celui de Duden. Ils arrivent à hauteur d'un muret offrant pour vue la basilique nationale du Sacré-Cœur de Koekelberg. Martin vient souvent ici observer la course du soleil, même s'il préfère le voir se coucher.

Lula ouvre la bouteille de vin rouge avant de la déposer sur le muret. Martin se dirige vers elle, se serre et savoure sa première gorgée. Ses bras effleurent le visage de Lula qui en profite pour poser sa joue dessus. Le tableau est idéal, la lune éclaire le petit recoin où ils commencent à s'appréhender. Elle se retourne en direction de Martin. Elle caresse son visage de la paume de sa main. Lui ferme les yeux, tâchant de ressentir la juste valeur de ce moment. Elle pose délicatement sa tête sur son cœur.

– Je peux entendre ton cœur battre, il a une lente et belle symphonie.

À son tour, il passe sa main sur la joue de Lula avant de la glisser sur son cou. Elle redresse la tête pour croiser le regard de Martin juste avant qu'il porte ses lèvres aux siennes. Elle saisit alors son visage et accentue l'audace de leur baiser. Étourdis, ils se posent sur le muret pour continuer à boire et observer en silence la ville s'effondrer dans la nuit.

– C'est magnifique ici, c'est là que tu amènes toutes les filles que tu souhaites attirer chez toi, c'est ça ? demande Lula tout en esquissant un sourire.

– Non, je les emmène au café *Les gens que j'aime*, c'est bien plus efficace.

– Donc pour moi, c'est déjà plié ?

– Oui, répond Martin d'un air sec sans la regarder.

– J'ai dit quelque chose de mal ?

– C'est juste que je ne comprends pas pourquoi tout le monde dit ça. Je ne cherche pas à ramener un maximum de filles chez moi, au contraire, je cherche juste…

– C'était une blague, Martin, je te taquine juste. Pourquoi tu es ainsi ?

– Comment ça ?

– Si… si dur et fermé. Si hermétique aux autres, à la tendresse et à l'amour qu'ils souhaitent t'offrir.

– Je ne sais pas quoi te répondre, Lula. Parlons d'autre chose, on passe un bon moment et comme tu l'as dit, profitons juste du monde qui s'écroule sans un bruit.

– Justement, c'est ce qu'on est en train de faire et tu le sais…

– Je sais, oui. C'est juste que… Je suis perdu dans ce monde, tout simplement. Et pourtant, je crois profondément à une sorte de rédemption, je crois aussi que Prométhée avait une raison de se sacrifier pour nous. Mais je hais profondément ces personnes suffisantes qui ont un avis sur tout. Je te jure, je hais profondément cette société des réseaux sociaux où le moindre connard suffisant va déblatérer sa vérité personnelle. Je déteste les gens, Lula, j'ai peur et je ne les comprends pas. Mais par-dessus tout, je ne comprends pas les relations amoureuses. C'est comme toi, la dernière fois au café… Pourquoi tu es partie avec ce mec répugnant, allégorie parfaite des personnes que je viens de décrire ? Explique-moi juste, je voudrais comprendre.

– Je vois que tu te souviens finalement de moi. Je ne sais pas, tu sais, c'est comme ça. Je me sentais seule, je savais que ça serait une proie facile et un bon coup au lit. Il était sexy, musclé et prêt à tout pour assouvir son désir et le mien. Pourquoi refuser, finalement ?

– Je ne sais pas, mais tu vois, c'est ce que je ne comprends pas. Ce que je ne comprends plus. J'ai essayé d'être comme ça, tu sais, mais j'avais l'impression de m'isoler plus en le faisant. L'impression de me perdre complètement et d'en ressortir vide. La dernière fois que j'ai eu une relation d'un soir, je me suis même senti sale. Tellement répugnant, je ne voulais pas me regarder ni me toucher.

– Tu te prends peut-être trop la tête. Fais-toi confiance et fais confiance à ton destin. Tu ne peux pas faire autrement que subir les relations. Il n'y a pas de recette magique et on n'est pas dans tes livres ou dans tes films, on est dans la vraie vie. C'est la guerre dehors mais il faut avancer.

– Dans mon cœur, c'est noir, mais je ne veux pas devenir l'un de ces personnages. Tu dis ça comme si j'étais candide et que je ne savais pas ce que je disais ou faisais.

– Non absolument pas, je dis juste que tu devrais peut-être te poser les bonnes questions et non te complaire dans un état de défiance.

– Tu as tout faux, Lula. Je ne comprends pas pourquoi tu t'opposes ainsi. Les questions, je me les pose justement là où toi tu ne fais que les éviter. Si j'en suis arrivé là aujourd'hui, à savoir ce que je ne veux plus, c'est justement après un long travail d'introspection.

– Et ta solitude, alors ?

– Ma solitude ? Elle est bien où elle est.

– Bon, il est peut-être temps que tu me parles de cette fille.

– De qui ?

– Florine.

De longues minutes s'écoulent après la question de Lula. Dans le ciel, une étoile semble briller plus que les autres, et celle-ci semble se déplacer dans le ciel comme une étoile filante.

– Qu'est-ce que tu veux que je te dise ? Que c'était l'amour de ma vie et que je n'ai pas réussi à composer mon existence avec elle ? Que j'ai laissé mes cicatrices me réchauffer plutôt que Florine ? Que Cupidon est un mauvais tireur ou un mauvais architecte car il me fait courir après un mirage ? Séduire une femme est à la portée du moindre imbécile mais tomber amoureux d'une femme, c'est seulement pour les fous.

– Et tu n'es toujours pas passé au-dessus, depuis le temps ?

– Je ne sais pas, je ne pense pas que ce soit ça, le problème. J'ai juste l'impression de revivre jour après jour, année après année, le premier instant où j'ai rencontré Florine. N'être qu'un putain de *Horla*, un esprit coincé dans ce monde pour contempler ses erreurs encore et encore. Je vois ma vie comme une phrase interrompue par des centaines de signes de ponctuation. Combien de fois ai-je dit « aidez-moi » sans pour autant que l'on m'écoute réellement ?

– Finalement, on remplit nos verres pour vider nos cœurs, non ? Pourquoi refuser de prendre part à cette danse ? Tu te sentirais plus léger…

– Tu as déjà aimé une personne au point de te demander chaque jour qui passe ce qu'elle fait et ça, pendant des années ? À quoi elle pense lorsqu'elle est seule, avec qui elle palabre. Penses-tu à cette fleur qui pousse dans l'ombre de tes rétines ? Tu sais, je souhaiterais tellement m'échapper, partir plus loin que mes prières. Me soustraire à mes responsabilités, m'enfuir, prendre le premier train pour recommencer ma vie. J'ai longtemps pensé que je pouvais m'évader en me sauvant mais je me retrouve où que j'aille. Le plus dur, c'est de s'aimer soi. Je la vois partout et ce, quoi que je fasse. Je la vois me quitter dans mes cauchemars, encore et encore. Tu sais, ça fait longtemps que je marche, moi, mes yeux deviennent flous et mes jambes me lâchent. Je pensais comme tout le monde que je l'oublierais avec le temps, mais rien n'y fait. Je suis condamné à penser à elle comme un souvenir qui nous colle à la peau et qui ne nous quittera jamais. Et ce fardeau, personne ne voudra le porter avec moi, c'est impossible.

– Non, en effet. Je n'ai jamais aimé une personne à ce point, et tu veux savoir ? Je t'envie sincèrement. Aimer quelqu'un à ce point, se soustraire à soi-même pour s'élever plus haut que ses pensées, c'est magnifique. Il n'y a rien de plus beau et de plus lumineux. Tu auras toujours ton cœur à consoler, mais le consoler d'un amour comme celui que tu portes à Florine est un doux fardeau. Au moins, tu connais la véritable signification du verbe « oublier », et pour ça, oui, je suis jalouse de toi et d'elle. Tu dis que tu n'as jamais vécu, mais si, tu as vécu et c'est pour ça que tu ne comprends pas ce monde.

– Tu es jalouse du fait de ressentir le sentiment d'être devenu absolument insignifiant pour une personne ?

– Oui. Tu sais que tu peux n'être absolument personne pour quelqu'un et bousculer la vie d'une autre ?

– Mais ça, je n'en veux pas. Je refuse de ressentir cette sensation d'amnésie dans les yeux d'une autre fille. Je n'y arrive pas et je ne le veux pas. Toutes les sensations, les moments de vie que j'ai eus depuis ma séparation avec Florine sont passés à une vitesse folle sans que j'en ressente la saveur.

– Et pourquoi tu es là, avec moi ?

– Je ne sais pas, Lula, c'était peut-être une erreur, oui.

– Tu es en fuite permanente. Ce n'est pas simple de se suffire à soi-même tout en laissant la place à la compagnie d'une autre, je suis d'accord avec toi. Mais il est crucial d'y arriver, c'est le seul combat qui compte pour ceux qui n'ont plus d'amour à donner. Réussir à composer avec soi-même tout en laissant un peu de place à côté de soi.

– Comment peut-on en arriver là, alors ? À ce point où on veut tant s'enfuir ? Souhaitant s'abandonner à d'autres ennuis pour fuir la personne qu'on est devenu. Comment on peut désirer à tel point déserter sa vie, ces obligations qui n'ont de cesse de nous étouffer ? Comment peut-on en arriver au point de vouloir s'échapper de soi… ? Les gens me demandent pourquoi je passe des nuits à écrire, des journées à penser à ce que je dois écrire… C'est justement pour panser les sentiments inexprimables, réussir comme tu dis à composer avec soi-même. Réussir à être avec soi sans que cela soit décevant. Mais lorsque je suis devant ma feuille, lorsque je me retrouve seul avec cette putain de feuille blanche, je suis avalé par ce vide autour de moi. Complètement incapable d'écrire la suite de mes textes, incapable d'écrire la fin de mon roman car le poids de l'écriture est trop pesant. Tu sais depuis combien de temps je suis sur ce putain de roman ? Huit ans, cela fait huit ans que j'essaye d'extraire et d'analyser la moindre partie de mon psychisme. Alors je me force, je fais le choix de rester devant cette feuille et d'écrire une phrase ou deux, pour me prouver que je peux arrêter de fuir. Pour me prouver que je peux aller au bout d'une chose, au moins une fois réussir à brûler un peu de mon désespoir pour réchauffer la pièce. Alors, oui, j'écris aussi pour ne pas oublier le bruit de sa voix, et il est probable que tout à l'heure au café, si tu n'étais pas intervenue, je me serais effondré. Mais personne ne sait si cela aurait été une bonne ou une mauvaise chose pour moi.

– Tu es malade, Martin… tu détestes les gens au point que c'en devient une maladie pour toi, t'empêchant de vivre vraiment avec nous.

– Je suis juste inadapté, mais tu préfères utiliser un mot relevant de la santé… comme tout le monde.

– Et si là, je te proposais de fuir avec moi, de partir loin. Tu répondrais quoi ?

– C'est ce que tu me demandes, là ?

– Oui.

Martin respire profondément tout en contemplant le vide du ciel noir. Un vide qui accueille cependant deux lumières. Celle de la lune et celle de cette étrange et magnifique étoile qui se rapproche. Ses yeux se figent.

– C'est ici que tout s'arrête. Et la lune orpheline laissa ses centaines de voyageurs au soleil.

– Qu'est-ce que tu veux dire par là ?

– Ça serait un plaisir de m'enfuir avec toi, Lula, du moins dans une autre vie. Je pense que je serais heureux, je pourrais tomber amoureux de toi. Mais pars, il faut que tu partes loin d'ici, loin de la ville et loin de moi. Prends ce bonheur et donne-le à un autre qui saura prendre ce flacon que tu lui confies avec respect. Je dis ça sans tristesse ou pessimisme, mais je suis déjà trop loin pour être rattrapé. Tu mérites mieux. J'ai passé trop de temps avec moi-même et je pense finalement que cela est mieux pour toi si on en reste là. Et puis, je ne peux et je ne veux pas oublier Florine. Tu sais, je n'ai pas réussi à écrire mon odyssée, alors pourquoi tenter en vain de continuer ?

– Florine est passée à autre chose, tu devrais en faire autant, Martin…

– Si elle est heureuse ainsi, tant mieux pour elle, je ne veux absolument pas qu'elle vive la même chose que moi. Mais comment puis-je me conjuguer avec une autre personne alors que mes émotions ont foncé dans un mur ? Pour remonter la pente, il faudrait que je remonte le temps, mais cette idée est décevante car elle est impossible. On le sait, toi et moi. Alors j'ai décidé de m'échapper dans les étoiles avec la lune. Tu sais, il y a une légende urbaine sur la lune qui dit…

– Qui dit que si une âme pure se trouve esseulée face au soleil de la ville, que si cette personne n'arrive plus à parler autrement que par les yeux et que son cœur, dénué de tristesse et de rancœur, se met à sécher, alors la lune accueillera ce passager extraordinaire ayant réussi à garder son âme pure et magique.

– Je vois que tu connais également cette fable.

– Oui.

– Je suis désolé, Lula, de refuser ta main tendue.

– Pour moi, les plus belles histoires commencent par un non. Martin, à condition de la regarder plus longuement que la précédente, je t'assure que n'importe quelle fille ressemblera à celle que tu souhaites au fond de toi. Je veux que tu comprennes cette phrase. Je te laisse méditer dessus, fais attention, la nuit se couvre et les étoiles descendent. Il y a même une étoile filante. C'est le signe d'une nuit pas comme les autres, comme dans cette fameuse fable.

Lula s'en va aussi subitement qu'elle est apparue dans sa journée. Une journée rappelant à Martin cette époque où il était heureux. Et si Lula avait finalement raison ? Mais il est déjà trop tard, la nuit est tombée lourdement et les étoiles dansent frénétiquement dans le ciel. Il sort de son portefeuille une vieille photo usée par le temps. On peut encore distinguer Florine en train de dormir dans un train de nuit.

Je sais, Lula, que cette nuit est magique. Cela fait des mois que je l'attends. L'autre jour, allongé dans un parc, je contemplais jalousement l'immobilité des montagnes. Et c'est à cet instant que je me suis rappelé cette fable urbaine sur la lune. Si un jour mes souvenirs viennent à se fragmenter, comment pourrai-je savoir qui je suis ?

Martin termine cul sec la bouteille de vin rouge et, prononçant ces dernières paroles dans un murmure poétique, il disparaît à travers une tempête de poussière que le vent s'empresse de disperser en direction de la ville, sous le regard incrédule des étoiles qui semblent demander à la poussière où elle s'en va. Il n'a pas envie de finir comme les nombreuses personnes qu'il voit errer tard le soir, seules sous les lampadaires qui éclairent de leur faible lumière. Il ne veut pas non plus se risquer à aimer de nouveau, se risquer à se dévoiler à quelqu'un d'autre. Mais il veut surtout transformer ses joies et ses larmes en mille euphories. Il veut surtout conserver le souvenir de ses résidus de vie, quitte à garder ouvertes les anciennes déchirures plutôt que d'en créer de nouvelles. Il préfère donc faire ce qu'il fait de mieux, fuir. Fuir pour mieux se retrouver. Fuir pour trouver refuge auprès de ses souvenirs, auprès de Florine. Toutes ses expériences, tous ces fragments ont contribué à tracer la route qu'il prend volontiers aujourd'hui. Toutes ses peines lui permettent de vivre maintenant ces joies avec elle. Il faut échouer pour se trouver. Il faut se perdre pour avoir l'envie de recommencer. Il faut pleurer pour rire devant la vie. Mais surtout, il ne faut pas oublier la magie de ce monde, sinon pourquoi vivre et écrire des histoires fantastiques ?

On a des papiers mouillés sur nos cœurs, où le feu de nos passions n'attend que de prendre pour éteindre nos peurs.

Chapitre 8 – Palimpseste

Réveille-toi, il faut que tu croies que derrière ton esprit, derrière ton regard, il y a un monde. Il faut croire que tes actes ont encore un sens. N'aie pas peur de fermer tes yeux, n'ai pas peur de t'évader un tant soit peu de ce monde, car il sera toujours là quand tu rouvriras les yeux. Crois-moi. Ferme les yeux le temps d'un instant et contemple la magie des souvenirs opérer. On a tous besoin d'un passé qui nous rappelle que les souvenirs sont aussi des démons qu'il faut garder à côté de soi pour avancer. N'oublie pas que toi, moi, eux, rien ne frappe aussi fort que des souvenirs refoulés. Comme une cicatrice sur le visage. Il faut apprendre à l'aimer. Se dire qu'elle fait partie de nous, qu'elle est notre entité à jamais et que sans elle, nous ne serions pas vraiment nous-même. Oui, il faut croire que derrière notre esprit, il y a un monde, que nos actes ont un sens. N'oublie jamais qu'il y a du romantisme dans chaque chose, même dans l'incendie d'un monde. La nostalgie est à la fois destructrice et créatrice. Sans souvenirs, on ne peut écrire. Sans cicatrices, on ne peut vivre pleinement. On avance mieux en domptant nos démons, nos peurs et nos idéaux. La catharsis n'est pas qu'un défouloir sordide et macabre. C'est une ode à la vie, une ode à la folie qui nous consume et nous habite chaque jour, nous poussant à nous surpasser tel l'amour. Un cri noir rendant éloge à la folie ordinaire. Il y a de la beauté dans chaque humain… Il faudrait juste plus de folie pour que cette beauté puisse être visible… Il faudrait pousser un cri noir pour que de nos sommeils surgissent nos espoirs. Ce qui tue les gens, ce ne sont pas les rêves ou le manque de rêves. Non, ce qui tue les gens, c'est le cynisme de tous ceux qui nous disent que nos idées, nos aspirations, nos envies ne sont que des futilités dans ce monde. Que tout cela mourra au moment où nous grandirons. Le jour où la maturité arrivera. J'ai toujours pensé que grandir, c'était trouver l'équilibre entre l'enfance et l'âge adulte.

***

Martin ouvre péniblement les yeux, la lumière semble filtrer par un rideau fait de fines lamelles métalliques. Cette sensation lui est vaguement familière ainsi que l'odeur de renfermé qui émane de la pièce. Il regarde péniblement autour de lui. Il se trouve dans un train qui semble lancé à toute vitesse à l'assaut d'une direction qu'il ne connaît pas. Il passe sa main sur son visage pour se réveiller. Il constate qu'à côté de lui, à droite comme à gauche, il n'y a personne. Il est seul, seul dans ce train, mais n'est-ce pas ce qu'il voulait tout en le redoutant plus que tout ?

Finalement, dans ce train qui retrace ma vie, je comprends enfin. Je comprends que j'attends un amour qui m'est impossible et que je n'ai d'autre choix que de l'accepter ou de fuir. Il semblerait que j'aie choisi de fuir. J'aimerais te revoir sans te dire au revoir et me rappeler comme avec toi, c'était fou, me rappeler comment on pouvait rire.

Soudain, la porte de la cabine s'ouvre et une douce voix vient réchauffer l'atmosphère :

– Alors, on va où ?

Remerciements

Il y a cette phrase gravée sur la stèle de Charles Bukowski qui dit « *Don't try* ». J'ai toujours porté en moi cette phrase de ce vieux dégueulasse. J'espère que cette épitaphe te servira autant qu'elle fut précieuse pour moi. La raison est secondaire et la passion première : alors, osons.

Merci à Katia Kaloun de croire en moi, en ma plume et en mon univers. Et merci à elle pour son accompagnement ainsi que ses précieux conseils. Je crois fortement que l'éditeur a cette faculté de comprendre le sentiment intime de l'écrivain signant son premier roman. Merci à Coline Cayzac pour la magnifique illustration de couverture. Merci aux éditions Frison-Roche Belles-lettres d'oser. Merci à mes parents, Martine et Christian Teychon pour tout.

Et merci à cette inconnue jamais croisée.